和春天一起来到映秀

郭严隶 著

廣東省出版集團
花城出版社
中国·广州

图书在版编目（CIP）数据

和春天一起来到映秀 / 郭严隶著. -- 广州 : 花城出版社，2012.1
ISBN 978-7-5360-6411-9

Ⅰ. ①和… Ⅱ. ①郭… Ⅲ. ①纪实文学－中国－当代 Ⅳ. ①I25

中国版本图书馆CIP数据核字(2012)第005487号

出 版 人：詹秀敏
封面题字：也　墨
封面题画：也　墨
内文摄影：周运华
责任编辑：温文认\欧阳蘅\林　菁
技术编辑：易　平
装帧设计：黄珂展

出版发行　花城出版社
　　　　　（广州市环市东路水荫路 11 号）
经　　销　全国新华书店
印　　刷　佛山市浩文彩色印刷有限公司
　　　　　（佛山市狮山科技工业园A区兴旺路6号）
开　　本　889 毫米×1194 毫米　32 开
印　　张　11　2 插页
字　　数　260,000 字
版　　次　2012 年 1 月第 1 版　2012 年 1 月第 1 次印刷
印　　数　1－10,000 册
定　　价　25.00 元

如发现印装质量问题，请直接与印刷厂联系调换。
购书热线：020－37604658　37602954
欢迎登陆花城出版社网站：http://www.fcph.com.cn

带着感动写作（代序）

奉献、崇高、大义、大爱，这一类字眼儿在书写时，会有格外的快乐和力量似电波从指尖传递到心灵，这是我写《和春天一起来到映秀》这本书的一个原因，它是跟这些词语有关的，或者说，正是它们袭人馨香的凝聚和传递。像是站在旷野上，仔细而久久地思考之后，深沉地选定一个方向，然后脚步坚执地朝前走去。写这本书，是我一个具有深刻意义的抉择。

有人说，应时应制、歌功颂德的文章常常费力不讨好，难成真正的文学作品。

有人说，关于汶川地震的文作已经太多了，我的进入已经晚了……从经济收益角度，长篇小说上已经写出了名堂的人，把珍贵的力气花在这个方面是划不着的……

一度，这些都成为我的阻碍。而最终的越过这些，我甚至觉得完全是靠了天意。尤其在写作过程中艰辛备至的时候，这种感觉愈发变得鲜明。这里所说的天意，是自己的一种扪悟，我觉得自己是承秉了上天的选择而拿起笔来做这件事的。就像书中所写的东莞援建工作小组及援建工程管理处的人们接受挑选而出征映秀。他们接受的是东莞市委市政府领导和东莞大地万千民众的挑选，用政治的话说，是党和人民的嘱托和期冀，而文学的表达，这其实恰也是天意，民意不就是上天意志的源头？

我甚至是固执的，喜欢应时应景，歌功颂德，犹如布谷不倦地喜欢为春天和播种而歌。为什么不呢？美好是那么耀眼地存在着，它们从优秀的生命中似音乐和光芒一般传透出来，成为推动社会文明进步的力量，使时代与时光同飞，日新月异而光芒万丈。定格它们，予以恰宜的放大，用以引领人心感召世界，正是文学艺术的责任和美丽所在。

批判是必要的，赞扬更应该成为崇尚，那些舍生忘死，慷慨以酬，以自己之苦换取他人之甘的人们；那些点燃自己的生命，成为高擎的火炬，照亮时空，传承民族优秀美德的人们，要把他们热血的澎湃心灵的律动谱写成豪迈的时代之歌。

这便是我将目光投向广东省对口支援汶川地震灾区灾后恢复重建这一重大历史事件的缘由，承担了这一艰巨而神圣使命的人们，他们历尽艰辛，洒血流汗，在特大地震之后百孔千疮的悲惨土地上，以感天撼地的情怀和意志、付出和牺牲，重铸了人心和城市，演绎了大美和大爱，他们是时代的光荣，民族的骄傲。

而笔致集中于映秀镇的灾后重建，是觉得它堪为整个汶川灾区灾后重建的缩影。说透了它，便可以为这个前所未有气壮山河的人类行为留下可以追溯的文字记忆。

映秀重建的成败关乎整个汶川地震灾区灾后恢复重建的成败；只有映秀重建好，汶川重建才算完成，整个四川地震灾区的重建才算完成。这类话语是正确的，但不是吸引我的根本原因，我的到来，正如书中所说，是因为映秀作为震中的特性，这块土地是整个汶川灾区受灾程度最重，最揪人心，唯一被彻底摧毁、原址重建的一座城镇。也就是说，它的重新站立是最艰难奇崛的。最美在最难中，此为艺术的规律，也是自然和生活的法则。

我是为追寻美而来。

是怀着为不幸的映秀大地的未来贡献一份力量的愿望而来。

是顺应内心的召唤而来。

这的确是一次艰辛备至的创作，难在我进入的时候，重建工作已经基本完成，我需要在时光之河中逆流而上，去了解事情最初的情状。采访固然多艰，建设者们大部分都返乡了，我要东南西北地去一个一个寻找。更为不易的是查阅资料。网上的文章尽管铺天盖地，输进一个相关句子，一点鼠标，哗地就出来一大串，但你会痛苦地发现，现今大数量的媒体文章浮躁如飞沙，看了半天，不知所云，常常是累牍涣漫的一大篇，一字一句地从头读到尾，竟连基本事实都难以弄清楚，更别说章法之道了。为了得来一小自然段的内容，往往要苦苦地阅览资料一整天，甚至几天。

曾经暗自思量，或许恰是这个缘故，我被选择，来完成这次写作？历史需要一份朴素、坚实、简洁、清晰的记录，能够轻快容易地顺着时光之河去到下游。

朴素、坚实、简洁、清晰，就是秩序。

文字的秩序来自心灵的秩序，也就是理性。这其实是一个静字，却是修养的功夫了，要抑功利之心，去浮躁之气，明朗彻悟，而后方得。

使我能够坚持的，是笔下人物们感人至深的事迹。也就是说，我是带着深深的感动之情而进行劳动。进入了这个特殊的事件，就是进入了援建工作者们的心灵。越进入得深，越感受到美，也就越体味到难。灾区重建，所有为之付出心血和汗水的劳动者都是令人钦敬的，但尤为不易的是援建人员。他们放弃经济领先地区舒适的生活和工作环境，远离故土和亲人，来到这千山万水之外大劫之后的土地，不眠不休，殊死拼搏，从一片散发着令人窒息气味的巨大废墟，到秀丽宜人的温情城镇，他们毫不保留地付出了一切，在沉重阴霾的岁月里，洒落过各种意味的泪水之后，于阳光灿烂的时刻，微笑着离去，"不带走一片云彩"。

另一份支撑之力来自内我，就是那种秉承上天选择的感觉，这其实可以看作通常所说的使命感。使命感所营造的庄严内心情境，可以使人获得执持和超越的力量。

自心里愿意以天意当之，其实只是对自己的一份要求，不可以马虎、懈怠，不可以辜负。

感动的美丽在于，总关乎人间温暖，促其生发的事物中必定蕴含着高尚品格、坚毅精神、大爱情怀等等优美元素，这样的情愫如白云盈谷般洋溢于胸，发乎于衷的文字就会似祥云洒落的春雨，播送滋润和清凉。也犹如月亮折射出太阳的光芒，呈现另外一种韵致的照耀和希望。

一部作品，其形式和内容是互相选择的，我的这个观点，在本书的写作中，再一次得到印证。走笔时刻本是云自飘游水自流，情绪饱满到自己溢出来，成一行行文字，不暇思及体裁、技巧之类。文稿初成后，左右上下一番打量，于笺页上角标注了“纪实散文”字样。

这便是由它秩序和感情两个特征所决定。它们使它与报道类文章，和那些快书区别开来。快书，是我给当下具有浓郁时代特色的图书们下的定义，它们有着时髦的快节奏，后现代主义风格，不能兼具典雅、从容和抒情。

后来有朋友告诉，说我做了一件前无古人之事，这是我们国家迄今为止唯一一部以重大社会事件为题材的长篇纪实散文。这是我没有进行过考证的。若此说属实，那么不足为奇，这样的题材用这样的方式表现实在有些难度，倒不一定是对文字功夫的要求，是定力和耐心，这两样若是差了，不能行的。

其实也有考手艺的意思，写这样的文章，文字须尽去浮华，吹尽黄沙始见金，方能与内文大气的特质相配。这层意思，前面已有过表述。

是否这次写作，是做了一件本不可为之事呢？映秀重建，于速度于质量，都是创造了奇迹，也就是为了本不可为。描述它的书赶巧具备了相同的属性。

很少有写作，似这一次，文学显出神圣的意义。

上天赋予你写作的能力，就是为了让你来完成这样的历史性描述，写出这样的一个历史时刻、这样一群铸造历史的人。当创作过程中举步维艰时候，我曾把这样的话语一笔一画写在纸上，以为激励。

天下事，总是得与失相当，援建映秀工作也是一样，东莞付出了感情、人力、财力，收获了道德。理想社会的一个重要衡量标准，是道德程度，文化也罢，经济也罢，包括政治，一切的发展在归根结底处，都是为了道德境界的出现，那是民众素质普遍提高，爱礼仁义、繁荣昌盛的社会图画。

道德是幸福的源头，它们与美同在。一个幸福的地方，必定是善良的地方。

近代东莞，奋发图强，一代人冶炼生命，铸造了光芒四射的东莞精神。莞人将它带到映秀，似火把般高举着，展开艰苦卓绝的援建工作，终使发扬光大，成为援建精神。这朵精神之树的奇葩势必反哺故土，带来东莞整个社会的又一次全面升级，趋近理想，走向幸福。

此为对莞地的祝贺。

而我的收获，在乎这些于文字跋涉中凝练的思想，它们是无形的黄金。

这样的写作益于培青云之志，养浩然之气，此亦为笔者收获之一。

从远古发起，一代又一代志士仁人为之上下求索、呼号奔走的理想社会模式，因为悲慨壮丽的援建行为，将会在这个伟大时代里呈现，如果那是东莞，必然会是映秀。

所有人都该当为此满怀感恩。

是的，应该感恩的，不光是映秀、汶川、阿坝、四川，也包括东莞，广东，感恩党，感恩民族，感恩祖国。汶川特大地震考验了中国共产党卓越的执政能力，考验了坚如磐石的民族意志，考验了强大的国家力量和社会主义制度的优越性。四川、广东，华夏版图上所有区地，都要同唱一首献给祖国母亲感恩祝福的歌。

许多有关文作里，都引用了恩格斯的这句话：没有哪一次巨大的灾难不是以历史进步为补偿。一般都是用来指灾区城镇修建的规模、质量等，也就是经济方面的体现，其实，最大的喜悦是道德上的进步。重铸了民族精神，重建了道德长城，这是人类文明史上具有历史性意义的光辉前进。

这是人性的一次闪光，宇宙天地意境的一次升华。

从这个意义上说，感恩，应该是整个民族、国家，乃至全人类的一次深情而雄浑的宏大合唱。

就不必再探讨关于真正文学作品的定义了，重要的不是所说的话，而是其中有没有感情。情之切者，必思之深，饱满的感情，深沉的思想，洒落纸上，自成天然文章。

带着感动写作，就是满怀感情的歌吟，就是大爱的奔流。

2011. 8. 16 于成都

目录

第三部分

第一部分

那是一方方绣花手帕样小巧的菜田。它们就铺在路边，山坡和道路之间小小的一块平地，小得叫人觉得根本不可能再有用途，可是一行行浅藕色的莲花白、青翠的冬汗菜、油菜就静静地生长在上面。这本是四川乡野寻常的风景，可是此时空，此景致却有了另外的意味儿，它让人看见的侍弄者内心的闲适和安宁，那一份安居乐业的悠然祥和，是多么珍贵！这里是汶川特大地震的震中啊，曾经山河破碎，时光凋败，人心飘零。

距离灾难发生，这才是第三个春天。

映秀的春天

1

映秀有两个春天，一个在迎春的枝头，一个在人们的心坎儿。公元2011年1月31日，两个春天同时降临，使这块土地成为吉祥福地。我有幸与春天一起来到这个地方，看到美丽温暖的人间景象。我的幸运更在于，是与映秀春天的使者同行。不是手提花篮、裙袂翩翩的丰隽神女，是一些精敏干练、沉默寡言的男子。他们是东莞援建映秀工作小组的人们。

我们是从都江堰出发。清早来下榻处接我的陈志标、王霁宇、周运华，是援建工作小组最后的留守者。当然不止他们，还有援建工作小组组长陈林佐，挂职映秀镇副镇长傅晓炜等人，他们的车已经在去映秀的路上了。天空阴霾，冷雨淅沥，到处一片湿漉泥泞，是最担心出现的天气。这使我们喜悦的心都暗暗遮了阴影，我们是要赶去参加映秀的坝坝宴，这是露天举办的盛会，冷雨和阴霾会大煞风景。

坝坝宴，四川民间一种传统的庆贺方式，举凡有家国喜事，便要设之以飨，当其时，大大的圆桌摆放在院坝里，洁白的桌布，芬芳的鲜花，深碗大盘层层叠叠，里面的美味佳肴热气腾腾香味扑鼻，男女老少穿上节日盛装，四围而坐，欢声笑语，频频举杯。更有削肩蜂腰、健硕靓丽的青年男女在一旁旋裙甩袖，载歌载舞，烘托出格外的热烈欢腾气氛。场面以桌席的多少而论，桌席愈多则场面愈大。

今天，映秀就用这样的方式迎接自己生命的春天。

看看映秀什么样吧，那里的天气常常是不同的。陈志标说，很了解映秀的口吻。他在那个地方待了已两年有半，可以使用这样的口吻了。

翻过山去就知道了。周运华的声音。他指的是迎面而来的龙门山脉峰峦。它们横亘在映秀与都江堰之间。

虽然个个一脸男人的冷毅，可我能看见他们说这些话时内心里火焰一样燃着的祈愿。

都江堰到映秀，十五公里的路程，感觉基本就是由三条穿山隧道组成，分别名以紫坪埔，龙子洞，和龙溪。以后一条为长而黑暗，多折转。汽车自第二条隧道冲出，我们眼前一片白雪飞扬。这里的雪花似乎格外大，像儿童画里的样子。山、桥、树都笼在了白纱里，一片恬淡素净。如果是平时，乍然面对这样的景象，我必忍不住发出欢呼，并且吟哦“天人宁许巧，剪水作花飞”之类诗句以遣兴。可是此刻，欣悦是有的，更添的却是忧，雨成了雪，人们在院坝里会更加坐不住。

陈志标说，会有应对措施的。他这是从几年援建经验出发，曾经的援建战役中，没有困难难倒过他们。我还知道他这是在打气，给身旁的人，更是给自己。

车里随之出现的沉默气氛跟外面漫天飞雪的热闹恰成对照，使我更加真切地进入同行者们的心情。春秋几度了，灾后重建，辛苦不同寻常！终于盼来了这庆祝胜利的一天，多么希望天公能够作美，给一片阳光灿烂。

第三个隧道抛在身后，眼前的山川就是映秀了。雪花儿愈加显得纷纷扬扬，万物都在覆裹之中，天地间别样的清远洁净。

我们的车停下来，道路旁美丽的姑娘要献羌红和哈达。今天两样圣物是合在一起的，鲜艳夺目的羌红裹在洁白的哈达外面，互为映衬，独有一股喜气。车里人探出头去熟络地打招呼，完全自己人的样子。说我们就不用了。姑娘不答应，执意要送。我留了意，想听到有你们的辛劳才有我们的今天之类的话，却是落空。姑娘不说这些，只是笑着，坚持着自己的心愿。这是没有人能违拗的一种执着，男子们下车来了。我看见了姑娘往他们脖颈上围哈达时的眼神，那是血浓于水的妹妹才会有的，在她，他们是一奶同胞的哥哥，是至亲。一瞬间，我明白为什么不能听见感激的话了，不是大恩不言谢，也不是谢字不足以表达。她是觉得不需要说，说了会显得生分。妹妹对哥哥的感戴和爱难道是用话语表达的吗？她只要这一个轻柔的动作就够了，她只要这样笑笑地，亲亲地，爽澈清亮地看着他们就够了。

我一时看得发呆，姑娘是民族装扮，羌族衣裙在白雪纷飞中尤其显得鲜灿照眼，她是那么美丽，使我知道发自内心的幸福快乐是多么好的装饰品。她不是唯一的，这一整天里，我看到的映秀女子个个笑靥如花，宛如仙子，令我惊叹一方水土的神奇。映秀的女儿，你们一直都是这么生动吗？

我是最先得到献礼的人，这是同行者的心意。相映生辉的羌红、哈达在我的颈项上了，我知道它们的分量。我端直站姿，庄谨诚挚地，朝面前的姑娘深深弯下腰去，这却是献给一方土地，和所有为它付出了爱的人们的致意。映秀，祝贺你！

今天映秀街上没有停车的地方，人们得一起在镇外改乘中巴。我们在镇子入口处的镇政府临时板房办公室里等待。尽管每张办公桌旁边都放着红光四射的取暖器，到处洋溢着一团喜气，可是板房里还是冷得人要打抖，我想拿出笔来记点儿什么，根本做不到，手指是僵的，不听使唤。我想起人们说的援建工作小组刚来的那个冬天，个个手脚都冻伤了的话，一时感同身受。转头瞅瞅站在一旁泰然自若的陈志标和王霁宇，问他们冷不冷？都一笑，说已经习惯了。是呀，这已经是他们在映秀度过的第三个冬天，该当是习惯了。那开始的时候呢？第一个冬天什么感受？东莞的冬天气温很少掉到十摄氏度下，这我知道。他们都是从小在那块土地长大的。陈志标略略回忆了下，说，就是晚上睡觉的时候得戴上棉帽子。白天不觉得，因为要到处跑，搞户籍调查、给百姓送御寒衣物等等。我脑中跳出“暖冬行动”几个字，那是他们在第一个冬天里作的一篇漂亮文章，会意地笑了，一心想着给别人送温暖的人自己就会感觉不到寒冷，是这样吧？

镇政府工作人员也都是节日装扮，个个笑逐颜开的样子，说他们就要搬到新办公楼去了，年后就搬。我们新的办公楼可漂亮呢！他们说。我点头以祝。我见过那栋楼房，确实漂亮。

忽然想了解震前镇政府办公环境的情形。话到嘴边，却又犹疑，这样大喜的日子里，提从前适不适宜？到底委婉地表达了意思，愿望太强烈了。立刻知道自己的担心为多余。灾难的伤痕是不能抹去的，但它已经不能再摧残人的心灵，人们已经用平静收纳了那曾经的一切，把它们当成是一场刮过胸际的狂风。他们很快拿出一本厚厚的影集，镇政府办公场所的照片就排在前头，并列两张，一为旧舍，一为新楼，这样的图示真是胜却千言万语，今昔对比，一目了然。穿羌裙的女干部喜滋滋指点着：看，从前的不能比哟！她还说不能比的不光外观，更有内部的设置，一应办公用品完全先进化，直追沿海发达地区，别说同级单位，一些市直机关都赶不上呢。

2

这样说着时候，中巴车来了。

中巴朝镇子驶去了，里面坐得满满登登。我的耳畔全是东莞话音，一时不觉恍然，仿若身在广粤。问周运华，才知道车里都是东莞人，是赶回来过年的新映秀援建者。他调子淡淡，说得那么自然，我却听得满心潮涌，“赶回来过年”——这些东莞人，他们已经把映秀当成自己的家了。

阿华的指点下，我知道，车中有东莞援建映秀工程管理处副主任朱利民，管理处成员杨成、王俊锋，援建工作小组成员郭浩辉等。另有东莞市政府秘书长梁海卫，市政府办公室综合一科科长李志军等人，跟陈林佐、傅晓炜他们在一起，已先行去镇里了。今天四川省委五大班子领导都要来，他们将是重点接待的贵宾。

哪一位呢？我目光看向前排一个一直对着窗外比比划划着，显得格外兴奋的人，问。

他是东莞青年旅行社总裁李钦源。阿华答，并解释说，他们是来跟映秀镇政府洽谈下一步合作的。我立刻想起陈林佐等人那关于“后援建阶段”发展旅游产业的一整套构想。不由欣然赞叹，真是环环相扣啊。我能理解李总裁的兴奋，没有人会对新映秀的美丽姿容不惊艳而倾倒，他是看到了自己事业前景的辉煌了。

我跟所有人一样睁大眼睛朝外面看着，掠过的风景中有一个细节触动了我的心，那是一方方绣花手帕样小巧地铺在公路旁边的菜田。它们就在路边、山坡和道路之间小小的一块平地，小得叫人觉得根本不可能再有用途，可是一行行浅藕色的莲花白、青翠的冬汗菜、油菜就静静地生长在上面。这本是四川乡野寻常的风景，川中农人会在一切意想不到的地方栽种蔬菜和庄稼，有的时候，你会看见一个只能容下两棵莴笋的角落里，竟就有两棵叶片肥硕枝干茁壮的莴笋在那儿翠生生地随风摇曳，甚至窄窄的，只能容下一棵南瓜秧的篱笆墙边，会令人惊叹地爬着一棵翡翠样碧绿鲜灵的南瓜的秧蔓……可是此时此地，此情此景却有了另外的意味儿，它让人看见的侍弄它们的人内心的闲适和安宁，那一份安居乐业的悠然祥和，是多么珍贵！这里是汶川特大地震的震中啊，这里曾经山河破碎，时光凋败，人心飘零。

距离灾难发生，这才是第三个春天。

“我又看见一个新天地，因为先前的天地已经过去了。”

百感交集中，我不由念出了这个《圣经·启示录》里的句子。

立刻有人呼应，振奋地说，是呀，整个一片新天地！你看，那些房子修得多么漂亮！可以跟世界上最靓的欧洲小镇媲美！新映秀绝对是最漂亮的！

这是一个年轻人，是成都青年旅行社的一个部门负责人，他显然也是来捕捉商机的。

在朝新房舍看去之前，我又细细地看了一眼菜田，我看见不独路边，在山坡上，也有仔细修整出的一方方小小的平地，种植着翠丽新鲜的蔬菜，因为地势的缘故，它们更像是童话里的存在。比之宽阔平坦的街道、秀美壮观的楼宇，它们更有着深刻的呈现意义，如果说以建筑为主要支托的新映秀城镇是一棵枝繁叶茂的大树，它们就是树枝上馥郁的花朵，鲜美的果实，因为它们表达的是人心里的崭新世界。

▲ 浴火重生的新映秀（周运华摄）

挥别伤痛，人们已经完全回来了，回到了被一度横空斩断的生活。这是一种具有宗教的悲悯和神圣意味儿的回归，是涅槃，新生。

映秀新镇出现在眼前了，飘曼的雪花制造了一种朦胧迷幻的效果，使她更像是一位刚刚从天庭走下的仙子，浑身一股美隽清逸之气。今天，情景更为不同，楼房的檐下，树木的枝头，到处悬挂着、飘扬着火焰一样耀眼的大红灯笼，鲜红绸带，清丽中又添一份喜兴，让人眼花缭乱，心为之怡。

中巴缓缓停在中滩堡村的东莞大道入口处，人们纷纷下车。这是一条被红色遍染了的街道，大大小小的红灯笼一串一串在街道的上方、沿街的树木之间、楼宇之间错落悬挂着，没法数清究竟有多少，灯笼间飘扬的红绸带似乎也格外宽一些，长一些，触目所见，天上地下到处一片鲜艳艳、红彤彤。这里是今天摆设坝坝宴的场所，自然更有一份喜庆的张扬。

人潮涌动，往来熙攘，整条大街被身着节日盛装的人们拥塞着，几乎没有空闲之地。举目看去，铺着洁白桌布的大大圆桌已经一长溜儿沿街摆开，一眼望不到尽头。孩子们大呼小叫在桌椅间奔来钻去地嬉闹，老人们三三两两围坐桌边执手笑谈，女人们在往桌子上摆放酒碗茶杯，个个脚步轻盈，眉眼欢悦，喜不自胜。隐隐有鼓乐歌声传来，全是欢快吉庆的曲调。

我的心被点燃了，一时激动得有些微微摇颤。

陈志标，王霁宇，周运华，并肩站在那里静静看着眼前的一切，不动，不说话。意识到我的注目，这才有了表情，他们笑了。这是我第一次见到他们的笑容，竟都像是有几分羞赧。陈志标推推黑色的眼镜，说郭老师，看看吧，多么热闹！王霁宇说以前就是修房子，今天看到一下子这么多人，人们这么高兴，这才知道了自己劳动的价值。阿华回过神儿来，就端起相机，去找取景点了。他是援建工作小组里专门负责宣传的人，每有场景、风物，举机拍照几乎是本能，好多媒体的照片都是从他这儿找的。忙碌之际不忘招呼我：郭老师你最好跟着我点儿，免得一会儿走散了不好找哦。又叮嘱说，一旦走散了，就找第十六桌，那是给我们安排的席位。

我没有跟着他。预定的坝坝宴开席是十一点钟，还有一些时候，我想一个人四处走一走，看一看。

映秀的身世

1

映秀有许多别称，如“西羌门户”，“阿坝州南大门”，“川西北第一镇”等等，从这些优美的语汇中，可以看到它地理意义上的重要。这确实是一个交通上的枢纽，有不可取代的连接运转之功用，它处在阿坝藏族羌族自治州与成都之间，是阿坝州距离成都最近的一个镇，自此南去成都只有70公里路程，西行45公里便是著名的卧龙自然保护区，天府平原人欲走九寨沟、四姑娘山等名胜地必由此处经过。

讲述映秀，人们往往要先从山水开始，山是怀抱着它的岷山诸峰，高低错落，进退有致，沉默坚实地耸立于四围，以自己葱茏繁茂的草树花木，表达丰富热烈的内心。水是岷水，通常被叫做岷江，从高高的雪山上飞身直下，推风挞浪呼啸而来，激宕湍兴长歌而去，以吞吐山河之势造就出下游举世闻名的都江堰。这却不仅仅是描景状物的意思，还是追溯渊源的需要。映秀镇之得来，很大的原因在于水，可以说是乘水之利。这个地方的水两大好处，一是落差大，岷江流经此地 1200 米的长度内，竟有 26 米的落差。二是水量丰富，除了滔滔奔流的宽阔岷江外，另有一条水波清滟的大河渔子溪，从卧龙自然保护区挟着鸟语花香滚滚而来，直直扑进岷江怀抱。这些水力发电的绝佳条件，使大大小小的水电站应运而生。小小镇子因有“水电之乡”的佳谓。

水流已千古，得到开发利用却是在今朝。映秀历史上第一座水电站始建于 1964 年。是先有了水电站，而后有了映秀镇。水电之利带动地区经济迅速发展，于 1984 年，设镇以驻。

由此便知道，这其实是个非常年轻的镇子，屈指细算来，年龄未至而立。

映秀这两个字倒要早得多，能追溯到咸丰时候。志书上说，“明代属汶川县东界里，清属下水里，咸丰时建映秀团。下辖 7 甲”。有趣的是后面这个短句。甲，旧时的一种户口编制，若干户人家编到一起，叫做一甲，设甲长。不消说，甲就是村庄的意思了。下辖 7 甲，就是管理着七个村庄，竟和今天一样。现在的映秀镇就是由七个村落组成。那时的甲们有没有称呼不得而知，现在的村庄可是个个有名，分别曰中滩堡村、渔子溪村、枫香树村、张家坪村、黄家村、黄家院村、老街村。其中老街村应该是年月最深的，因为映秀镇三个字乃是由它所化来。那时老街村不是现在的叫法，是被唤作映秀湾的。

乃是最早的乡政府莅设处。当时的映秀湾肯定是这一带最繁荣的地方。因为现在的镇街虽然包囊中滩堡、渔子溪、枫香树、张家坪四个村子和秀坪社区，一片稠密热闹景象，可是至新中国成立时候，这里仅中滩堡的庙子坪有农家 15 户，共 76 人。沿江两岸其他地方都是耕地、草野、荒滩。一眼看去，满目寂索。那时动听的村名们也是都没有的，15 户人家筑宅的地方被喊做水田坝。这水田坝民国时候还有一个名，叫坡底。

映秀乡政府是 1953 年迁下来的，促成这件事的一个要素，是成阿公路通车。成阿公路就是 213 国道。这也是映秀一个显著特点，小小一块乡土，不仅有浩荡的二水竞流，还是两条著名道路的交汇之地，便是 213 国道和 303 省道（成阿新线），更兼都汶高速于不远处侧身而过，使得来去十分便利。

乡政府落脚地是现在的枫香树村。那时这儿也有了人烟，不过十来户人家。人家门前蜿蜒的土路，成为镇子最早的街道。当时不叫枫香树，这是 1958 年才起的名。后来枫香树村成为镇子的工业区，镇属企业大多于此落户，其中以阿坝制药厂为最大，占地达 20.7 亩，另有茅梨酒厂，水泥预制件厂，扶贫茶厂，纸箱厂等。

要是较起真来，其实中滩堡的地方才是资格最老的，唐代就已经在这里设堡驻防了，中滩堡这个称谓便是这么得来。这是个因实就实的起名，中滩指的是处地——地处渔子溪与岷江交汇形成的河滩，整座山谷里这是地势最平坦的一处地方。这应该就是后来发展成为镇子中心的缘故。1965 年成阿新线经过这里，一下将渔子溪、庙子坪等村落贯通。兼以映秀湾电厂沿公路两旁陆续建盖房舍，渐渐地，形成了以庙子坪为中心，

▲ 这是2008年5月14日航拍的地震后汶川县映秀镇（新华社记者　陈凯　摄）

环二台山而延展的镇子主要街道，该街道长约两公里，宽在十四至十八米之间。便是中滩堡村了。镇子及电厂的主要行政、企业、事业单位都集设于此。农贸市场也布置在村内横街上，街巷之间店肆罗列，行人络绎，颇有商旅云集，富足昌盛之象。更有小桥越渔子溪而过，直去渔子溪村石街曲巷、篱笆院旁，演绎几许江南水乡的悠悠韵致。

这说的都是地震前了。

2

地震，这个黑色的词，自 2008 年 5 月 12 日 14 点 28 分那个悲哀的时刻起，就与美逸如世外桃源的映秀，可恶地捆绑在了一起。

巨灾前，映秀居民已超一万六千之数，之后，所余三之去一。那么多的书籍对这场酷烈灾难进行了逼真描述。让人知道曾经有一个怎样狰狞的魔鬼从地狱里疯狂地破石而出，只是短短 80 秒钟里一个野兽般的打滚，就毁掉了人们漫长岁月里辛辛苦苦劳动所创造的一切。是的，那是魔鬼的行径，被死死镇压在地府深处一万年了的最黑暗凶煞的魔鬼，在面对天光的一瞬间它也丑恶地灰飞烟灭了，却让一块土地的山川河流、黎民百姓不幸地做了殉葬品。

汶川特大地震创伤最目不忍睹的是映秀，因为这里是震中，不幸之中的不幸者。

大地的伤口被无奈地写成一行行悲戚的文字：

水、电、道路、通讯等基础设施全部被毁。

村镇房屋悉数倒塌。

整个镇子直接经济损失超过四十五亿元。

连那些不可摇撼的高山大岭都海浪般耸涌，足球般跳跃，遑论一砖一瓦，一土一石修建的房屋、桥梁啊！

最惨烈者，由于特殊的地势、进入映秀的咽喉——百花大桥拦腰断裂、地震后连降倾盆大雨等等原因，造成映秀与世隔断，里面的信息传不出，外面的救援力量进不去，一时间成为死地。

映秀，是否你也是“美貌招灾”？就因为太娇媚迷人了，才横空遭此大劫？世间古来有论定，从来红颜天妒。

映秀的确是美，猜想最早吟出这两个字的人，多半是从“山清水秀，相映生辉”之类的句子中取意。这个地方并不大，就是群山环拢出的一个山谷，从这一端走到那一端，通常用不了一个钟头。抠实了计算，镇子面积不足两平方公里。若是站到山顶上去，远远朝下俯望，便会生出关于鸟巢的联想。真的像极了一个卧在地上的大鸟巢。或许夺人之处恰就在这“小”上头，方寸之地，有江有河，草丰林茂，飞鸟回还。更兼处地高原，气息透朗，天空常蓝，云彩常白，四季风都清爽。分明是个神仙居住的地方。

可是，上天造物，总是阳光和阴影同在，映秀貌美绝伦，却也深有衷曲，便是那难以根除的灾难隐患——它亭亭玉立在地质大断裂上。

有史书冷漠地这样记载：

汶川地处九顶山华夏系构造带，有三条主要大断裂斜穿全县：青川——茂汶断裂带；北川——中滩堡（映秀）断裂带；江油——灌县断裂带。县境及邻区地质构造复杂，地震活动较为频繁。

还说，汶川县境沿三大断裂和褶皱带穿插断裂，形成的众多地震群，都在断裂南东方向，其中沿映秀大断裂南东方向而布的地震群分别在漩口、水磨、白石、三江等地区。

漩口在映秀南边，两个地方其实难以清晰地分界，差不多就是彼在此中，比如设在映秀镇子里的中学就叫漩口中学。当然这指的是地震前。这块土地上，漫长的历史中，地震的次数是没法统计的，仅 1952 年到 1984 年之间，2.5 级以上的地震就 46 次，以下的 132 次。至于 1 级以下的，频繁得不烦细数。

史书上能查到的最大一次地震，是发生在清顺治十四年三月初八（1657 年 4 月 21 日），在威州地区，有文字精练描述当时情景：

地震有声，昼夜不间，至初八日山崩地裂，江水皆沸，房屋城桓多倾，压死男妇无数。

（康熙《四川总志》）

推断说，震中位置经纬度为：北纬 31 度 25 分，东经 103 度 26 分。里氏震级 6 级，烈度为 8 度。

威州即映秀所属汶川县县府所在地，在上行 58 公里处。

汶川地震震中经纬度为：北纬 30 度 98. 6 分，东经 103 度 36. 4 分。里氏震级为 8. 0 级，烈度为 11 度。

这两场相距三百五十一年的大地震，震中经纬度的差距是微末细小的，从地震冲击波角度，可以说就是在同一块土地上。琢磨史籍上这一小段文字，可以知道，那场地震有着鲜明的序曲，“地震有声，昼夜不间，至初八日山崩地裂。”就是说，开始时只是大地深处发出轰隆隆的响声，白天黑夜连续不断。持续时间至少二十四小时。然后在初八这天猛然间爆发，山崩地裂。

果真如此，则古代的天地要慈悲得多，先报了警，人心就会有提防的。属于智者的一类，即便没有地震常识，不知这轰隆声的真意，总是能直觉兆为不祥，从而及早去乡远避。就像远古时候的伏羲毅然率族迁徙，以逃灾祸。

汶川地震真的没有预兆吗？

几乎所有亲历者的描述，都告诉人们，这是一场晴天霹雳般陡然而降的灾难，完全没有任何先兆，叫人猝然面对，惊怔惶恐，措手不及。那么真的是现在的皇天后土“以万物为刍狗”，心肠不仁了吗？

曾在分析古往今来天灾人祸的文章中读到过这样意思，说其实无论何时，每有异变发生，总是天有天言，地有地语，向人们委婉地做出提醒，只是现代人太浮躁，听不见这些天籁一样的语言。

那浮躁便基本等于灾难了。

这其实是可以肯定的，对于人类，幸福的一个关键词是心灵的宁静，甚至可以说，宁静本身就是幸福。一个心灵丧失了宁静的人，已经在灾难中了。

汶川地震，是后来大地深处开始隆隆作响。那就是余震了，人们多以火车的声音作比，说是像有一长列火车从远处风驰电掣开过来。映秀的地下曾经有多少辆险恶的火车往来奔窜过啊，因为余震是那么频繁，一个月里就有差不多一万次。

映秀，是否就是这命里嵌着的毒瘤使你亘古寂寞，是否就是寂寞，让你如此美丽？

作为天灾的致命点，映秀一下子揪住了整个世界的心。九州大地，外域异邦，所有目光都焦灼而痛切地投向这里。疼惜、忧虑、伤痛、祈祷、祝福……

古往今来，不知还有哪块土地被如此地举世遥望过，牵挂过，怜惜过？不知还有哪块土地得到过如此多的爱？

去救映秀啊！去救我们的血肉同胞，姐妹兄弟，去救我们的亲人！

快！再快些！

苍天，给我一双翅膀吧，让我能够穿越乌云，越过高山峡谷，飞到映秀去。

真的拥有了翅膀，那是直升机，当幸存者在瓢泼大雨中，在瓦砾泥泞、饥饿寒冷中苦苦挣扎，奄奄一息，几乎彻底绝望的时刻，它像吉祥鸟一样出现在墨云翻滚的天空，那是神的影子，神的慈悲。

那是中国人民空军勇敢的战士。

紧接着，解放军指战员、武警官兵、公安干警、消防官兵……一支支劲旅翻越高山，趟过激流，十万火急地来了；

国家主席、国务院总理等国家领导人不顾安危，克服千难万险，满面焦灼，风尘仆仆地来了；

教师、干部、工人、商人、农民、学生等各行各业的志愿者昼夜兼程，心急如焚地来了。

装载着帐篷、药品、食品等各类救援物资的飞机、车辆从天空陆地，四面八方，匆疾有序地来了；

大型挖掘机来了，生命探测仪来了，X 光机来了……

一场前所未有，令天地动容，世界感憾的地震大救援在映秀遍体鳞伤的土地上悲壮地展开。

映秀，你的河流是我的血液，你的土壤是我的肌肤，你的山脉是我的骨骼，你的湖泊是我的眼睛。

你的伤是我的伤，你的痛是我的痛，你的苦难是我的苦难。

让我站立旷野，对着苍天大地，像杜鹃泣血一般，永恒地呼唤你，映秀，回来！

回到生，回到美，回到爱！

映秀，你必须回来！

这是中国的声音——坚定，有力，直贯九霄。

这是一个民族钢铁一样强硬的意志。

当艰辛备至、可歌可泣的救援终于结束，重建之歌沉缓而迫切地奏响了序曲。

映秀重建，上天选择了东莞。

人们把这叫做因灾结缘。这是一种有着宿命的神秘意味儿的缘分。一个是深藏在四川西北重重大山之中命被劫舛的小镇，一个是矗立在广粤东南辽阔大地之上日新月异的大城，两两相隔千公里有余。漫长历史中从没有过任何意义上的牵手。

许多人都曾试着对此做出诠释。普遍而简单的理由是，东莞富庶，具有“富可敌省”之誉，是一个年总产值位居全国前13位，城市人均收入排行位居全国前列，创造了经济奇迹的，具有强大前进能力和帮扶力量的地方。

这自然是无可异议的，却只是显见处，更有关键点，是东莞人舍我其谁、乐于奉献的情操和品性。东莞血性，历史有源。危难关头，挺身而出，是以高度概括方式定格在东莞历史中的伟岸姿影。曾经去探寻这种天地热血的渊源，在虎门林则徐抗击英寇的炮台、焚烟的海滩久久流连；在石碣镇水南村袁崇焕故居深沉地凭吊。悠悠白云，浩荡海风，以无言之言永恒传颂着一方土地之上责任担当的人性光辉。一代又一代，人们生息繁衍，这种根脉被完好地承继着，升华着，成为精神的金子。

成为东莞救助映秀的根本条件。

灾难发生后，东莞似乎完全是本能地，将双手伸向映秀。到国务院制定出台《汶川地震灾后恢复重建对口支援方案》的有关文件下达时，莞人的汗水早已浸透了映秀的每一寸土地。

曾就这件事询问过东莞市委市政府的有关领导，他们几乎异口同声地回答说，因为映秀是震中，受摧残最严重；因为知道援助映秀最难。

是的，映秀是震中，受创最重，援建最难。这使它成为整个汶川地震灾区援建中最为特殊的部分，成为全世界的聚焦点。

映秀重建，四大特点。一是定位高，要建成现代抗震建筑博物馆、防震减灾示范区、恢复重建的样板，5A 级温情旅游小镇。二是规划设计过程长，用了整整八个月时间。三是规划设计参与者全部是国内外顶尖级建筑设计大师，其中包括安德鲁、贝聿铭的设计团队等。四是规划设计方案需要报送国务院审批，然后实施。

这一切决定了重建的难度。

重建的难度，就是对援建者挑战的标高度。

比其他重建地区晚开工将近一年时间，竣工日期却基本一致。莞人在远离故土的地方卓绝地显示了自己创造奇迹的能力。

现在的映秀，又多了一些美称，便是那些重建规划时具有超越性的定位：现代抗震建筑博物馆、防震减灾示范区……

这些崭新的称谓中，最受人欢迎的，应该是最后一个：5A 级温情旅游小镇。

来到新映秀的人们，乍见之下，几乎都要冲口发出赞叹：啊，比欧洲最美的小镇还要美！

映秀，必将成为一座世界名镇。

映秀的彩虹

1

脸蛋红扑扑的男孩儿，笑嘻嘻在我身上拍一下，喊说，走，去看舞龙呀！鸟儿样嗖地飞走了。我抿嘴一笑，随在他后面。

就来到了渔子溪一号桥。

这桥上正有一条金龙游弋而过，那是舞龙队手臂高扬挥舞出的蛟龙。龙身颀长，见首而不能见尾，格外的一种奇巧流转，活灵欢腾，也许是飘飘飞雪映衬的缘故，它看上去那么华色灿丽，耀眼生辉。此为中国传统庆典中的保留节目，举凡佳节盛会，必会热闹上演。舞龙是盛典的眼睛，也是高潮所在。

原本这并不陌生，但在此时此境，犹如路边那些小小菜园，它呈现的是关于心灵重建、生命复活的重大深刻意义。我迎上前去，细细看那些舞龙队中人们的神情，我看见发自内心的喜乐和欢悦，似五彩祥云在张张面庞上萦绕闪烁。我看见人们腾跳的脚步那么轻盈，游舞的腰身那么灵巧。我看见人们的眼睛那么光闪明亮，喜气洋洋。

长龙的后面，是一对流光溢彩、虎虎生威的雄狮。舞狮的后面，是身着民族服装、声响铿锵的腰鼓队。一样身着鲜艳民族服装的观众们，欢歌笑语，陶醉着，簇拥着，随舞龙狮队逶迤而行。

欢乐的人潮渐渐远去了。收回相送的目光，我凝视站立其上的桥。

这是一座崭新的桥，宽阔，坚固，通敞，有着引人而独特的栏杆，上面精细镂刻着具有浓郁羌藏民族风格的纹饰，既现代时尚，又陈古雅旧，显示出深厚的文化内涵和审美趣味，宛然一件摆设在日色天光、山川河流之间的精美艺术品。

这是东莞援建的桥，我知道它总长 66.04 米，桥面装饰面积 1150 平方米。还知道它从动土到竣工，仅用了不到三个月时间，约略为水准类似的桥梁中建设工期最短的一座。

这样的桥共三座，分别名以渔子溪一号桥、渔子溪三号桥和渔子溪四号桥。共同归属东莞援建映秀工程项目“交钥匙”部分。从名字上，就能知道它们是横跨在渔子溪河流之上，将两岸紧紧相挽的人造彩虹。

2

原本，渔子溪河上是要修建四座桥的，除却上面提到的三座外，还有一座渔子溪二号桥，是要架设在渔子溪流经原漩口中学的段落。由于后来规划做了更改，四川省政府最终决定不对漩口中学 2 栋震塌宿舍楼进行拆除，将其遗址作为永久纪念地保留下来，于是二号桥不建。

▲ 渔子溪二桥（周运华摄）

三座渔子溪桥风格各不相同，其中一号和四号多所相近，都是双向二车道的车行桥，两旁设以人行辅道。一号桥的重点在于方便两岸居民的通行，这与它处在映秀镇南北两个片区之间的位置有关，一桥横卧，便将岷江西岸的住宅区与渔子溪南面的镇区畅然联成一体，居民可以越河而过，自在往来，十分便捷。

这座桥恰临渔子溪与岷江汇流处。曾有比喻，说渔子溪自西向东穿镇而过，在岷江拐弯处与之交汇，随意勾勒出仿佛张弓搭箭的图形。取这个意思的话，一号桥就恰是在弓弦正中。此处先前曾有旧桥，因形貌、承重力等方面极大显出局限性，且在地震中遭受严重破坏，不宜再用，被拆补改造，成以新桥。

四号桥相对一号桥略长，为 126.04 米，桥面装饰面积也大一些，共 1570 平方米。这座桥是鲜明的现代风格，桥梁装饰采用钢结构和玻璃相结合的样式，配以“穿斗式”组合线条，栏杆刷黑色氟碳漆，看上去简洁、庄重而昂扬向上。

“穿斗式”为四川民居建筑普遍应用的构架形式，是以穿枋、柱子互相穿联接通而成。应用此处，在显示突出的地域风格的同时，更加烘托强调了现代观感。

除了审美需求，如此构建还有目的，就是为了便于赶工期，出效率。同时，做到桥梁更坚固稳实，拥有最佳抗震能力。

如果说一号桥和四号桥在形态美和功能美兼备的情况下，侧重于现代感和实用性的话，那么三号桥可以说完全就是一座景观桥，它有着浓郁的自然乡土特色，是典型的廊桥样式，

廊桥是否为四川阿坝地区古桥梁独有的一种形式？志书上说，它又名桥楼子，是以石墩或排桩做桥墩，墩上纵铺梁木，梁上横铺面板，桥面竖架覆瓦，构成长廊式走道而获名。多为明、清时所修建。

如此，则渔子溪三号桥，是廊桥的创新之作了。

这座桥桥面上没有架竖覆瓦，而是代之以两座漂亮的亭子，亭子以白、灰两种颜色组合为主调，兼以深沉的褐色搭配点缀，透出一派雅致清隽的韵味。亭内一根主柱，旁立四根装饰柱，亭顶镶嵌透明夹胶玻璃，居下仰望，透过疏朗有致的条格，可以看见清风长送、白云舒卷的蔚蓝天空。

亭子和桥栏杆都是使用钢结构材质，因为刷了仿木纹的氟碳漆，乍一看去，与作为辅料的当地杉木板几无差异。这样的涂染，一方面是为了防止材料裸露锈蚀，增加使用年限，另外是为了呼应当地的民居文化特色，使过往百姓注目之下，感到熟悉亲切。如此的人文关怀体现在点点滴滴处，比如渔子溪一号桥，桥面装饰大量使用藏族同胞喜欢的黑色、褐色等热色，也是为了他们行走其间，能够产生强烈的回归感，从而内心欢欣愉悦，稳当安然。

采用钢结构而不选木材，也是跟当地的气候有关的，四川多雨潮湿，四季略同，木质建筑容易腐朽毁坏，不耐长久。

渔子溪三座桥的共性是，抗震设防类别为B类，烈度为8度，抗震设防措施等级为9级，桥梁结构的设计基准期为100年，百年一遇洪水水位。

3

从此，桥是映秀风光的一个骄傲了。

地震前，映秀也是有桥的，加起来恰好是渔子溪上莞人新修的桥梁之数，分别是百花大桥、团结桥和灵秀桥。其中灵秀桥便是渔子溪一号桥的前身，说是长 160 米，宽 1.7 米，为清光绪时，乡人吴永章始建。

团结桥是一座吊索桥，仍在，处枫香树村地段，横跨岷江。这桥还名万寿桥，志书上也有记载，说是长 113 米，宽 1.6 米，始建于 1664 年。1933 年遭洪水冲毁，未修，仅架一道溜索渡人。到民国 24 年，由时任县长组织民众撤溜索而重修桥。1955 年，当地民众合力，建成为钢绳吊桥。这座桥在地震中摧毁已严重，又遭遇泥石流的损坏，虽多方抢修维护，已然桥身倾斜，是一座危桥了。据说，映秀重建全部完成后，它会被宣布“退休”。

百花大桥是映秀桥梁中最长的一座，震前全长 500 余米，为漩口与映秀两镇的交界桥，素有映秀咽喉之称。它有着壮观而美丽的形貌气势，游览者们途经此处，总是要停驻流连，从各个角度取景拍照，定格它的风姿，并交口称赞，说它依循山势，倒映江水，犹如闪闪弯月高悬碧宇，又似洁白哈达飘曳水湄，堪称山地桥梁之杰作，实为岷江沿岸一道亮丽景观。

“5·12”大劫，百花大桥一击致命。

相关的介绍文章里，说它被地震彻底损毁，两个跨桥板和两个桥墩垮塌，其余桥墩均倾斜、开裂，桥面拦腰断折。不仅难以恢复使用，接连不断的余震中，残损的桥身随时被震动得崩坍陷落，给周边居民和往来车辆造成极大威胁，竟而成为安全隐患。

情势所迫，必须对它进行爆破拆除。

地震后半个月，5 月 28 日，抗震救灾指挥部安排实施了这件事。

2004 年修讫使用，2008 年拆毁废弃，这是一座命数最促短的大桥吧？

并没有彻底消失，残缺的桥体上被注刻了一行红色大字："5 · 12" 大地震遗址，严禁破坏。它成为一块土地上巨大灾难伤心的标记。

它的名字被承继，赋予一座崭新的桥梁，便是相距不远处，同样坚实地衔接岷江两岸的新百花大桥。

新百花大桥于 2008 年 12 月 27 日正式动工修建，历时八个月竣工通车。全长 470 米，宽 9 米，主跨 50 米，挺拔雄伟，气贯长虹，比之先前之桥，有过之而无不及。

新百花大桥依旧是映秀的咽喉，乘车徐徐经过，可遥见新建成的张家坪、黄家村等村庄，红瓦白墙，飞檐翘脊，掩映在山影树阴之中，犹如自然悬挂的一幅山水田园图画。侧身看去，大桥旧址尽在眼中，那清晰的一列红色大字，是血迹，是泪痕，亦是永恒的警醒和追思。

4

我喜欢站在渔子溪一号桥上看风景，不惟它恰在二水交汇处，更能尽览水波竞流、滔滔来去的趣致，还因为，这是一个能唤起我回忆的地方。就是在这里，我初见东莞市城建工程管理局工程师刘月兰。那时这座桥尚在紧张修建之中。蹀躞桥上，举目远望，眼中的映秀新镇也还是个机器轰鸣、脚手架林立的巨大建筑工地。

那是今年早春时节。

第一眼里，我没有看出刘月兰是女性，这跟她当时头上戴的安全帽有关，大大的安全帽把一头秀发全遮蔽了。另外，是她的黑黢、瘦削、奔走如风、嗓音嘶哑等等特点造成错觉。接近她时，我已远远地观察她许久了，断定她是桥梁工程的施建工地负责人。

当然，主要是想不到，如此严峻的一个地方，如此沉重的一副担子，竟然是由一个女人的肩膀在承担。

是她笑时颊上现出的酒窝，让我猛然识破她的真身。我问她，想不想家？她笑了，沉吟一下，抬起眼睛，坦真地看着我，说，主要是惦记孩子。她的儿子方满十三岁，读初中。

这是我们那次见面交谈中，唯一涉及私人生活的内容。我们说的都是怎么样盖屋筑路、建楼修桥。援建映秀“交钥匙”工程任务，全部是由东莞市城建局工程管理处承担。2009 年 6 月底，第一批职工和技术人员由副局长朱利民带领，来到映秀。相隔半年左右，第二批跟来，刘月兰即在其中。

援建阶段，东莞城建局工程管理处共有三位女性战斗在映秀，其中刘月兰是栉风沐雨、披星戴月男儿样终日喊嚷奔劳于施工现场的一位。

从无节假日、双休日，工作口诀是“5 + 2”、“白加黑”等等，都用不着再说了，东莞援建映秀的人们忘我工作的情形，是已经传遍了大江南北的。刘月兰滔滔不绝告诉我的，是一些有关桥梁装饰设计方面的事情。比如渔子溪诸桥的设计理念，是根据不同河段和周边环境，达到一桥一景；渔子溪诸桥灯光设计标准都是夜景灯光效果，桥上灯杆、装饰物等配套设施都是按5A景区标准取材；我们所立足的桥，扶栏所以是靠椅式，是为了方便行人歇脚休憩等等。

手臂一送，她指着远处，说起河堤来。修建加固河堤也是“交钥匙”工程内容之一，与渔子溪三座桥一起同属重建中水利工程项目。

这却是映秀重建的基础性工作。映秀镇是个逐水而居的聚落，拦河堤坝举足轻重，直接关乎镇子安危。“5·12”大地震，对岷江和渔子溪两岸的大部分水利设施摧毁严重，造成河堤垮塌，河道淤堵，必须迅速予以修复，以保证镇区重建工程的如期展开，顺利进行。

因此，修筑河堤，是关乎全局的一场战斗。

这样说时，岷江西岸的河堤工程大部分已经完工，顺着刘月兰的手指望去，可以看到灰白色的大堤犹如卧地巨龙，随奔腾南去的浩荡江水从容延伸，灿烂阳光下，江水与堤岸互为比衬，一个湍旋流荡，波涌浪卷，一个坚固稳实，巍然屹立。呈现一幅动静相宜、意味深长的别样图景。

刘月兰说，映秀镇的这一段岷江西岸河堤全长约2000米，其中有500米是完全损毁而彻底重建的，另外1500米为加固维修。重建部分运用的是重力式挡土墙设计方式，加固维修部分是重力式挡土墙外加钢筋墙设计方式。

岷江以水流湍急，冲击力大而著称，其全程只有735公里，水量却是黄河流量的两倍，全河落差达3560米。流经映秀的这一段，前面已经说过，1200米流程内，落差达26米。刘月兰说，他们曾做过一个试验，将一块30多斤重的铁坨子从桥上抛下去，瞬间就被冲下30多米远，根本无法沉底。这就给筑堤带来难以想象的艰难。为了永绝水患，设计者们绞尽脑汁，终于想出一个科学有效的办法，在堤坝的下部使用锚杆钻孔，然后进行安装固结灌浆，求得稳如磐石。

这种在汹涌激流中进行的劳作何其艰险辛苦！是想一想都叫人心怯的。刘月兰对此却挂口不提，只是笑笑地说，映秀百姓今后可以高枕无忧，安然入梦了。

渔子溪相比岷江，虽然看似纤秀一些，河堤修筑工程却同样艰巨不易，因为它水流的冲击力毫不逊色，同样有着不俗的落差——1350米流程内，落差达到26米，堪可漂流。而且它的河堤更长一些，总共2700米，兼及两岸，都须重修。此处堤坝的造型，设计者从古老的水利工程都江堰的建造中觅取灵感，在大堤的脚部设计了一个由卵石填充的斜坡，以为缓冲地带，这样一旦有巨大的石头从上游滚冲下来，就会被斜坡阻碍，大大削弱其撞击强度，起到良好的护堤作用。

大堤的下部还先进性地设计了兼具挡水和救生功能，可供攀援的自嵌式挡土墙。

刘月兰摆谈这些时神采飞扬，双眼闪闪有光，让人看见她内心的自豪和欣慰。可是我同时看见了她和工程建设者们巨量倾洒的心血和汗水。渔子溪两岸河堤是美的，灰白色的堤根，绛红色堤身，雅秀明艳，相映生辉，宛似两条修长彩带，裹护着一流清波湍然而去。与世间所有美一样，它的景深上隐现着一个奇崛大字：难。

后来我知道，刘月兰的嗓音嘶哑完全是劳累所致，她的面皮黑黢也非为本色，乃是映秀的骄阳厉风所赐。相隔大半载后，在东莞我又曾见到她，竟是声音脆朗，面颊润泽，英姿飒爽一位靓人，使我刹那间想起“脱我战时袍，着我旧时装”的古代女丈夫花木兰。

在东莞的刘月兰，肩挑着投资逾二十亿的城市快速路工程建设上下协调、现场负责的大担子，这也是令人感佩的挑战，里面事趣甘苦，曲折多多。可是她津津乐道的，仍旧是映秀。这个远方的另一个家乡已深深刻进她的生命，成为魂牵梦绕的记忆了。

刘月兰 2009 年 11 月 4 日来映秀，2010 年 12 月 28 日返回家乡，时年 41 岁。在映秀期间，主要负责水利项目和市政项目工地现场管理。

她离别映秀正好一个月时间，那她对这里此时长桥如虹，长堤似龙，桥下水波清淼，堤上树影婆娑的美景自是了然的了。遗憾今天她没有在这里，和我一样目睹彩狮高蹈，飞龙过桥，鼓乐喧天的热闹情景。要是她看见映秀的父老乡亲如此欢欣鼓舞，纵情表达乔迁新居的喜悦，心里该是多么高兴呀！这正是她和自己的战友们在这里艰苦奋战时内心燃烧的强烈愿望。

映秀的微笑

1

是歌声引我来到映秀的综合市场。

即便是新映秀，这也不是第一次来了，何以眼中所见的一切都如此新鲜得仿如乍然相对呢？

是呀，这些楼宇、街道，包括路边的一草一木，一树一石，都是崭新的。这是一个完全彻底的新天地。它应该是目前世界上最年轻的一座城镇。从始建到落成，仅仅一年时间。

汶川大地震灾区中，映秀小城是唯一彻底成为废墟的地方，也是唯一在废墟原址上重新修建的地方。

此为其独特性之一。

到底是举镇迁走，另择安居之地？还是原址重建，绝不放弃？这个问题曾经深深困扰过人们的心灵。也是映秀重建规划设计慎之又慎的关要所在。

▲ 映秀综合市场（周运华摄）

一定要将映秀在原地上扶起来！

一定要让重新站立起来的映秀尽展人类大爱辉煌的力量！

映秀恐怕是古往今来世界上受到关注度最高的灾后恢复重建之地了。首先体现在重建规划设计方面，是由川粤两省建设厅统一部署而完成。尽管后来媒体报道时使用的大多是“大师云集重绘映秀”之类语句，实际上，这项工作中，付出最多，贡献最大的，是东莞市城建规划设计院。可以说一切是从他们开始的。地震过后两个月，2008 年 7 月 17 日，该院组成的映秀项目组，就勇敢地进驻映秀镇，开始了总体规划编制繁琐细碎的摸底工作。这期间地震灾区，尤其是震中，余震、飞石、山体滑坡等等惊险恐怖是尽人皆知的，就是在这样非同寻常的艰难情境下，他们置个人安危于不顾，抚摸映秀的每一寸土地，抚慰映秀的每一颗心灵，苦苦奋战了整整七十个日夜，于2008年9月27日捧出用生命和心血凝成的初步规划成果，为城市设计呈上弥足珍贵的基础资料。

接着，又进一步熬炼，奉上映秀镇总体规划初稿。

后来，映秀镇城市设计编制单位——上海同济城市规划设计研究院（西南所）投入力量，共同探讨，对初稿加以丰富、深化，磨成最早的城市设计方案。

心血一滴一滴催放这朵奇葩，前后用了整整半年时间。终于，一朝捷报传来，2009年4月，映秀镇重建总体规划方案通过了四川省、阿坝州两级政府的审议！

这是荣誉，也是回报。奋斗者们可以一洗征尘，欣慰展颜了。

荣誉更进一步成为礼敬和嘉奖，2009年12月9日，同济规划设计院上报的映秀镇修建性详细规划，荣获“2009年度四川省优秀城乡规划设计项目”评选一等奖；相隔十八天，2009年12月27日，东莞市城建规划院上报的映秀镇总体规划荣获广东省建设厅“2009年度广东省城乡规划设计优秀设计奖”一等奖。

当然，大师萃聚，星光璀璨，确实是映秀可以千古传颂的骄傲，它照亮了这方灾深难重的土地，使得她在倍感温暖欣慰之际，刹那抖落笼罩在命运上伤痛的阴影，露出舒心的微笑。

众人口口相传的“站在小镇背后的大师”，约略指的是建筑设计业界的精英们，其实，更有广泛社会领域的英杰们为映秀重建慷慨贡献了智慧和力量。四川省、阿坝州两级政府的满意，对于东莞人来说，仅仅是爬上了第一个山头，他们拟定征服的最高峰，更在重重峦岭之上。那无限风光处，遒劲地勒石镌刻着这样一些句子：

全国灾后恢复重建样板。

广东援建典范。

现代抗震建筑博物馆和防震减灾标志性示范区。

汲取灾难教训、集中人类智慧、造福子孙后代的标志性工程。

这是国务院总理温家宝、广东省委书记汪洋、四川省委书记刘奇葆等国家和地方领导人对映秀重建提出的殷切希望，更是东莞援建工作者给自己制定的高远目标。

要拥抱这一目标，必须让规划设计方案更精彩，更趋于完善，更具有城市建设时代的先进性。

他们开始行动了，不惜心力、财力，广招天下精英，以集思广益，共绘蓝图。首先，邀请清华大学规划设计研究院、同济大学规划设计研究院等五家单位参与城市设计方案竞标，以优中选优。接着，于 2009 年 4 月，就“安全、先进、优质、环保”之重建主题，举办了规模盛大的国际研讨会。当其时，计有国家建设部、联合国亚洲防灾减灾中心、中科院中国建筑研究所等部门、机构，包括中国大陆和日本、新西兰、意大利、中国台湾等地震频发地区的国内外建筑、规划、抗震、生态环境等领域的六十多位知名专家学者，以及抗震新技术新材料相关企业技术人员等 260 余人，亲临盛会，各抒己见，各逞其才，为映秀重建建言献策。

最后，诚邀国内外著名设计大师参与具体建筑物的设计。

最后的，成为最激动人心的。

新映秀镇，大师手笔，如此作记：

青少年文化活动中心，由世界知名华裔建筑大师贝聿铭设计团队担纲设计。

映秀七一中学，由曾经协助梁思成创办清华大学建筑系的两院院士吴良镛主持设计。

汶川大地震震中纪念地体系和映秀中心卫生院，由中国工程院院士、华南理工大学建筑学院院长何镜堂主持设计。

映秀镇国际学术交流中心，由中国国家大剧院设计者、法国著名建筑大师保罗·安德鲁设计团队负责设计。

全镇建筑外观的协调性等，由同济大学负责做最后把关。

曾有人慨叹说，这座小镇特殊的建设历程，足以载入中国建筑史册。其实，将“中国”两字换成“世界”，也是适宜的。举世之上，还有哪个万人小镇，是这样地聚合全世界最高智慧？这样地“先进性”遍布所有细节？

映秀新镇人口，规划不超过一万两千之数。

映秀重建要运用先进的规划设计理念、先进的抗震技术、先进的建筑材料、先进的施工工艺……“先进”二字须以“成熟”垫底。

数易其稿，精益求精，都是人们描述这件事所使用的形容词。这也成为它最令人担忧的特征：重建开工最晚。

映秀新镇重建总体规划设计方案，终于获得批准，可以付诸实施，已是2009年5月。

国务院总理温家宝曾在2009年政府工作报告中做出指示，地震灾后重建要力争在两年内基本完成原定三年的目标任务。此时，距离这一指示规定的时间已不足一年。

此次对口援建汶川地震灾区，全国共有十九个省市，广东省（不包括深圳）共有13个辖市，慨然出师。此时，其他兄弟城市早已机器轰鸣，长帆远去，有的甚至就要凯歌高奏了。

这一切，成为怎样令人望而却步的沉重压力啊！新映秀镇所以美得动人心弦，是否就因为是成就于这种几乎不可为？

映秀新镇，美不胜收，其中一个生动点，就是此刻出现在我眼前的综合市场。

2

我是沿岷江西二路走来。综合市场处在镇子中心部位，四条辐射线一样的道路，从四个方向延伸而来，使中心点尤其显出四通八达况味。镇子主要交通干道东莞大道居北，东连二台山路，西接东纵二路。我来的那条路在南边。

雪花儿不知何时悄然停了，天色明亮了许多，薄薄笼在树梢、房脊上的雪就更像是有意布置的装扮物。综合市场的楼宇更清晰了。跟映秀新镇的整体风格一致，这是一座兼容传统、现代与民族文化内涵的建筑，明黄与褚褐杂糅的房顶，以当地片石嵌制的亚棕色外墙，远远看上去，显得简洁和谐，端秀大方。楼高两层，乍眼一望，感觉是一座森林里的木头房子。

这就是仿木风格建筑的艺术效果，它的骨架其实是钢质。现下建筑学上的名称叫做钢框架结构体系。我知道这座楼房是西南设计研究院负责设计的，外观造型上，尊重了当地民俗审美趣味设计。工程上全部运用抗震新技术，楼面、屋面以钢筋混凝土板构筑，梁、柱等采用焊接H型钢，钢材基本属于同性均质材料，具有轻质高强、延展性强等优越性能。

我还知道具体负责管理这项建筑工程的，是一位叫史传川的年轻人，他是中建七局职工，来映秀时24岁。是2009年7月29日一个人从广州坐火车奔赴四川的。头一天，公司领导突然从广州花都区天马河项目施工现场找到他，问他愿不愿意去支援映秀？他几乎想都没想就一口应下了。和大部分援建工作者一样，一经决定立刻登程，来不及回家告别。他的不同之处是，原本定于2009年12月20日举行的婚礼被因此遥遥推迟。

史传川刚来的时候，这里还是一片没有清理的废墟。这个地方清理废墟时很费劲的，足足清下去有四五米深，是年轻人未曾经历过的事情。另一个未曾有过的经历，是整座楼房从动工到建成仅仅用了五个月时间，快速得有些像是神话。

那个时候，这楼还叫农贸市场，是后来，援建工作小组组长陈林佐给改成了综合市场。林佐组长端详着眼前的建筑物，笑呵呵跟站在一旁的人说，太漂亮了！叫农贸市场似乎有些不相宜，改成综合市场要合适些吧？

映秀老乡们从旁边经过，笑着，指点着，说，嘿，这哪里像菜市场嘛，比咱们从前家住的房子都安逸哟！

川话中，“安逸”有漂亮、好看的意思。

老乡们的概念，所谓农贸市场，就是菜市场，从里面能买到蔬菜、水果、肉蛋米面鱼虾……

驾车途经此处的人们，远远望过来，都要忍不住赞叹，说自己走南闯北，也算见过世面，开过眼界的，却从没见过这么养眼的农贸市场，简直是“五星级”……

说这是目前国内最美观的农贸市场，应该是不会听到异议的。如果你去问有关规划设计者们，何以如此的缘故，一定会听到这样的解释：映秀新镇的修建标准是5A景区，5A景区里的每一座建筑都须具有景观的特质。

也就是说，这综合市场同时还是一道建筑景观，一座旅游设施。

我却觉得，这份用心里，最深刻的意思，是为了表达对饱受灾难之苦的映秀乡亲们至深的爱和抚慰。在这样美好愉悦的环境里，相对而言，容易淡化和告别伤痛的记忆，开始新的生活。

综合市场的一个特点是辟了入口广场，联通着一条L型商业步行内街。这商业街也很别致，被集中市场区和临街商铺区四下里松闲地围着，两个区之间有长长的直通廊道，周围也都设了广场，由广场而与各条伸来的街道连接。高低有致的商业建筑群落与周边生活意味十足的民居互为映比，洽然相融。

2009年，东莞援建者在映秀开始投建的第一批民生项目，农贸市场为其一。

面对朴素而华丽的崭新楼房，我不由想起有些文章里介绍的史致川等建设者们曾经的，设在工地旁边的宿舍，那是些洗澡间和卫生间公用的简易板房，每个窄小的房间里住着四到六人不等。墙壁上一幅接一幅贴着《外墙做法》《图纸会审记录》《修改通知单》《节点详图》等等工程施建技术图表。他们在这空间里待的时间其实并不多，因为每天结束忙碌，归来寝处，总是已经十点多钟了，而早晨天一亮就要起身奔往工地的。那他们是像高考前夕的学子们一样起床之际一边穿衣服系纽扣，一边两眼盯着墙壁默默记诵纸上内容？

我能念出他们中间许多人的名字：

胡德鹏，郑懿，肖斌，刘国潘，李杰峰，陆军，周杰平，乾清，黄祥清，刘贵宝，袁向东，罗光辉……

举步迈进综合市场之前，对着曾经的简易板房宿舍所在方向，端正身姿，深深弯腰致意，以表达自己对在其中克服寒冷、潮湿等等困难，居住了大半年之久的建设者们深深的感激和敬意。

3

综合市场内装饰一新，一片富丽堂皇。一楼是农贸部，也就是摆设蔬菜、水果、肉禽蛋类等物品的地方。这些东西还没有上场，因为此处被借用，将是今天举行坝坝宴的场所之一。宽敞的大厅里，如刚才所见东莞大道的情形，已经横纵有序地摆满了一张张大圆桌，服饰鲜艳的工作人员们正在往圆桌上铺桌布、放杯盏、摆鲜花。洁白的桌布，娇艳的花朵，跟屋顶、四壁上悬挂的彩灯彩带相映生辉，一派欢天喜地的气氛。

二楼是百货部，正常营业了。今天这样举城欢庆的日子，自是商家不会错失的机会，横悬竖挂，飘飘扬扬的大红绸带上，都写着夺人眼睛的大字：迎新年、迁新居、映秀年货购物节。

年货自是品种丰富，小到针线盒、钥匙链、水果刀等日常用品，大到电视机、冰箱、洗衣机等家用电器，一应俱全，琳琅满目。此刻最热闹的是儿童玩具柜台，诸多玩具中最走俏的是兔子布偶。尖尖的耳朵、短短的尾巴、雪白的绒毛，样子俏皮可爱的布制大白兔，显然深深赢得了孩子们的心，都聚拢来，指着，笑着，跳着，叽叽喳喳，争相购买着。我静静注视，会意一笑，“虎去雄风在，兔来喜气浓”，人们满怀憧憬和喜悦迎接的，是兔年呀，小朋友们都要拥有一个吉祥的白兔伙伴呢。目睹这样的情景，一时间不觉有些恍然，仿佛置身在繁华成都的商场里，忘记了脚下土地甫去不远的巨大不幸。

4

这才想起寻找吸引我到来的歌声。

顿时觉得歌声在耳畔响亮起来。

顺着它传来的方向，穿过热闹的人群，我来到一个正在鼓乐喧天彩排的文艺表演队面前。约略有二十多人正在教练指导下认真演练节目，显然都是业余，平日里或农或商，谋生于街巷市井的百姓们，男女间杂，一色青壮的年纪，都穿着红衫绿裙色彩鲜艳的演出服装，满脸舒心的笑容。我伫足侧耳，细细听了半天，感觉歌者们音正调准，吐字清晰，容色大方，颇有些味道。歌曲以藏族、羌族民歌为主，活泼喜乐，奔放热烈，极富感染力，令听者不自觉间就血流加速，振奋起来。

仔细端详着面前的张张脸庞，想看看能否找到一个认识的人。春天那次来，我曾跟好多当地乡亲聊过天的。竟就觅到了一张似曾相识的脸，圆润润的，两颊微微染着高原红，是一个三十五六岁的妇女。盯着她，用力想。想起来了，她是中滩堡村的，叫刘艳。心潮忽而低了下去，因为猛然想起她的哭声。上次见面，她几乎是未语先流，泣不成声，反复诉说地震带给她的家难，房子成了废墟，年仅九岁活泼可爱的儿子去了，开朗健康的婆婆去了，丈夫双腿高位截肢，终身瘫痪……如此的不幸怎能够安慰？我直听得满心悲戚，找不到语言。

而此时此刻，若走上前去，让她认出我，会不会重新勾起她的伤心事，破坏眼前大欢乐的气氛？

正犹疑间，听得一声喊，竟是有人在唤我，好奇地循声望去，看见发喊的恰是刘艳。她也将我认出了。这就别无选择了。我不由紧张起来，有些张口结舌。她倒爽快，奔过来一把拉住我，大声说，郭老师你又来了？这几天我就想呢，要是你能来看看我们现在的样子该有多好！你看，你看！她手四下里指着，身子团团转了一圈。我领会她的意思，是要让我看她们的崭新楼舍，崭新街道，崭新的一切。就笑着，说我都看到了，刚才一路走一路看，看得仔细呢！

巴适不巴适呀？

巴适！我由衷地说，一边用力点头。

巴适，川话，好的意思。

真没想到会这么样巴适吔！还是共产党好哟！

是呀，是呀！我一边应着，就想脱身走开。在好字上急流勇退，从来是智者之选，尤其此等时刻。不想却走不成，她拽得我紧，不肯松手。郭老师你别忙走，一会儿听我唱歌呀，你看我唱的要不要得？

听你唱歌？好呀好呀。我连连点头，笑应着。

今天我要唱三首歌呢。还要打腰鼓。说着，她在悬于腰际的小小腰鼓上，嗵嗵嗵，响响敲了几下。

唱三首？我有些惊奇，是独唱吗？

这句话出口，立刻知道错了，因为看见它成了那最想避免事情的导火索。刘艳轻一抿嘴，说起了过去……

地震前……

她这三个字像是一根吊索，把我的心一下高高吊起来。所幸旋即就松松适适落下。面前这个中年女人，她说的过去，不是伤心的过去了，是那些欢乐的记忆。她说地震前她和姐妹们就经常参加映秀各种各样的文艺活动，可以说是镇上的文艺骨干呢。

我们不光是唱歌，还喜欢跳舞，地震前，每次文艺表演，我们都要跳舞的，跳我们羌藏的民族舞……

我一直盯牢着她的眼睛，担心着那里面的变化，终于一块石头落了地，变化没有发生，“地震前”这类的字眼儿已成寻常物，不再是她心灵的原子弹了。

不由释然，大慰，一时间也欢欣鼓舞，快哉乐哉起来。

刘艳松开了我，有人在喊她，该她们节目了。她脚步轻快地过去，端端正正站在队列里。我一看知道了，她不是独唱，是女声小合唱。

歌声响起来了：今天是你的生日，我的祖国……

这是我喜欢的一首歌。听着听着，一时心潮澎湃，难以自抑，也随调和声，跟着唱了起来。

忽又听见有喊我的声音，转过头去，瞅见了身旁边站立着阿华。他说：郭老师，走吧，开席时间就要到了。

我猛然惊觉，跟着他匆匆而去。

映秀的阳光

1

太阳出来了！

当我惊喜地喊出这句话的时候，自己还是有些不敢相信眼前的事实。那金金地，薄薄地，闪闪涂染在远山之峰峦，近树之杈梢，楼之檐顶，房之脊线的，真的是阳光哇！

我朝阿华看去，希望他为我证实。阿华却不见什么表情，只用他特有的大声腔应了一句：太阳是刚刚出来的——我进门去找你的时候。

阿华，你是将情感深深沉入心灵的人，这是天生的性情，还是映秀的赐予？

他的愉快还是能够从背影，从脚步，鲜明看出来。

从一大早，我们就盼着出太阳啊。

太阳真的就出来了！

天公真是作美啊！

这显然是令所有人都振奋不已的事情，灿烂阳光照耀下的整座映秀镇，整条东莞大道变成了欢乐的海洋。和阳光一样四下飘飞的是喜悦而嘹亮的歌声。我听见那么多人在齐声歌唱《社会主义好》：

社会主义好，社会主义好，社会主义国家人民地位高……全国人民大团结，掀起了社会主义建设高潮。

共产党好，共产党好，共产党是人民的好领导，说得到，做得到，全心全意为了人民立功劳……

这样的时刻里听见这样的歌声，真是别样触动，百感交集。确实是社会主义好，共产党好呀。纵观历史，放眼全球，哪个朝代，哪个国度，遭受自然灾害的民众得到过如此的关怀、救助、抚慰和爱呢？翻开历史书，我们看见的都是在洪水、地震、干旱、蝗虫等等天灾人祸逼迫下，衣衫褴褛，拖儿带女，逃荒乞讨的难民。而近现代的世界，即便一些经济发达的国度，受灾地区的恢复重建工作也是远远不能够跟中国速度相比拟。1995 年日本阪神大地震，灾后恢复重建用时整整十年，1999 年台湾“9 · 21”大地震，重建用了六年，而美国新奥尔良市 2005 年 8 月被飓风灾害摧毁后的城市，至今恢复重建还没有完成……

是的，映秀灾后恢复重建速度，是中国速度。

映秀百姓，你们是不幸的，你们也是有福的。

东莞大道变成了一个露天大餐厅了，并列的两排宽大圆桌从这头一直通到那头去了，张张圆桌旁边都坐满了人。两边的街畔还是摩肩接踵，人潮涌动。今天人可真多呀，映秀乡亲们全都回来了吧？

跟在阿华的后面，穿越人群，很快来到了街中心。这里是众声合唱的发源地，小小的一个广场上，搭设了一座红彤彤的舞台，红艳的地毯，红艳的幕布，红艳的灯笼，红艳的绸带……稍稍隔开一点儿，那些大圆桌的旁边，围坐的都是一身民族装扮的中青年妇女，歌声就是她们发出的。她们喜气洋洋坐在那里，坐在温暖明媚的阳光中，满脸笑容，愉快地放声歌唱着。

但是伴奏乐曲是从哪里来的呢？又加了仔细，于是听出歌声还有一个来处，便是舞台旁边摆设着的那台大音响设备，是它在播放碟片。一时间前曲终了，略为停顿，下一曲开始演唱，是《感恩的心》。只听圆桌前的女人们又整齐发声，跟着一起唱起来。

感恩的心，感谢有你……花开花落，我一样会珍惜……

她们人多，几张桌子加起来，有五六十个，兼之心情好，从里到外阳光普照，且情真意切，发自肺腑，声音就格外洪亮，竟是压住了那音箱里传出的原唱声音。

确实，这样的时刻，她们要唱这首歌，让人们知道她们的心声，知道她们的满怀感戴之情。

这世界上，感恩是最珍贵的情怀吧？因为它呈示的是一种爱的互动过程，是一个美好的人间故事，告诉人们，此中有付出、奉献、仁爱和善良，同时有回报、感激、幸福和珍惜。

阿华朝前指着，说，郭老师，那就是十六号席，你去坐吧。然后就端着相机去忙了，这样的场面对于他自是无比珍贵，忘记饥饿是可以理解的。

我顺着他的手指瞭了一眼，大略记下位置，并不立刻去坐，我还是要四处看看的。

我看见在红艳舞台的侧边，宽大的白色帆布围起的露天厨房里，厨师们正在紧张忙碌着，切好的老南瓜、胡萝卜、玉米等摆放在灶台旁，藏羌特色的腊肉香肠已装好了拼盘，灶上的蒸笼堆了六七层，热气腾腾，香味扑鼻。戴着“红帽子”的大大酒坛一拉溜儿排过去，显出格外的喜庆气息。

一个叫王越和的中年厨师告诉我，他们共有一百多人，是起大早从都江堰赶过来的，到映秀时才凌晨四点多钟，来到就开始忙，一直到现在。传统坝坝宴是“九大碗”，今天却不同，将是十六道菜，显然是取六六吉顺之意。这是一个特别的新年呀！他满脸是笑地说，映秀百姓庆贺乔迁新居的第一个新年呀，肯定要格外隆重热闹的。指点着灶台上铺摆着的盆盆碗碗，他热情地为我介绍起菜品来：这是豇豆炖腊猪蹄，这是红萝卜烧牛肉，这是老豆花，这是土鸡汤……他还告诉说，今天菜肴的亮点是映秀板房鸡、映秀回锅肉，和他正在制作的风味腊拼盘。

我有些馋涎欲滴了，无限憧憬中，为自己赶上了这个前所未有的丰盛坝坝宴而庆幸不已。

这时候，有熟悉的童声歌曲随风而来，是那首由地震小英雄林浩首唱，继而广泛传唱的《我祝愿》。心便一动，林浩今天会来吗？含笑告别王师傅，我又循歌声而去。

2

于是看到了一个格外温暖感人的场景。

几十个穿着崭新服装的孩子整齐地站成两排，抬头挺胸，大声地歌唱，在他们前面，一些面容慈祥和蔼的人们，亲切地笑望着他们，显得那么安慰、愉快，充满希望。我觑目细瞧，那个正伸手爱爱地、轻轻地抚摸着一个小男孩儿头顶的，是四川省委书记刘奇葆呀。一时想起方才在映秀镇政府的板房办公室里听到的，今天四川省几套班子领导都要来的话，就仔细辨认起来。果然是五大班子领导都在场，分别是，四川省委副书记、省长蒋巨峰，省委副书记李崇禧，省委常委、省委组织部长柯尊平，省委常委、省纪委书记欧泽高，省委常委、省委宣传部长黄新初，省委常委、四川省军区政委叶万勇……

小朋友们怀里都抱着漂亮的布偶玩具，有洋娃娃、大熊猫、小白兔等等，显然是刚刚得到的新年礼物，个个脸上笑容灿烂，透着幸福满足。

林浩来了，就在队列中间，仿佛曾在电视中见到的样子，他正感情投入地和小朋友们一起放声高歌：

我祝愿，爷爷奶奶健健康康永远不老，我祝愿小朋友们快快乐乐没有烦恼，我祝愿爸爸妈妈恩恩爱爱事业步步高，我祝愿爱我的人我爱的人一切都好……

稚腔稚气的歌声有一种独特的令人感动的力量，我静静听着，脑中闪过“少年强则中国强”之类句子，一时深有所悟，领会了刘奇葆等省里领导们笑容里包涵的安慰和希望。是呀，最大的拥有是拥有希望，有林浩这样坚强勇敢的少年，有这样明亮耀眼的未来和希望，映秀必定会繁荣富强的！四川必定会繁荣富强的！中国必定会繁荣富强的！

一刹那间，心中亮光闪动，又生悟想，映秀真正的阳光是此时此刻流溢闪烁在省委领导和孩子们脸上真心的欢笑；是此时此刻，团聚在映秀镇的所有人们脸庞上发自内心的欢乐笑容。这是党的温暖，是百姓的福祗，是民族的希望。

后来知道，小小合唱队由映秀小学的27名学生组成，在这特殊的日子，这些小小年纪便有着独特人生历练的孩子们，是兴冲冲来给爷爷奶奶、叔叔阿姨们，给亲爱的家乡拜年，祝福的。

陈林佐呢？

我想起此行重点要见到的这个人。大家都说他是跟四川省领导们在一起的呀，垫脚伸颈，大睁双眼，我仔细地在人群里寻找起来。却终于不见。

《我祝愿》渐近尾声，小广场舞台上传来麦克风送出的宏亮嗓音，坝坝宴开始了！省委领导们在欢欢喜喜的人群簇拥下，朝那边走过去了，主宾席正对着红色舞台，他们是要跟大家一起吃团年饭的。

我也随跟着走，也许林佐组长已经在十六号桌就坐了吧？那也是今天不同于众的一张贵宾席。

3

十六号席稍稍靠左边一点儿，侧对着舞台。

已经围坐了好多人了，傅晓炜，陈志标，朱利民，杨成，郭浩辉，王俊锋，李志军……仍是没有陈林佐。心里便想，他当然是要跟四川省的领导们同席的了。这样时候却不便过去打扰了。我在傅晓炜旁边的一张椅子上坐下来。

跟人们一样，我称傅晓炜傅处。

陈林佐，傅晓炜，陈志标，被美誉为“映秀三剑客”，可见这三个人是承担最重，付出最多的。

这是第二次见到傅晓炜。我侧脸着意端详了下，就是人们在文章里描述的那样子，四十五六岁的年纪，中等身材，挺拔健实，微黑的面庞，一双眼睛亮熠有神。并不能觅到那个著名的电影里大侠佐罗的迹象。今天他跟这里的所有人一样，从里到外都是笑，更加没有剑客的味道了。

本来这是采访的好时机，但话到嘴边，又咽了回去。我想问的话，肯定会有别的人来说出的，我还是不累他们了。另外，不想自己太多显露作家的痕迹，我愿意成为他们中间的一员，成为他们的朋友。

随着舞台上麦克风高分贝传送的话音，场面更加热烈起来，整条街道都沸腾了，使我联想到春节联欢晚会火爆的现场。领导致辞，贺年，众人高高举杯，同庆乔迁之喜，同庆新春佳节的到来！

这是整个节日的高潮，这是无数个艰辛劳苦的日子凝聚成的时刻，这是映秀春天款款降临的金色节点。

我也将满斟着青稞酒的杯子举起来了，我也满面笑容，满心快乐和幸福，可是，没有往嘴边送，匆匆将酒杯放下，我离席而去。还是得去找到陈林佐，我要亲眼看看此时此刻这个人的情形。

找到了，林佐组长就在离我们不远的一张圆桌旁，跟蒋巨峰省长同一桌。他们正对着舞台。我看见他高举着酒杯的手臂，我看见他脸上的笑容，我还看见，他的眼角，仿如阳光下雪山的反射，晶亮亮地，有泪花儿闪动。

在今天，在映秀，在此时，还有哪个人，这样从里到外地笑着，笑着，眼角却悄悄地闪出了泪花儿？

服饰鲜丽的工作人员脚步轻快地端来一盘又一盘热气腾腾的菜肴，我看见映秀板房鸡、映秀回锅肉等亮点菜品都被安排摆放在林佐组长的面前。我听见人们在殷切地劝让着：陈市长，来，吃一点儿，吃一点儿哟……

是的，林佐组长，吃一点儿吧，这是映秀父老乡亲的心意。这是你三年援建巨大辛劳的报偿。

致辞、祝酒结束，歌舞开场，不光是映秀本土人们，献艺助兴的，还有来自四川省歌舞团和阿坝州歌舞团的专业演员，或歌或舞都技艺精到，悦耳爽目，使人心怡。

我回到十六号桌。果然傅处身旁记者络绎，往来不绝，四川电视台，四川人民广播电台，四川日报，华西都市报……相信今天四川的所有媒体都来到了映秀，都不会错过对“映秀三剑客”的访谈。

请问看到今天这样的场面，您有什么感受？

果然有人讲出了我要说的话，而且几乎是记者们一个共同的提问，不管是端着摄像机而来，还是握着录音笔、拿着笔记本来到面前的。

傅处如何作答？我侧脸瞧着，心内猜度，该是感到欣慰，高兴之类言辞吧？他开口了，答说，映秀乡亲们终于告别过度板房，搬进了新居，在漂亮的新家里迎接新年了……这下我们总算心里安生了，回到东莞去，可以过个踏实年了。父老乡亲的满意、笑容，就是给我们的最好新春礼物呀。

翻来覆去，就是这些意思。我全神贯注听了半天，见不会有更豪壮的语言，就转移了注意力。这张桌上有一个映秀老乡，应该是镇政府干部的身份，五十上下的年纪，一张淳厚而沧桑的脸。显然是专为招待东莞嘉宾的，他满脸是笑，不停地端起杯子劝酒，敬酒，举起筷箸让汤，让菜，一副不知该怎样表情达意的样子。我能理解他的心情，东莞援建者们以自己的劳动和汗水彻底扭转了他们的命运，捧手给予了他们一份闪闪发光的新生活，一份简直不敢想望的人生幸福，这样的大恩德如何以报？

华妆盛服的美丽藏羌女子手捧青铜酒碗，甜甜微笑着来敬酒了，她说，感谢你们啊！有你们的帮助才有我们的今天！

我心神一亮，这是早晨一来到映秀土地时就想听到的话语吔。女子羞答答笑着，重复着这个句子，我一遍一遍地听，一时间欢慰满心，其乐陶陶。说有说的好，不说有不说的好。人类语言，真是奇妙呢。

阿坝州的领导来敬酒了；汶川县的领导来敬酒了；映秀镇的领导带领着工作人员们来敬酒了……

廖军书记告诉我，映秀百姓们是一个月前开始陆续从都江堰等灾民安置点往回搬的，已有百分之八十迁入了新居。这是根据《汶川县映秀镇群众动迁入住方案》而有条不紊展开的工作。余下的会在来年三月份之前全部住进新家。今天的坝坝宴共摆一百八十桌，与会者超过两千人。

▲2011 年 1 月 31 日在东莞大道举行的“千人坝坝宴”现场（周运华摄）

◀2011 年 1 月 31 日在东莞大道举行的“千人坝坝宴”现场（周运华摄）

他眉开眼笑地说：是有史以来最盛大的一场坝坝宴呀！

本来我也想庄严地端起酒杯，给东莞建设者们恭谨地敬上一杯酒，以表达一个写作者内心真诚的敬佩和感激。遗憾不能够得到机会，各样身份的本土敬酒者往来络绎，竟不间歇。我只好暂时将念头搁下。听着不绝于耳的“恩人”、“亲人”之类字眼儿，看着眼前欢天喜地、情深意浓的热闹场面，我忽然想到了红色电影里的一些镜头，这多么像当年终于翻身得解放的人民群众迎接亲人解放军的情景呀。

相隔六十多年了，中国共产党的政府还是能够这样赢得民心，党和人民还是这样亲如鱼水，血肉相连，这是最大的欣慰，最值得骄傲的成就吧？

这世界上，没有哪一种艺术比德政更优美。没有哪一种建设比民心工程更辉煌。

是的，东莞人在映秀的奉献，是中国当今时代德政的表现，是中华民族文明进步的呈示。

惟有大爱磅礴，是社会文明进步的硬标志。

都说汶川特大地震检验了中国共产党的执政能力，检验了一个民族的道德长城，今天映秀的情景，堪为有力例证。

又悄悄地，我离席而去，该当好好欣赏千人万众，汇聚一堂，同歌同醉的情景，这是千年难遇的呢。

我看见有一位八旬老者，笑得胡子抖着，眼睛眯成一条缝儿，伸长胳膊，不停地给一个中间隔着几个座位的人夹菜，口里念叨着，没有你们的支援，我们哪有这么漂亮的房子住哟！问一个旁边的人，知道老人家是映秀镇居民，名李文仲。那个被殷殷款待，看上去分外高兴的人，是应邀而来的广东援建汶川工作组组长陈茂辉。

在两排圆桌中间的窄长通道间，我迎面遇上了攥着空酒盏笑呵呵往回走的映秀镇党委副书记孙小飞，一眼瞅见我，他更笑得眉眼齐开，告诉我说，地震以后，映秀的大部分人家都是在都江堰暂时租房安身，前两个春节就那么各自过了，都强烈期盼着大家庭团圆的温暖和喜乐。今儿个大家伙儿心里高兴呀，映秀终于热闹了！

映秀终于热闹了！

我深深点头，知道这句话的分量。

继续前行，心里一时间竟像是有些醺醺然，仿佛酒至半酣的样子。可是我并没有喝酒呀？看来是人自醉了，看来热闹也是可以让人沉醉的。

看看要到街口了，忽然噼噼啪啪响起了鞭炮声，不由驻足，声响是从街畔一座崭新的三层小洋楼前传来，见那里说说笑笑地围聚着一些人，便踅了过去。就看到了一个乔迁新居的进行时场面，这显然是一个讲究的人家，有人吆喝着往房子里抬冰箱、搬彩电，有人高挑着竹竿燃放鞭炮，有人在楼门口细心地贴着大红春联，二楼一扇打开着的窗子前，一个十来岁的小姑娘半探着身子，欢欢喜喜地往窗框上拴挂大红灯笼……

站着看了会儿，大约确定了哪个是主人，就上前去搭话。主人叫杨和军，果然是个仔细人，专门查了搬家的日子的，恰是今天的这个时辰。房子不错吧？今天就要开火煮饭呢！他很是得意地对我说。小姑娘大概是听见了话音，也俯下脸来咯咯笑着喊，这下好了，我们终于回家了！

那你们不去坝坝宴上吃饭了吗？我问。

旁边立刻有人抢着回答：要去，等第一轮吃完了，我们才得去。今天人太多，一次坐不下的，要开两轮席呢。

杨和军说，他家开火煮饭只是顺着习俗应个景儿，一家人都要到坝坝宴上去跟乡亲们一起吃团年饭呢。好不容易盼到了这一天呀！

我放眼望了望，这样的三层小楼一拉溜儿排过去，沿街矗立着，约摸有十几座的样子。家家门侧贴大红春联，窗上挂大红灯笼，显然都已经住了人。

一户人家一户人家地挨门观赏着，就来到了街口的小花园。这里树木参差，白石罗列，很清雅的景致。抬脚站到方圆有致的景观石上，举头送目，眼里恰是镇子背倚着的山峦，那上面白雪如幔，轻轻遮覆，掩饰了曾经的撕裂削砍之痕，山又恢复了高峻雄奇，坚实伟岸。朗朗清风吹拂之中，融融阳光照耀下，隐隐透着一份神话世界里玉宇琼瑶的安详静谧。

望着山巅上的皑皑白雪，听着镇街上喜庆欢乐的喧阗人声，脑际忽然闪出毛泽东豪迈的诗句：

更喜岷山千里雪，三军过后尽开颜。

这诗又多么像是专为今天而作。那连绵岷峰上晶莹灿烂的白雪是上天的笑颜呵，在这映秀重生的历史性时刻深沉而欢悦地展现。

东莞援建的战士们，你们就是今朝的“三军”。是你们的付出和牺牲换来了这吉祥洁净的福音。

环视四围山峦上的白雪，看看眼前镇街上一片红艳烂漫，我一下想起早晨来到时，在镇子入口处姑娘们捧献的哈达和羌红。这洁白的山峦和红彤彤的镇街，不也恰是绵长宽曼的哈达和羌红？这是天心人意洽然圆融、巧合而成的圣物，这是天人合一共同呈现的庄严礼赞。

此念在心，不由精神振奋，谁说天公无情？世上隆重珍惜何能过此！那这隆重的献礼是给予东莞援建工作者的吧？映秀重生于人间大爱，这部大爱交响曲中的最强音，发自东莞援建者们的心灵。

第二部分

我把“天崩石”叫做“映秀的泪滴”，就是在听陈林佐述说他初来映秀时内心的触动，脑中闪过的念头。

是的，这块苦命的大石头，它是映秀沉沉滴落的，哀伤的眼泪。

曾经，它是山峰的一部分，褐色、坚硬，在高峭处听白云的歌唱，于凌然中享长风的抚慰，以不可摧拔的身姿成为树木花草、飞鸟流泉的依靠。但是，在“5·12”地震那个可怕的瞬间，那一场横空飞来的劫难中，它被像削面团一样从山体上突兀地削下来，似一粒逼出枪膛的弹子，激射而下，深深地刺入大地。

映秀的钥匙

1

制造“5・12”巨灾的魔鬼将一扇从地府里带出的漆黑之门，残酷地横矗在映秀前方，死沉沉挡住了欢乐和幸福。东莞人用自己的一片赤诚，用感天撼地的人间大爱，驱走死亡般的黑暗，将几乎不可开启的门打开，使映秀与欢乐和幸福重新相守。

这是诗人的比兴，将东莞的无疆大爱喻为打开映秀幸福之门的钥匙。有趣的是，东莞援建映秀工作的思路恰巧与这个艺术灵思不谋而合，其城镇建设的一项内容，就叫“交钥匙”。

东莞取这三个字的时候，可丝毫不沾带着浪漫，完全是实打实来的，从简捷方便出发，因而也就通俗形象。“交钥匙”，顾名思义，就是把修好的房子的门钥匙送交给你，请你打开门进去居住。

却不仅仅是指人居的房子，这一块儿涵容很大的，计有市政、房建、水利等建设工程共三十三项，往细里说，就是62栋共597户安居房、1座中心卫生院、1座农贸市场、1座震中纪念馆、19条市政道路及地下管网、3座市政桥梁、1座供水厂、中滩堡公园和岷江、渔子溪的河堤等等。总投资超过6.5亿元。

这只是援建项目工程实施方式之一，另外还有一种方式，叫作“资金补助”。就是工程施建主要由当地政府承担，东莞给予资金援助。这一块儿主要是针对映秀恢复重建中城乡居民住房、农村基础设施建设等方面内容，计共十九项。映秀农房建设资金补助两大来源，一是国家给每个农户下发两万元，另一个就是东莞的济助，每家一万二千元。

“交钥匙”和“资金补助”，两项加起来，东莞投入资金总额超过十一个亿。

▲ 由东莞实施“资金补助”的黄家村农房（周运华摄）

映秀恢复重建共用资金约十五亿元，东莞出资占其三分之二以上。

有人以黄金作比照，对这笔巨额资金的分量进行抒情式解析，说世界黄金当年度走势曲线行情显示，黄金买入价为242.81元人民币/克，1107.90美元/盎司，以此计算，东莞前后运往映秀的黄金累计超过了四吨。

黄金是贵重的，但总也还是有价可估，至贵无价的是情意。谁又能计算出东莞人在映秀，在灾区倾注的情和爱，其总量共是多少吨？多少个亿？

如果把东莞对映秀，对四川灾区的爱护、帮助，比喻成是一部大爱交响曲，对口支援映秀灾后恢复重建，已经是第三段落了。这部宏伟乐曲的第一乐章是在地震发生的那一刻就紧迫奏响了的。地震的第二天，东莞市委市政府就紧张有序地组织开展了赈灾募捐活动，短短时间里，社会各界捐款捐物总价值超过人民币七个亿，这些钱款物品以最快速度运送到了灾区人民手中，解了燃眉之急。地震后第三天，5月14日，即着手组建现场搜救队、医疗救援队、公安特遣分队等抢险救援队伍，火速驰往灾区，展开悲壮的生死大救援。这些是第一段落，被称为应急援助阶段。

第二段落，是援建安置过渡板房阶段，从5月底至8月底，历时近三个月，共为四川灾区修建板房一万八千套。

三个段落，以各自不同的方式，组合成了一个金色的大字：爱。

2

说到援建工作，人们率先想到的，往往是环境的陌生、条件的艰苦、生活的不便、工作的繁重等等。其实，对于东莞援建工作者们来说，这些不是最难的。于他们，真正严峻的考验，是心灵的承担，是以心补心。

这在后来被概略地称为心灵援建。

应该说，心灵援建是最早开始的工作，是整个映秀恢复重建的基础。

以率先进入映秀的东莞医疗救援队为例。从环境险恶角度讲，这支队伍是相对不易的，因为距离灾难发生时间较为迫近。于此需要充满敬意提及的，是广州市派出的医疗防疫队，作为最早进入映秀的医疗队伍，他们为后来医疗救治工作的展开和推进打下了珍贵的基础。

广州市医疗队在地震发生后刚刚两天，便火速抵达成都，赶奔映秀。行途可谓多艰，到紫坪埔大坝就行不通了，山体滑坡和塌方阻断了道路。只能乘坐冲锋舟穿越紫坪铺水库，然后徒步往映秀走。他们就这么做了。每个人内心都明白，曾经在书本里读到的那些语句，“冒着生命危险”、“生与死的考验”等等，自己就要直面相对了。于是都默默脱下外衣，在前襟后背笔画清晰地写下自己的姓名、工作单位等等。以此为“生死状”。

尽管每个人只带了两天的干粮和水，背包还是都有六七十斤重，因为要尽量多带救援物资。除此，还要抬着沉重的药箱和医疗器械。老乡们说，路烂得很，空着手都没法儿走的哟，带着这么又大又重的箱子进不去的哟！听了这样的话，心里有没有过犹豫呢？却没有放弃，自己进去是为了救人的，不带药品怎么行呢？一路的艰险难以状述，尤其是被称为“死亡谷”的一段泥泞山道，头顶上飞石如弹雨，身边陡峭悬崖下岷江咆哮如雷，时常看见松动的石头朝浑浊江水滚落下去眨眼不见了踪影。其实哪里有路？一脚踩下去，黑泥没过脚踝，甚至膝盖，许多地段，要手脚并用，弓背爬行。不管是躲闪不及被飞石击中，还是一脚踩到了泥沼里的滑石上，都将如那些松动的石头一样摔落下去顷刻毙命于岷江。心一直悬悬提在喉咙处。

终于来到了映秀，却丝毫不能够松一口气，因为眼前一片死地的衰颓、凄惨、目不忍睹。没有食物，水源被污染，连空气都是怪异刺鼻的，随身携带的食品和水告罄后，开始了忍饥受渴。许多队员因为干渴过度而出现严重脱水现象。山区的夜间，尤其是地震之后，暴雨频仍，小小的帐篷几乎承受不住暴风雨的肆虐，每每是外边大雨如倾，里头小雨淅沥，所有物品都被浸湿，淹泡，甚至整个帐篷都会被积存的雨水漂浮起来，旋转摇摆，游荡不定。这种情形，怎么可能成眠呢？只能是大睁着眼睛，蜷缩着肩膀，坐待天明……

两张桌子，一个听诊器，几十种药品，就是这样的条件下，他们开始了不分昼夜的忙碌。就是这样的条件下，他们做到了逾百例清创手术无一例感染。就是这样的条件下，他们确保了映秀大灾之后无大疫。

紧张救治伤残者的同时，他们迅速投入医疗环境的建设工作，标刻着大红十字的面包车，穿越沿岷江岸边崎岖而绕的一个又一个 U 字山坡，穿越只有三四米宽，路基崩裂，呈夹层样，同时左有山体滑坡威胁，右有陡峭悬崖恐怖的道路，运来过渡病床、彩超仪、自动生化分析仪、x 射线机等等医疗设备，在短短十天时间里，建成了整个汶川地震灾区第一座综合医院：粤秀友好医院。

东莞市医疗防疫队 8 月初进入映秀时，就是从他们手里接过传力棒。以同样的精神和心怀，继续这场艰辛备至的战斗。

这一切，对于每个人来说，都是终身难忘的。可是医疗防疫队的人们，在日后，对寻访者反复讲述的，却几乎没有这些内容，他们让人们知道的，都是乍然面对时，灾区遍地瓦砾、血迹、死难同胞的遗体、幸存者的伤痕和哭泣等等悲惨情状，带给心灵的巨大刺痛，和怎样强忍着这种痛苦，去做伤残、幸存人员们耐心的倾听者，真诚的分担者和安慰者。是的，他们立刻投入了紧张的抢救工作，这种抢救中就包含着至难不易的心理治疗内容，几乎每个映秀乡亲都要向他们哭诉地震时情景的可怕，自己受到的惊吓，和丧失亲人痛不欲生的悲伤。他们满怀同情地分担、分担，伤其所伤，痛其所痛，使那么多在猝不及防的巨大打击刺激下变异了的心灵，因为得到及时而充分的情绪宣泄和温暖抚慰，而渐渐平静下来，恢复常态。人的承受能力是有限的，一时一人的分担，做起来容易，那么多的人，那么长的时间，那么没完没了的哭诉，谁能受得了哇？谁的神经是铁打的呢？广东医疗防疫队的人们，好像就是铁打的神经，因为他们挑战了承受能力的极限，受住了，做到了，而且做得非常出色。作为受创最重、死难伤残人数最多的震中，映秀灾后迅速恢复社会生活秩序，保持了稳定，是随之而来的东莞公安特遣队、援建工作小组等等人们艰辛付出的结果，其中也有医疗队工作者们不可或缺的一份贡献。

第一支东莞医疗救援队共有队员 18 人，抽调于东莞医疗系统十五个单位。

东莞前后派往映秀的医务人员共四批次，计 49 人。

这些人将以美丽、温暖、悲悯、仁爱的白衣天使形象，深深地，永远地，铭刻在映秀的记忆里。

3

同样不可磨灭的记忆，还有东莞公安援川特遣队的勇士们。在这里，不是通常的那种警察形象，铮铮铁骨的概念是有的，更多的却是暖暖柔肠。东莞公安干警在映秀表现出的是几乎跟白衣天使们一样的细致、温暖、慈悲和仁爱。

这支队伍是东莞前期派出的救灾队伍里人数最多，最年轻的一支，共 50 人，平均年龄 26 岁，抽调于东莞公安系统四十八个单位。也是赴川途中跋涉时间最长的，7 月 30 日清早从东莞出发，8 月 6 日傍晚方抵达映秀，走了整整八天。因为他们既不是乘飞机，也不是坐火车，是驾驶着警车一路风尘而来。也是暴雨、塌方等等缘故阻碍，光是漩口到映秀短短三公里的一段路，就废掉了整整两个半小时时间。

关于东莞公安援川特遣队在映秀的贡献，后来媒体的宣传中多是侧重治安维护方面，比如他们一到映秀立即上岗，投入维护交通秩序工作，连日大雨、山体滑坡、塌方等等，致使连通汶川与成都的唯一道路——都汶公路发生堵塞，行人车辆难以通行，他们凭靠着丰富的经验，和坚韧的毅力，全体上阵，夜以继日，迅速疏散堵塞，并从此保证生命线畅通；

他们迅速建立起村、社区警务室，然后跟当地公安人员一起开始了农村警备，和对映秀老街区、水源点等区域一丝不苟的巡逻管控工作，不畏酷暑，不惧雷霆风暴，昼夜不歇，严防死守，杜绝人及家禽牲畜接近封控区，确保水源不被污染，有效防止了疫情的发生；

他们上山爬坡，走街串户，了解居民受灾情况，了解百姓最迫切的需要，克服重重困难，成功建立了人口信息数据库，为日后村镇户籍管理工作的有序恢复奠定了必要而坚实的基础。

……

这些确乎是不容易的，但如同医疗救援队工作者们的情形，并不是干警们的最大难处，对于他们，最严峻的考验仍旧是冲着情感和心灵来的，他们同时充当着映秀乡亲们的心理医生。对此，负责建立人口信息库的一部分人员感触最深。户籍摸底调查两个特点，一是每一个村落，每一户人家都要走到，另一个是必须询问家中人口情况。第一个不难，就是不怕飞石、山体滑坡、余震等等危险，不怕流汗就行了。难的是第二个，因为这是当时在映秀最怕提及的一个问题。这可以说是人们共同的伤疤，几乎每个家庭都有死难者，有的人家甚至亲人尽丧，只剩一个孤独的幸存之人。只要一提家庭人员，乡亲们就会一下想到死去的亲人，立刻忍不住嚎啕大哭，边泣边诉，每每哭得肝肠寸断，说不出话来，几个小时过去了，也没有讲清楚家中到底还有几口人。

倾听，劝慰，甚至跟着一起流泪，是他们别无选择的。他们从没想过逃避，因为内心的怜惜和同情那么真实！并不觉得自己是从千山万水之外而来的外乡人，对于他们，这里同样是家乡，这里的百姓同样是自己的骨肉同胞，血脉亲人，这些人的不幸就是自己的不幸。

他们深深知道，自己面对的，是一些需要格外体贴关爱的人，是一些需要用心灵温暖滋润的心灵。

映秀乡亲们的泪水，一滴一滴，全部流进了东莞公安干警的心里。心灵要有多宽阔，才能装得下这样多的泪水？要有多坚韧，才能承受得住如此的沉重？

这就是用了整整三个月时间，建立人口信息库的工作都不能够如愿完成的原因。

但他们终于圆满地结束了这项工作，在即将告别 2008 年的时候，一个准确、翔实、条理清晰的映秀新镇及所辖村庄人口信息库建成了，成为公安特遣队献给映秀和自己遥远家乡东莞的一份珍贵新年礼物。

这个人口信息库的建立是有着特殊意义的，它意味着映秀乡亲们对生活，对未来勇气和信心的重新树立。意味着一块土地的起死回生。

心换来的是心，映秀乡亲对东莞警察的感情深得令人感动，自己舍不得吃的东西拿来给东莞警察吃，自己舍不得用的东西拿来给东莞警察用。特遣队员们每个人胸前都别着一枚红色胸卡，上面“东莞公安援川特遣队”字样之后端端正正写着自己的姓名，这本来是为了方便百姓监督投诉的，却成了乡亲们记住他们的好办法。他们每个人的名字都被念叨着，赞美着，时常在街畔、山坡被亲切地召唤着。

映秀乡亲最不愿意的，就是东莞警察的离去。这份依恋曾成为他们开展工作的有利条件。最具代表性的一件事，是映秀小学复课开学的时候，看见别人家的孩子背着书包去上学了，那些失去了孩子的家长就疼痛锥心，痛不能忍了，便闹着吵着自己要去学校代替孩子上课。学校领导，镇上领导百般劝说无效，最后无奈地来求助他们。干警们来到老乡家里，也不多言，只是态度恳切地问，东莞警察好不好？得到肯定的回答后，又问，想不想我们在这里继续工作下去？再次得到肯定回答后，换成恳求语气，说自己现在遇到难题了，就是你们的要去学校上课，这会对孩子们正常复课造成极大影响。上级有指示，必须做通你们的思想工作，让你们放弃这个念头，否则就是我们失职，就要把我们撤回到东莞去。老乡听见后面一段话，眼睛就直了，随之思想就通了，表态说，那自己咋还能再闹着去上课呢？不得行了，不去了。哪能舍得你们走哟！于是小学校顺利开学复课。

但是，东莞亲人总归是要走的，那牵人心肠的一天总归是阻挡不住，要来到眼前的。

第一批东莞援川公安特遣队就要告别映秀了，乡亲们依依不舍，前来送别，献上自己亲手制作的鲜艳的锦旗，表达心中眷恋感恩的情意。五十名干警的队伍竟然收到五十六面锦旗，不知是不是刷新了集体荣获这类荣誉的记录？

东莞前后往映秀派送公安特遣队共两批次，计七十八人。

抽调警车十三辆。

这些铁骨男儿成为映秀的依靠，东莞的骄傲。

4

靠人力是不够的，靠感情，靠心。

第一支援川公安特遣队队长游振强有感而发的这句话，成为东莞援建映秀工作全面而深刻的注解。

尤其适合解说援建工作小组的情况。

东莞援建映秀工作小组，是与公安特遣队差不多同时进驻映秀的，这是整个东莞援建大部队的核心，却是人数最少，只有三个人，组长陈林佐，另有两名组员，傅晓炜和陈志标。

这个组后来人数有所增加，成为六人。陆续增补进来的，分别是王霁宇，郭浩辉，周运华。

论到心力，心灵能量，情感标度等等，肯定是这几个人遥遥领先，因为他们是心血输出最多、时间最长久的人。医疗救援队队员们胜利完成任务，回家乡去了；公安特遣队队员们胜利完成任务，回家乡去了；城建规划设计院、国土资源局、道路交通规划小组、水利工程勘测规划小组的成员们胜利完成任务，回家乡去了……一拨一拨的人从东莞来了，又回去了，只有他们始终坚守，四季走过一轮，又走过一轮……他们坚定站立的身影没有过改变。

映秀新镇是在他们目光的注视下，一寸一寸长高长大的。这座美丽的小镇不是用砖瓦水泥修筑而成，是用他们的心，他们的热血和深情。

人们都说映秀新镇的“温情”品格是规划设计时的定位，是由充满人文关怀的设计理念而得来，其实，这两个珍贵而优雅的字真正的来处，是援建工作小组人们滚烫的心房，是他们情感的移植，热血的熏染。崭新小镇美观坚固的楼宇街道，长堤桥梁，是先进优质的建筑材料构筑托举起来的，更是援建小组工作者们的精神、意志和爱。

如果说由一支一支各负其责的专业队伍共同组成的东莞援建大部队，精神、情感和心灵能量的输入源是援建工作小组，那么援建工作小组不竭之爱的源泉便是东莞市委市政府的领导，是全体东莞人民。

自从汶川地震发生后，这块不幸的土地就成了东莞市委市政府领导们最大的疼痛，最深的牵挂，应急援助阶段和援建过渡板房阶段，事无巨细，领导们都是亲自筹划安排、指导实施。对口支援恢复重建阶段，更是一腔心血洒尽，精心挑选干将精兵，谆谆教诲，反复叮咛，殷殷壮行。

将士们在前线的饮食冷暖，辛苦甘甜，无不成为领导们心中的忧念，不仅时常用电话、传真等等方式关怀问候，每每拔冗抽身，亲自到映秀慰问、指导。几年间，东莞市委书记刘志庚，市委副书记、市长李毓全，常务副市长冷晓明等党政领导多次到映秀视察、指导、慰问，把党的关怀和温暖，把东莞一千万人民的牵挂和爱，带给援建前线艰苦奋战的将士们，带给映秀的父老乡亲。

援建工作小组成员们出色的表现，优异的成绩，呈示的是他们个体生命的素质和境界，更是东莞市委市政府领导运筹帷幄、知人善用的高超领导智慧。是东莞大地上人们强大的爱的能力。

映秀新镇，最激动人心的，不是美冠天下的城镇面貌，而是百姓们朝气蓬勃、积极快乐的心灵景象和精神面貌。人心活过来了，一块土地才是真正复活了。真正的新，由人心而呈现。

映秀人心的新风景，是东莞援建人们蘸着自己的热血一笔一笔描画出来的，是东莞大地上人们用爱一针一线编织出来的。

心灵的钥匙只能是心灵，当映秀新镇美丽的姿容映入眼帘，人们同时看见的，是一颗巨大鲜活、怦怦跳动的东莞之心。

这颗将与时光同久长的殷殷之心，捧起映秀，交给幸福。

映秀的儿子

1

我又回到十六号桌，一眼看见了陈林佐，那边宴罢人散，他的时间属于自己了。我注意起他的穿着来，今天他穿一件跟映秀的整体格调十分和谐的纯棉上装，很时潮的款式，是那种金红色，颇有些艳。按说这样的颜色是要渲染一派热闹的，他却更显得文气了。这很有些意思呀，我想弄清缘故，更细地打量了他几眼，看见他一直笑着，是老乡们话语里的那种鼻子眼睛都是笑的笑，合不拢嘴的样子。今天是不是他最笑不够的一个日子？好像什么东西落到眼里都能够引出心底的欢欣，好像他的心是一座用欢欣之水汇聚的海洋。他成了世界上一个最开心的人。

看着那新鲜的衣裳，看见那舒展的笑容，忽然就想起两年前，他们刚来到映秀的时候，他对部下们的叮嘱，不要穿颜色鲜艳、款式新潮的衣服，不要显出愉快开心的样子，也就是不要笑。如果说这是纪律的话，大概是能在史料里找到的最独特纪律了。

前头一个做起来不难，后边一个，不容易呀。人都知道，笑一笑，十年少，愁一愁，白了头。压抑郁闷，对健康是不利的，时间久了，要生病的。

当然，部下们毫不费力就都做得很好，因为，根本没心情穿新鲜时髦衣裳，根本笑不出来。他们终日面对的，是由曾经生机盎然的城镇骤然化作的巨大废墟，废墟下还掩埋着许多尚来不及挖出的同胞的遗体。他们耳边日夜萦绕的，是山的低泣，河的呜咽，幸存的映秀乡亲夹泪夹血的诉说，摧肝裂胆的嚎啕……他们的心里满是痛，满是泪，满是怜惜和伤悲，这样的情况下，怎么可能展露笑颜呀！几乎完全出自本能，他们穿起了黑色的衣服，默默对死难同胞示以哀悼。

所有建设中，灾后重建最难，因为劳动者是满怀沉重抑郁而进行工作。所有缘分中，因灾而结的最凄凉，因为其中满是悲哀忧伤。

现在知道阿华、阿标这些才三十出头的年轻人，何以那样沉稳静默，不苟言笑了，确实是映秀这块特殊土地的馈赠。几十个月的锤炼，他们拥有了金子般的性情，成了最像样的男子汉。

那林佐组长今天是否有物极而反、矫枉过正之意？因为深色衣衫穿得太久了，所以喜欢鲜艳的颜色；因为没有笑声的日子过得太久了，所以笑个不停？就像这映秀，今日“温情”的特质，是由曾经的“悲情”而得来？

我忽又想起前几年在广安华蓥山深处看见的情景，大山里的人家终于用上电了，通电的那天，乡亲们从四面八方聚拢到镇子上，放鞭炮，扭秧歌，欢欣庆贺，好多人就都是穿戴着崭新的衣帽鞋袜。记得一位年过花甲的老伯告诉我，他的新衣新鞋就是为了这个大喜日子特意去缝制购买的，他觉得要这样穿上簇新的衣裳鞋袜才能充分表达自己无限喜悦的心情。

林佐组长会是这样的意思吗？我使劲眨了眨眼睛，在心里悄悄一笑。

凑上前去跟他说话，猜想立刻得到了证实，他真的是跟那位华蓥山老伯相仿佛的心思，为了今天这个日子而特意穿上新衣。因为他说，我这是回家来过年呀。人在过年的时候，可不就是要穿上崭新衣衫？记得我小的时候，就是这样的，热切地盼着过年，盼的其实是年三十这天一大早就上身的漂亮新衣裳。他又说，才离开这么几天，回来一看，一下子这么多人，心里真是高兴呀！说这句时，手对着心口指了指。

完全是冲口而出的话，却弄得我愣起神儿来。他们已经把映秀当成了自己的第二故乡，这是早就知道了的。可是此时此刻，由他这般地讲出来，内心触动真是不同寻常！人间最贵真性情，映秀何福？得这样一些热血男儿来为她请命，为她奉献自己？

2

见到陈林佐，这也是第二次。

这个人有很多职务，援川前，是东莞市政府党组成员、市长助理，之后是援建工作组组长，挂职映秀镇党委副书记，还是映秀镇东莞村第一村村长。

这个东莞村是映秀地震后拥有的一个新村庄，当时映秀既有的七个村庄全部成了废墟，这个新村庄就成了活命唯一的指望。确实也是这个新生力量一点儿一点儿把土地的命给找了回来。东莞村生根，之后，犹如雨后草原上神奇的蘑菇圈，帐篷和板房开始在映秀土地上有序而迅速地生长，并分衍出城镇社会生活的清晰脉络——板房区逐渐有了建设银行、农业银行、税务所、工商所、农贸市场、旅店、商店、饭店、茶馆、网吧，路边甚至一个接一个有了小小生意摊……

东莞村是陈林佐这个小团队来到后，映秀始有的。

当然就是由东莞人组成的村落，共分为三，分别名东莞第一村，东莞第二村，东莞第三村。第一村由援建工作小组构成，村长陈林佐，村民两名，便是傅晓炜和陈志标。第二村也叫警察村，由援川公安特警队全体成员构成。第三村是医疗救援队的别称。

东莞村的诗意在于，它像是从天上掉下来的一颗还魂丹，出现于映秀镇奄然垂死的时刻。从容小心地将丝线一样纤细透明的气息注入土地的喉管，朝朝夕夕，日日月月，先是打通经络，然后输入血液，残损的肢体慢慢长出新鲜血肉，慢慢地，惨白的面庞开始有了血色……魂魄回来了，生命回来了，笑容回来了，希望回来了。天上物完成了使命，悄然化迹，不见了影踪。

东莞村第二村是最先隐迹的，随之是第三村。其实，东莞村并没有离去，因为第一村一直都在的，陈林佐，傅晓炜，陈志标，他们从没有离开过映秀。这个村后来还增加了村民，不仅是王霁宇、郭浩辉、周运华三位增补的小组成员，所有从东莞来的工程建设者、志愿者、奉献爱心的文化艺术工作者、商家等等，都是第一村的村民。

但东莞村毕竟隐迹了，人们渐渐不再提到这三个字，村落所在的那个地方，板房和帐篷拆除，拔地而起了一座座漂亮的藏羌风格楼宇，那里有了新的称谓。东莞村化入了那颗巨大鲜活，不能看见却永恒存在的，爱惜有力地托举着映秀新镇的东莞之心。

映秀新镇是东莞村化成的。

3

映秀乡亲和援建工作者们，都喜欢称陈林佐为陈市长，有些人图简捷，就唤他为陈市，我却选了组长这两个字，因为我更重之的，是他在援建工作小组组长这个职务上所付出的劳动，我可以说就是冲着这个来的。

当然归根结底，是映秀二字把我吸引来，不是因为震中，而是它重建的难度。我是要来看一看，究竟是一个什么样的人，承受住了这样的压力？挑下了这副担子？创造了这样一个奇迹？

说实话，初见林佐组长，我是略略有些失望的，丝毫不是想象中那高大魁梧，声若洪钟，行走时脚下生风，站立处犹如铁塔的模样。初见之下，感觉是遇到了一个书生，中等身材，瘦削，清隽，尤其薄薄一副眼镜，后面透出温文尔雅的目光，疑似刚刚走出大学图书馆，或是讲课的地方。后来阿标和阿华他们跟我说，他们对命令、指示这类字眼儿没有什么感觉，我是毫不奇怪的。不用他们太仔细具体地介绍，我能想象出林佐组长给他们“说事”时的样子，语调轻缓，娓娓道来，像是在促膝谈心。却是简捷，明了，利索，三言两语便透落明白，绝不繁冗啰嗦，拖泥带水。甚至，正儿八经坐到那里的开会式都少，常常就是行路途中，或者一边吃着饭，就完成了。

我从旁边观察，这几个人更像是一个家庭里挨着肩膀长起来的兄弟，从年龄上说，林佐组长序列二兄，1962 年生人，今年四十八岁。阿标、阿华、阿辉显然既把他当作依靠，也视作骄傲，他们朝他看去的目光，说起他时的语气，都宛然是弟弟对哥哥的那种。傅处因为比他大了几个月，就鲜明的同分担，共忧患，膀臂肱骨的样子。我羡慕他们之间洋溢着的那份亲和温暖，这在时下的人间已经少能找到了。

想起书上看到的一个故事，成吉思汗尚在幼年，父亲就病逝了。有一天，母亲把他们兄弟五人叫到身边，先拿起一根木头筷子，叫他们折断，这很容易就做到了。又抓起一把筷子叫他们折，就谁都没有成功。母亲就说，兄弟之间就像这些筷子，五人同心，那就力大无穷，不可战胜。不然就将会是一根筷子那样的下场。成吉思汗后来的大作为，应该说是跟拥有如此一位智慧的母亲分不开的。他不仅做到了使几个同母兄弟息息相通，宛如一人，而且做到了让千军万马都直似一人。如此，怎么可能不所向披靡，攻无不克呢？成吉思汗的力量，是他的兄弟们，是麾下众多的将士，是那不可计数的万千精兵，共同的力量的凝聚，也就是团结一致、万众一心的力量。神力就是这样得来的，伟大就是这样成就的。

这可以用来比说援建工作的情形。

如果说东莞援建映秀工作的圆满成功，展示了作为前线总指挥陈林佐的个体生命魅力，那么，这魅力的要素是亲和力，凝聚力，和感召力。他是把援建工作小组的六位成员变成了一个人，把映秀东莞村三个村的村民变成了一个人，把援建前线的全体东莞战士变成了一个人，他所发挥出的力量，是所有这些热血方刚的生命力量的总和。

这力量于是成为神力，于是成就了伟大和辉煌。

是的，东莞援建工作者在映秀所做的一切，无愧于伟大这个庄严的词。

4

映秀新镇尚是雏形时候，就赢得了奇迹这个赞誉的，语出四川省委书记刘奇葆。那是 2010 年 5 月 7 日，出席全省灾后恢复重建工作现场会的代表来到映秀，面对一座座精品建筑，面对小镇已然呈现出的不俗轮廓，刘书记动情地对大家说：地震发生以后，我已经多次来过映秀，但每一次来，心情都不一样……这里确实充满了希望，一座新城正在崛起。我相信我们的群众住进来一定会是很安心。他们也一定会有很好的发展。如果要说有什么奇迹的话，这就是奇迹！为创造这一奇迹而付出了辛勤劳动的同志，就是英雄，就是模范。

英雄，模范，伟大，奇迹，这些光闪闪的词都跟陈林佐三个字联系在了一起，可这个人在平时一点儿不带着相应的印迹。林佐组长一个有趣的地方是，他既是文致、儒雅的，又是朴素、实在的，这两样在他身上浑然交融，几乎见不到意思上的两端性。我约略地归纳了一下，文雅更多地流露于气质，朴实体现在言行上。

他的感召力、亲和力、凝聚力恰是从行止言谈间的朴实中化出。这是在第一次接触中，我头脑里就明晰的判断。带着明确的采访意图头次到映秀来时，没有见到这个主要人物，援建工作已基本完成，他回去处理东莞的事务了。估计他差不多返来时，我打电话问询阿华，表示想完成采访。很快回话就来了，说林佐组长会和傅处、陈处一起到成都来跟我见面。阿华告诉说：郭老师，陈市是为了你方便呀。我感动，也觉不安，却没拒绝。当时天气太冷了，一连几日飘飘落雪，是成都很少遇逢的冰寒之冬，连成都都这样，何论映秀？我上次去，就把脸颊冻伤了，回来疼了好几天，委实有些畏惧。另外，我不会开车，只能搭长途大巴去，一路很遭罪的。

林佐组长他们很快就如约来了成都。我从而知道这是个考虑事情从方便别人出发，而且说了就做的人，心中起了好感。

见面后没有应该的陌生感，是否这个缘故呢？当然可能跟都是同龄人有关，另外，已经从书报、网络、有关人们那里认真了解过他们，是一个主要原因。不觉得简易的茶桌对面坐着的是一个创造了奇迹，被称作英雄的人。我当时的感觉，他很像是我刚刚告别的鲁院高研班的同学。

林佐组长的文气是从学养中来，在东莞，人们都知道他是个很能写的人，也就是很有些文字功夫。文字功夫说明的是三样，阅读、思考、写作，也就是深厚的知识积累，强势的思想能力，勤奋刻苦的笔耕精神。有人觉得这很自然，说，能官至市政府高层领导，没有出口成章的口才，没有下笔千言的文才，显然是不可想象的。这当然有道理。不过在我的接触中，这位政府高层官员的口才并不是人们认识中的，那种引经据典、高辞雄辩、妙语连珠、滔滔不绝样子，他是谦逊的，平易简约、坦率自然的。用个通俗的词，就是低调。当然有着强大的理性，潜在于胸际很深的地方。其实，我觉得，他并不是个很善于说的人，想较深地了解这个人，不能通过他的口头表达。

不过，第一次的交谈中，我还是收获巨大，弄清了许多自己想知晓的情况。

5

陈林佐简约朴实、勤谨儒雅的品格特质是有因而循的，他生长于一个勤俭劳绩、乐知向学的淳善农家，父亲是个乐于钻研，有一股子好学上进精神的人，虽然只是高小文化，却由自学自练而成为一位在农业技术方面擅有专长，闻名乡里的专家式人物，不仅在本村充当着水稻、黄麻等农作物种植、栽培、耕作等方面技术顾问的角色，还常常被请到邻近的村庄去做技术性指导。这是并不图取任何货利酬报的行为，因而深得人心，赢得乡邻们的喜爱和尊重，成为广受赞誉的人物。从中华传统文化的角度，这是典型的积德做法。应该说这是比积攒钱财更对后代儿孙有益处的，不仅使他们自小耳濡目染，自然而然长成一副好品性人格，更难得的是创造了一个良好的外部环境，也就是社会氛围，孩子们在家门外的人群中，看到的眼神，听到的话音，感受的情绪，都是良善赞扬的，是对阳光性格的塑造养成十分有利的。

不光这方面，血液传承、家庭熏陶等等还来自母亲。母亲是典型的尊儒重道传统广东式妇道人家，自幼读书不多，却有超强的记忆能力，别人念书的时候她在一旁听，就把《三字经》《千字文》这些古代启蒙读物上的内容都深深记在了脑子里，成为日后教育自己儿女的教材。除此，还要给孩子们讲故事，《三字经》上的孟母教子等等故事就不说了，陈林佐兄弟们终身不会忘记的还有《隋唐英雄传》《东周列国故事》《杨家将》《岳飞传》等等古书上记载着的故事，这些英雄们忧国忧民、铁血丹心、驰骋疆场、报效国家的情怀壮举显然深深渗透到了孩子们幼小的心灵，像食物营养血肉筋骨一样，滋养着他们的思想灵魂。陈林佐终而成为了一位当代英雄，显然这是深刻原因。

积德行善比积攒钱财更泽被后人，这个论点，于陈林佐还有一个显见的证实处，就是他的顺。也可以叫做幸运。首先体现在读书考学方面，他是在家乡学校一路读完小学、初中、高中的，1979 年高中毕业参加高考，以应届毕业生而考取了惠阳地区农业学校（那时东莞归属惠阳地区）。他就读于农学系，显然跟家父倾爱于农业有关。

苦学三载，毕业后，本是想回到家乡镇上去做农业技术方面工作，承接父志。但县里（那时东莞还是县）一朝来了通知，说是县委办秘书组需要人，从档案里看他比较合适，想调他去，让他到县委人事局来谈谈想法，愿不愿意？他征询父母兄长意见，自是都欢欣点头，这是求都求不来的好事，是要去当县委大院里的人了呢，庄户人家的孩子，哪个会不肯！

于是他站到了仕途的起点上。

这一年，他十九岁。

由负责单位的文件收发、印刷、管存等等事务的办事员开始，到任职东莞市市长助理，兢兢业业二十余年，期间担任过市委市府两办团支部书记，机关团委副书记，市委办综合督查科科长、市委副秘书长、市政府副秘书长、市府办机关党委副书记、市府办工会主席、市双拥办主任等职务，先后分管过综合督查、信息调研、办文办会，协助主管副市长分管外经贸、外事侨务、旅游、口岸、民政、农业、林业、水利、计划生育、人事、劳动、监察、社会保障等诸多行业。可以说三十六行都有历练了。

不知是否所有领导干部都是要这样百业千行走遍才能终于忝列高位？反正援建映秀这项工作上天选择了陈林佐，肯定是跟这个有关的，必得是这样一个有充分社会工作经验，扎扎实实从基层一步一步行起，深谙世态民情，熟知百规千矩，耐得繁琐，受得磨折，应得机变，千头万绪之中能够点住穴要，险恶危急关头能够一丝不乱，才能挑下这副非同寻常的重担。

出任市政府副秘书长期间工作的两个亮点，在发展旅游事业和城市建设方面。将东莞打造成中国优秀旅游城市，是进入新世纪后东莞市委市政府提出的一个奋斗目标。这是一个艰巨的任务，因为几乎一切从零做起。经过一番艰辛拼搏，魅力新东莞高分通过国家验收，微笑地跨入中国优秀旅游城市行列，引来世界欣赏的目光。

城市建设方面，重点在城市绿化和水利建设两个部分。这也是实现了一个宏伟目标——创建全国绿化模范城市。

水利上做的一篇锦绣文章，成为拥抱这一梦想的关键硬件之一。那是针对东江支流展开的，沿河岸进行路堤结合式改造施建的一项大工程，一条宽阔平坦的四车道马路顺江流而延伸，坚固雄秀的江堤与道路平行向前，两相呼应，中间舒曼起伏的绿化带上花木繁茂，姹紫嫣红，点缀凉亭、秋千、石凳石桌等物，既可做景观欣赏、又可供游人休闲歇息，悠悠长长铺展开去，一座风光旖旎的城市绿化公园便如图画一般呈现。

有了如此一份装扮，城市面貌自是不同寻常，遍布城乡的公园绿化，远方来的人们游览观赏之后，不由脱口夸赞：美哉东莞，堪为全国绿化模范！

了解这些后，对于映秀新镇的城市建设，尤其市政道路，渔子溪上三座桥梁，渔子溪、岷江两河的大堤，沿江岸逶迤铺展的河滨公园等工程建设的出类拔萃，如诗如画，就觉得很自然了。陈林佐在这方面有着充分的实践经验和知识准备，实为行家里手，精粹人物。

记得有这样几句诗：

所有从前那些岁月
都成为铺垫
都是为了今天能够来到这里
与你相遇
与你完成这金色的时刻

细细咀嚼，会觉得这像是专为陈林佐和映秀而吟的，顺着陈林佐人生的轨迹一路看过来，可不就觉得他之前在两千里之外的粤地所进行的所有跋涉，都成为训练，成为培养和积累，为了在这性命攸关的时刻，在急难来临之际，飞身而来，将委顿于地的映秀扶起。

映秀遇难的时候，陈林佐并不在东莞。一个阶段的忙碌之后，他被送去上海复旦大学的干部培训班，学习充电。

6

灾难消息如一道黑色闪电，刺入身在上海的陈林佐的心灵，带来尖锐痛楚，从那一刻，汶川、青川、映秀，几个地名就成了胸膛里不能消却的疼痛。正密切关注着抗震救灾情况，5 月 26 日，晚饭时分，东莞市分管领导李小梅副市长打来电话，说是市里要派干部前往青川负责支援修建过渡板房工作，初定选他，征求他的意见。这简直是不需要思考的，一口应下，即刻收拾行装，告情学院，迅疾离去。从深圳机场出来已是将近午后两点钟，直奔莞市政府。刚好赶上三点钟的会议。没有时间长篇大论了，倒正符合东莞简捷高效的行事风格。主管领导简略介绍了下情况，要去的地方是重灾区青川，一个月时间，任务是修建活动板房五千套。已经为他选好两个搭档，分别是建设局的傅晓炜，市财政局的陈志标。另外还要带两个人，让他自己选。随即鼓劲，叮咛，提了几点希望，就举清茶以为上马酒，送他启程。

不能给家里打招呼了。

从会议室奔出，满脑子想着让谁跟自己去合适，就来到了电梯口，迎面撞上市经济协作办公室的曹华军，恰是个所需要的懂经济的人物，就把事情跟他说了，问肯不肯跟着同去四川？那有什么说的？曹华军爽快点头，调转身就跟着他走。曹华军也是昨天才出差回来，面容间还带着旅行的疲惫。陈林佐边走边摸出手机，打了傅晓炜的电话。

另一个同往青川的人，是市建设局质监站工程师曹伟博士。这是傅晓炜受命后回到单位，和领导一起商议挑选的了。

陈志标两天后赶来。

这天是 5 月 28 日。

四个人抵达成都，已是晚上八点多钟了。连夜找到驻川救援指挥长，要求接受任务。指挥长也是简捷扼要，交代了一下任务内容，说派一个人带你们去青川跟当地政府接上头，然后就全靠你们自己了，举凡找建筑材料、施工人员等等，都是你们自己的事了。讲了些注意事项，提醒一句说，那里可是吃的，喝的，用的，啥都找不到，连住的地方都没有，你们去了得自己想办法。先搭个帐篷吧。

他们就平生第一次住进了野地里的帐篷。

没有吃的、喝的、用的等等这些都好克服，难的是寻找置放过渡板房的房基地。

这中间有个缘故，青川跟浙江以前是对口，这次浙江也来到青川支援修建过渡板房，因为熟，又来得早，就把平整些的，离城镇、道路近些的地方都占了。给陈林佐他们剩下的，就只是些偏远不便地方。严格说，根本就没有可以拿来就用的地方了，偏远处都没有。怎么办？只有找当地政府帮忙。这一节上很扯了些皮，找了县上，解决不了，又去找市上，上下奔走，左右斡旋，终于协调有效，划了一大块田地给他们，却是上面还蓬蓬勃勃地生长着油菜。告诉说得等油菜收成之后建房才能开工。

那怎么行？时间只有一个月呀！

就又奔走，又协调，终于达成协议，把能收的油菜抢收了，其他的全部平掉，地方还不够的话，就去把旁边的沟沟坡坡或填或铲弄平整，造一片房基地出来。

便这么埋头大干起来。

数日飞逝，葱郁灿烂的一大片油菜田，连同周边的沟坑坡谷，转眼间变成了一眼望不到头儿的崭新板房区。却不能够高兴起来，因为所建板房数量还远远不够。可是能想的法儿都想了，再也弄不到地方了。还是只有再去磨当地政府。这次的解决办法是，转移阵地，青川这里过渡板房已经差不多够用了，广元却还急需，去帮广元吧。

指派给他们的是广元万昌县和广元经济开发区。

这次不存在找修房地方的难处了，如期完成任务已经不是问题。却又有了新的情况，万昌中学的学生们要赶高考，急着住进板房准备功课，当地政府提出恳求，请东莞帮忙帮到底，再增援修建板房五千套。这就意味着，任务由原来的五千套变成了一万套。

东莞政府不会拒绝，但是不能让陈林佐这支队伍再接着打下去了，条件太艰苦，活计太难人，另派一些人去把他们替换回来吧。

陈林佐这次不受命，理由是，再派来的人们对当地情况不熟，要重新协调，重新理顺，比较麻烦，会费时费力，增加用度，不如他们坚持一下，在这里一口气干完。

这当然好，只是太难为你们了。东莞政府研究之后，同意了请求，于是就这样往下进行起来。

结果是，陈林佐这些人在广元多干了十一天，前后加起来，共修建板房八千多套。灾区表示够用了，他们班师回乡。

7

修建板房的材料是从哪里弄到的？还有施建工人，是从哪里雇来？我问。当时灾区连吃喝之物都找不到，哪里能找到那么多板房建材？还有，当地乡亲死者已去，伤者都送去远处医院治疗，幸存人们惊魂未定，不可能有心思干活的。

答说，材料都是从东莞运来，工人也都是调自东莞。

陈林佐、傅晓炜，陈志标，三个人此前并不认识，是在青川援建板房战场结下深厚战斗友谊，成为同甘苦、共患难的兄弟。

瞄着眼前三人，我忽然想起三国时候的那光照历史的桃园三结义，刘备，关羽，张飞，三条好汉一条心，硬生生争来了一分天下。看来做大事，三个人的组合是金色组合。

我心里又生想法，就脱口说出：你们当时有没有写下遗书呀？这并不唐突，要是我，肯定要留下一封遗书的。因为此一去生死难料，乃是典型的将生死置之度外行为。

这般一想，就又惭愧起来，他们几个往四川飞时，正好我往外面飞，是去投奔昆明的一位大学同学。地震之后，余震不断，都是大余震，在5、6级之间的。汶川、青川等重灾区不断传来余震引发山体滑坡、泥石流，造成堰塞湖的消息。成都停水、停电、抢购食品，人心惶惶。5月20日，报纸、电视频频发布通告，说要有一次大余震，会严重波及成都城区，要求居民都到户外空旷处搭帐篷居住，不许再待在楼房里。还有鼎沸传言，说青川、绵阳一带有一座大堰塞湖，水位超高，岌岌可危，随时有洪流破堤而出的危险，一旦大坝被鼓破，方圆百里都将惨成汪洋。那一带已然遣散百姓，疏空城市。我心惴惴，犹如风中秋草。恰在这时，同学电话又来，催我去她处躲避。本是一直犹豫的，去了就不会是短时间，会给她添麻烦。当知道出川的火车票三天前就已被抢购一空，立即下定决心，急急买了张机票，飞离而去。

我不好意思说出这些。

就又问了一遍，你们当时有没有写遗书？

看见三个人都笑了，却是笑得不同。林佐组长显出别人文章里描述过的那种腼腆，说，想都顾不上想呀。

我猛然想起来，他是连家人都没告诉的嘛。

这样一来，心上就起了疑惑，这么大的事，怎么不跟爱人说一声？难道不把她放在心上吗？那是什么时候告诉她的？

答说，是到了青川之后才打的电话。解释说，提早道破的话，电视上天天在播地震灾区的事情，她们都是看了的，知道境况的凶险，听说是到这里来，肯定就把心悬起来放不下了。等人在青川了，客观地给她描述实况，条件虽是艰苦些，却并没有生命危险，因为最剧烈的程度已经过去，该倒塌的房屋建筑都已倒塌了。再说我们又不是住在危房里，是在郊野的帐篷中。除非是地上裂一条大缝子出来，但不可能再这样了，毕竟已隔了这么多天了，余震总归是越来越弱了。

我就明白了，原来是为了让爱人少受些忧煎，恰恰是把她至重放在了心头的表现。本来也是，无情未必真豪杰，像他们这样的男子，怎么可能辜负所爱？

傅处应该也是顾不上这件事，因为同样时间紧迫。陈处稍从容些，或是有些准备？但我不追问这个了。

陈处说他们一行六人在陈市和傅处出发三十小时后，于东莞出发，一路顺利，只是在绵阳往青川去的时候遇到了困难，雇不到车子，当时所有车辆都不敢去青川。幸好后来有一辆卡车要往青川拉运发电机，同意将他们捎带过去。

青川的帐篷给陈处留下深刻印象，白天帐篷里温度高达49摄氏度，夜里却冷得盖两床被子都不够。另一个深刻印象是蚊子，青川的蚊子格外大，格外多，到了晚上轰轰的，一叮一个大红包，痒疼难忍，多长时间不消。

总共四十一天时间，搭建了八千多套活动板房。我想，这几个人应该是没有多少睡觉的时间。

吃饭自己做吗？米面油盐可以从成都、绵阳这些地方拉过来，那蔬菜呢？不可能天天跑到成都来采购吧？

傅处一笑，刚要描述，又打住，将头一甩，说，嗨，再难也难不过红军爬雪山过草地那时候。

我就不再说什么，有这样的想法，那还有什么克服不了的？

但他还是有不能淡忘的事，就是青川初夏的太阳，他说，那太阳光真毒呀，把胳膊晒得脱皮，脱了一层又一层，人黑得自己都认不出了。

三个人都没有想到，艰苦卓绝的青川之战，成为随之而来的映秀大战役的预备战。

7 月 10 日，他们从四川回到家乡，只待了将近半个月时间，劳乏疲惫还没有消除，新的任务就匆疾来了。

援建映秀。

这回不是点将了，是主动请缨。

8

党中央国务院将对口支援受灾程度最严重的汶川县的任务交给广东省，是广东省的光荣。广东省委把援建震中映秀镇的重担交给东莞，是东莞的光荣。这意味着对东莞既往成绩的肯定，对东莞品格能力的信任，同时，包涵着深深的瞩望和期许。

东莞市领导明白这一切。

此为激励，也是挑战。怎样不负期望，不辱使命，以完成东莞新的超越，铸造新的辉煌？

一支军队的战斗力，往往是由指挥官的能力决定的。一场战斗的胜败，往往是由指挥官的智慧决定的。援建映秀工作的关键，在于选好一个一线坐镇的负责人。这必得是一个德才兼备、出将入相、乐于奉献，敢于胜利的，能够充分体现东莞城市精神，代表东莞形象的人。

怎样得到这个人呢？

经过审慎思考，反复研究，最后决定用自愿报名，公开选拔的方式来进行择定。

陈林佐，傅晓炜，陈志标，三个人得到消息后，几乎都是未假思索就报了名。应该说是思索了的，他们想，我们有经验呀，我们刚刚从青川回来，在那儿度过了四十个日夜，可以说对地震灾区的情况已有较充分的了解。由我们去映秀，肯定适应起来比别人要容易得多，开展工作就会省些力气。

这一次，家人嘟嘴了，咋个刚刚回来又要去呀？那地方那么危险！我们可是过够了担惊受怕的日子！你以为你说没什么事我就当真了吗？你知道我在家里的日子都是怎么过的吗？天天电视就只是锁定四川台，只要听见那里又余震了，又山体滑坡了，心就一下蹦到嗓子眼儿，立刻抓过电话拨你的号吗，可是你那地方没信号的时候多，哪里打得通！打不通你的电话我怎么能够吃得下饭，睡得着觉？坐立不安，心烦意乱，常常一坐就是大天亮……

以陈市受到的阻力最大，这中间的可以理解之处是，几个人中，唯他是晚婚，年至不惑了才结连理。这一年，他的儿子才三岁，刚刚要上幼儿园。不过阻力很容易就化解了，倒不是他发挥了自己善于做思想工作的长处，得益于他的爱人黎旭敏的觉悟境界。这是一个很能干的女性，负责着东莞市残联工会的工作，毕竟是当领导干部的人，对事理的明白不是通常意义上说的那种善解人意、通情达理等等妇人之德，黎旭敏的美德是有着政治高度的。她想，哪个人去了灾区，他的家人会不惦记，不担心呢？总要有人承受这个的。毕竟自己在这方面已经有了经验，比较那从没经历过的女性，要好过些的。映秀虽是艰难危险，总是地震已经过去两个多月了，不像刚去青川的时候，大劫刚过，灾区遍地惊险恐怖，那种日夜焦忧挂念才是不堪回首啊！

思路跟几个要去前线的人基本一致。

当然，真正关键的因素，是内心里对自己丈夫深深的爱，因为爱他，所以支持他。自己吃些苦不怕，只要能成全他的心愿。

一旦想通了，就开始忙碌起来，这回得收拾一个大些的行李箱子，这次在那里待的时间要长得多，要在那儿过冬天呢。

黎旭敏的情况基本能代表另外两位妻子的情况。

傅处的爱人严肇桃也是一位女中英杰，是东莞市财政局莞城财政分局的一名骨干。严女士的思想斗争进行得比较隐秘，因为太了解自己的丈夫，他想做的事，是一定要做的。表示支持，对于她，是最明智的选择。那一刻，她至深体会了爱这个字的复杂，因为爱他，不愿他再去吃苦受累，身处危难凶险之境；因为爱他，又不能阻止他到危难凶险之境去吃苦受累。

严肇桃比黎旭敏容易的地方是，他们的孩子大了，不用再天天接送幼儿园等等，不用再操那么多心了。不容易的地方是，女儿考到了国外去，在遥远的异邦读书，丈夫这样一走，家中就孤零零地只剩下自己，将饱受凄清寂寞之苦。

从孩子的角度，陈处的爱人吴惠仪比黎、严两位要幸运一些，他们的孩子九岁，能脱开些手了，虽然上学也要接送，总是操心的程度差了，可以轻松一些。而又天天围绕膝前，天真烂漫，给母亲以天伦之乐，可以聊解她思念远方人的忧郁苦闷。

同样，吴惠仪在社会工作中也是独当一面的干才，任职东莞信托有限公司，是一位部门经理。说起来，陈处的阻力才是最大的，不是从妻子来，是来自高堂老母。年事已高的母亲说什么也不愿意让宝贝儿子再到那苦难灾区去冒死工作了，老人家固执地说，你不再去了，轮也该轮到别人家了。最后是乖巧伶俐的女儿帮了爸爸的忙。女儿撒着娇问奶奶，您不总是教我们凡事为别人着想吗？不总是说人要不怕吃苦，要多帮助别人吗？那现在映秀的人们那么苦，那么难，那么需要帮助，爸爸要去帮助他们，怎么您又不同意了呢？

终于，奶奶摇摇头，叹息一声，不再坚持自己。

这一次，傅晓炜和陈志标两个仍为左膀右臂，不是陈林佐个人的意思了，是组织的安排。考核结果，仍旧是陈林佐拜将出征，往援映秀。鉴于傅、陈二人与他在青川并肩战斗的和谐默契，成绩卓著，决定还是让他们三人继续搭档，共挑重担。

9

这一次，比之援助青川时的出发，情况不同了。

8 月 4 日，市委书记刘志庚，市委常委、组织部长庞国梅，副市长李小梅，时任市委组织部副部长黄少文，都将手里公务放下，赶来为陈林佐几人送行。这种相送是包涵着深浓情感和殷切期望的，关切的话语，不尽的叮咛，以刘志庚书记最为语重心长，他在鼓励、叮嘱、希望之后，亲蔼地告诉说，你们尽管放心的去工作，不要有后顾之忧，组织会替你们照顾好家里的。到了映秀之后，遇到什么困难，有什么要求，都尽管讲出来，组织会替你们排解分担……

最珍贵的一个情节是晚宴前的合影，按常情，这样时候都是领导们坐在前排，部属们立于身后，可是这天，刘书记等领导却强按着肩膀，让陈林佐、傅晓炜、陈志标三人坐在前排椅子上，由他们列成一排站在背后。他们说，你们就要到前方去冲锋陷阵了，我们会做你们坚强的后盾。我们这样地站在你们背后，表达的就是这个意思。从此刻开始，你们不论身在何方，面对什么样的情境，都要能够感受到背后传递来的强大力量。

这样的行为，这样的话语，这样的关怀，怎不令人热血沸腾，心潮澎湃？巨大的感动从此刻深盈于胸，激发鼓振，再不消减，成为不竭不止的力量源泉。

告别领导们，三人赶奔广州，参加省委组织部在广东大厦举办的进川前培训学习。

8 月 5 日，在他们接受培训的时候，东莞市委副书记、市长李毓全主持召开了东莞市对口支援地震灾区灾后恢复重建工作领导小组扩大会议，对援建工作提出了指导式要求，概括为五点：准确定位，规划先行，因地制宜，依靠市场，用好政策。

这成为援建工作小组日后在映秀开展工作所依循的宝典、真经。

8 月 6 日，庄严的时刻到了，在东莞市委市政府领导深沉期冀的目光中，在亲朋好友情深意切的祝福中，在千百万东莞人民厚重无言的嘱托里，他们启程了。这个日子的难以忘却更在于，广东省委常委、省委组织部长胡泽君、副省长李容根等省里领导专程赶到广州国际白云机场，为他们举行了隆重的欢送仪式，以为壮行。而后副省长雷于蓝亲自领队，将他们送往四川。这支由雷省长带领的队伍共 58 人，除他们三个，另有省工作组和其他兄弟市援建工作小组成员。

所有的关怀、期望和爱，都化作奋斗的巨大动力。

林佐组长说，人常说，热情是最好的老师，其实，感动毫不逊色的，当你被真挚的爱所包围，当你的心里装了满满的感动，你会觉得自己一下子拥有了无穷力量，会觉得没有战胜不了的困难，没有实现不了的愿望。

这就是援建映秀工作从起头开始，一直辞采绚丽，气机生发，终成一篇壮丽美文的缘故吧？

运笔而书的是陈林佐几个人，他们饱蘸的浓墨却是东莞市领导、东莞大地上万千人民切切牵心的情和爱。这是比海洋都广阔渊深，取之不竭的源泉，它以无形之流，用以心传心方式，越过千山万水，不舍昼夜地传送。

将援建映秀工作比喻为一部鸿篇巨制，是恰切的，优美而略略带着浪漫的。然而书写的过程却沉实如石，厚重如土，那一笔一画的镌刻，那一步一个脚印的跋涉，那崛起于一草一木，一砖一瓦的漫长艰辛！

映秀的泪滴

1

很长的一段时间里，映秀乡亲并不知道“三剑客”的身份，把他们当成是给东莞警察和东莞医生们搞服务的勤杂人员了，因为你看，警察们上山爬坡，进村入户搞摸底调研的时候，他们手里拿着笔和本子什么的，在一旁跟着，医生们往来忙碌，救死扶伤的时候，他们奔前跑后，也夹在中间。好像他们啥子活儿都要干，啥子心都要操。警察们尽管辛苦，可是总有换班轮岗的时候，医生们虽然劳累，总也还是有时有晌的，到休息时间可以休息，偏这几个人，根本就没有上班下班，工内工外之分。你多晚睡觉，看见他们住处的灯都还在亮着，你次日一大早起来，他们已经又在四下奔忙了。

最重要的，在他们面前感觉不到那种身份上的差异所带给人的拘束和压抑。他们的眼神儿里有一种格外的亲切，话音里有一种格外的怜惜，就像是专为从远方赶来帮你扛灾挡难的血缘亲戚一样，让你不由得就想跟他们掏出心窝子的话。心里的伤和疼，跟他们一摆，像是就不那么伤不那么疼了，一肚子的灰心绝望，在他们跟前一阵抖落后，像是就不那么憋迫得人不想活了。甭管啥难处，只要让他们晓得了，很快就不再是难处了，他们甚至能提早替你想到难处，悄悄就帮你搬排开。

最提精神的一件事，是他们来到后不久，在镇子入口处高高矗起的一块大牌子，上面坚坚劲劲地写着两行大字：川粤联手，定抹灾痕成美景。莞映同心，誓把废墟变家园。上头的字个个五米宽，不论站在山坡上，还是街坝间，都能看得清清楚楚。那些字像是电视卡通片里的那种能量块，一进人的眼睛，立马打通心脏，让你身上一下就有了力气。

活下去的力气。

有了活下去的力气，眼睛里的一切就又渐渐有了颜色。

这确实是陈林佐一班人的苦心所在。到了映秀后，他们很快就明白，首先要做的一件事，是把映秀乡亲被恐怖大灾难击得破碎零散了的心，重新补缀修合好，让它复原，重新燃起对生活的热情，对未来的希望。只有人心康复了，山川大地才会有真正意义的重新振作、复活。

这是熬炼金子一样，从实践中得来的真知。

这一次，不是直奔映秀，他们先去的汶川县城威州镇。

8 月 6 日下午，在雷于蓝副省长带领下到达四川后，立即参加省工作组交接会，全面了解救援及援建工作情况，下一步任务、工作重点等等。次日，随省工作组到达威州，参加汶川县灾后恢复重建工作动员大会，更深刻地了解即将开始的战斗的艰巨性、意义，和自己肩负的使命。

这是要从高远处着眼，在立足点落墨的一次特殊创作。没有经验可以依循，没有蓝本可以依照，是真正意义上的创造。

援建工作的一个独特难处，是进行于异地。环境、人事、民俗、生活习惯等等，一切都是陌生的，给每一个细小的环节都带来意想不到的困难。尤其在起步阶段。因此成为一个不好克服之处。这就无形中提出了一个要求，必须跟当地政府充分协调，做到步调一致，和谐融洽。东莞在映秀工作的成功，说明陈林佐几人在这方面把握分寸的出色。

最终的好，一般都是从最初的一步就开始的。工作小组来到映秀后的第一件事，是拜访慰问映秀镇镇委领导。“大事记”上对此的叙述是：

> 8月10日，工作小组在映秀镇委副书记徐红军、蔡代敏陪同下看望了在地震中负重伤的映秀镇委书记王长红。王长红书记介绍了映秀镇的基本情况和恢复重建工作的设想。

这些文字让人们看到的，除了工作内容外，只是思路上的严谨，姿态的谦虚，行为的踏实等等。想了解更深层的东西，得通过跟陈林佐交谈。不需要太多时间，只是那么几句话就够了。他看着你的眼睛说：最好你找机会去跟映秀镇王长红书记聊一聊，那是个了不起的人！在地震发生后，他完全不顾自己，舍命救人，最后受重伤，一条腿都被砸断了，医生让他截肢，他怕做了截肢手术后就没法工作了，坚持不做，就带着伤继续工作……真的是非常令人感动！那是个令人敬佩的人！

因为对视着，你就清晰看见他说话时眼神儿里的一切，就知道他话语里“感动”、“敬佩”等用语的真实、和挚切，知道男子汉情感的力道。

联想他描述刚来映秀所见情景的那些话语，会更深刻地领会什么叫用感情，用心开展工作。你会觉得，这个人的长项其实不在别处，就在于心，不是一颗政治的心，是一颗性情中人的心，或者说，是一颗文学的心，是良心。

2

我把“天崩石”叫做“映秀的泪滴”，就是在听陈林佐述说初来映秀时内心触动的时候，脑中闪过的念头。这其实是一种感觉，生成于自我悟想和对方心灵辐射的交相作用。

是的，这块被命名为“天崩石”的巨大石头，它是映秀沉沉滴落的，哀伤的眼泪。

曾经，它是山峰的一部分，褐色、坚硬，在高峭处听白云的歌唱，于凌然中受长风的抚慰，以不可摧拔摇撼的身姿成为树木花草、飞鸟流泉的依靠。但是，在“5 · 12”地震那个可怕的瞬间，那一场横空飞来的劫难中，它被像削面团一样从山体上突兀地削下来，似一粒逼出枪膛的弹子，激射而下，深深地刺入大地。

长 11 米，高 8 米，宽 3 米。这是后来人们对它的量度。

▶ 在天崩石前，人们送花圈（周运华摄）

▲ 天崩石（周运华摄）

它就摔坠在映秀镇入口处，岷江和都汶路之间窄仄的荒地上，走213国道的话，绕过残损的百花大桥，一眼就能够看见。好像专为就是来做最醒目的地震标示的。它上面深深地凿刻了的大字，成为伤痛永恒的提醒：

5·12震中　映秀

牛圈沟，村落名，蜷卧在都汶路旁侧的大山里，与镇子的直线距离并不远，只大约七八里路的样子，因为山路陡峭难行，爬个来回，一般要大半天时间。

这个地方的人亲眼目睹的地震爆发时情景，成为具有代表性的历史见证。

这一带大范围上叫莲花沟，由牛圈沟等几个小村子组成，人家不多，小小的村落之间离得很近，牛圈沟属张家坪村，是一组，它旁边不远处坐落着的，是漩口镇蔡家杠村，二组。

午后两点钟，农人下田劳作的时刻，地震那天，牛圈沟的张大木，蔡家杠村的何学林夫妇、陈英母女都在地里干活。

张大木说，他无法弄清是最先感觉到大地摇晃，还是听见巨大响声，很可能两样是同时来的，当惊恐地抬起头来，一下傻了，搞不懂是身在梦里，还是进入了科幻电影，只见眼前那些平日里铁塔样巍然耸立的高山，竟像疯了一样扭摆跳动起来，有的拼命朝高处窜去，有的狂躁地往低凹陷下来，最奇异可怖的，山峰像是变成了机关枪口，不停地往外喷射子弹样的石块，那些巨大的石块射到高空后又掉头砸下，触到山体上，刹那又被弹起，撞向对面山腰，就这样在峡谷之间极速冲撞狂扫，所过之处，一切犹如遭遇魔斧，被硬生生砍掉削平……

这一切只在一眨眼间。然后，就是一片死亡般的黑暗。

等重新有了光亮，他略略回过些神儿来，朝自家房屋所在的山坡望去，那里已是一个陌生的地方，熟悉的高大树木，和林木围绕着的层层梯田都不见了，整座坡谷是一片裸露刺眼的灰白色，而赖以生存的房屋，变作了一堆废砖弃土……

何学林能够肯定自己首先感觉到的是摇晃，开始不是很激烈，就那么摇椅样晃了几下，但是没有过度，不容他琢磨是怎么回事，大地就猛地蹦跳起来，一下将他掀翻在地。想再站起来，不容易了。紧接着，便是巨大响声。那是要将世界彻底毁灭的可怕声响，用天摇地动、摧山裂岳都不足以形容。

随着响声，他看到一股泥石流带着惨白的电光，从前方的莲花沟底激喷而出，流星雨样朝牛圈沟方向射去，紧随其后，一股黑烟柱子样直指天空，挟带着浓烈刺鼻的臭味，像是地底下什么东西被烧焦烤糊了……然后，黑暗遮蔽了一切。

听到了这声巨响，并看见了黑烟的，还有渔子溪村二组的刘长青，和映秀小学体育教师叶尚敏。刘长青因为是在镇子里，就清晰看见镇子背后大山的情景，整道山脉像是休闲广场上那种被电催逼着的喷泉，以快得可怕的速度上下跳跃，交错滚动，始于牛圈沟，越渔子溪、二台山等村所倚诸峰，一路摇错下去，把那些山峰弄得像是串在一根线上的皮球，蹦跳而不去。叶尚敏所言略似，她是以海浪作比，说那些山峰极像一波一波涌动翻卷的海浪，被魔法催着似的，从远处滚荡扭跳，险恶而来。

这个千古恐怖的时刻制造的悲剧是惨绝人寰的，那些地底下冒出的泥石流所挟裹着的飞石，射到对面的阴山上，又弹回来，砸向牛圈沟，竟把一道沟壑填平！卧于此处的一个小小村落被彻底埋覆了，村子里二十多米高的银杏树都连梢覆没，踪影难觅，三十多个村民悲惨毙命于乱石深处。

飞石添埋的地方，深处达六十米，浅处也有二十米。

而小镇映秀，恰在大地弹跳的纵波上，大部分楼宇房屋也都如山峰一样抛起又砸下，砸下复抛起，最终，二楼，甚至三楼悲哀地变作一楼，一楼沉入地下。顷刻之间，七万多间房屋坍堆一处，变作瓦砾，六千多生命惨成尘埃，伤残失踪者逾乎六千。耕地三分毁二，近五十亿财产损流而去。

映秀痛不能忍，滴石为泪。

3

陈林佐说他像是能听见这哭泣的声音。白天，是那些穿峡谷而过的风，夜晚，是岷江的流水。还有冷雨的淅沥，树叶的窸窣，连同折萎的花茎草木、碎裂的砬岩砂石，都在凄哀地，不绝地哭诉。

他说，残损的山体，断裂的大桥，倒栽地上的天崩石，城镇化成的巨大废墟，这些在电视上是都看过了的，可是当亲自面对时刻，心里的刺痛还是那么尖锐！最让人受不了的，是映秀乡亲们的举止神情，那样地凄切悲伤！他最怕看到的，是有的人慢慢在路上走着走着，突然间倒下去满地打滚，嚎啕痛哭。他说，那么大的一个人，要不是心里实在太难受了，实在扛不住了，是不会那样做的。

而这样的情感状态是危险的，再往前一步，很可能就是全盘崩溃，成为难愈的精神疾患。

怎样的抚慰，才能熨平这些心灵的创痕？

陈林佐说，使自己心灵剧烈震动的不光是悲悯、同情之类情感，还有敬佩和感动。那就是映秀民众在大灾难面前表现出的刚强和勇敢。他能列举许多这方面的事例。离集镇最远的黄家院村成了孤岛，女村支书陈定芳从自家倒塌的房屋中爬出来，立即不顾伤势，在持续不断的地动山摇中，跑遍分散在几个山头的五个村民小组，组织抢救被埋压在废墟中的群众、抢搭临时帐篷、为受伤者包扎伤口，直到自己虚脱倒下；通向外界的路因山体滑坡而全部阻断，一位苍老的村小组组长，强忍着自己的女儿和母亲失踪的悲伤，组织村民将困在山上的，一位七十多岁、一位九十多岁的老人背下来，然后带领一百多村民相搀相扶、翻山越岭，硬是在暴雨和飞石交相袭击的险恶境况中，靠双腿走出了映秀；在交通、通信完全被阻断的情况下，映秀镇中心卫生院四十多名职工不顾自己和家人的安危，冒死抢运出大量药品、器械，建立临时医疗点、搭建临时手术台，全力抢救受伤群众，仅仅两天时间，救治受伤群众一千多人……

这场地震中，映秀镇基层党组织的表现尤其感人至深，可以说他们以集体定格的方式，为中国共产党这个称谓涂染了耀眼金光。映秀镇党员干部死难人数最多，就是因为这里的党员干部从废墟下逃生后，立即冲向学校和村屋，副镇长是在奋不顾身抢救群众十二天后，才在自家废墟下找到妻子和女儿的遗体……

感人肺腑的不仅是难以尽数的舍己救人事迹，更在于精神和信念的炼铸和传递，渔子溪村党支部书记蒋永福，地震次日就将“中国共产党渔子溪村支部委员会”的牌子重新悬挂起来，并在自家的帐篷外扬起一面鲜艳的党旗。他说，这样做，就是为了告诉群众，地震没有震垮我们的党支部，急难关头，党和你们在一起。

在蒋永福带领下，渔子溪村积极展开自救自助，人们强忍痛失亲人和家园的悲伤，迅速投入到恢复生产、重建家园的战斗中，由十名党员组成的抗震救灾小分队，不辞辛劳，日夜奋战，成为令人感佩的榜样。

这样的榜样活跃于映秀的每一个村庄，在所有的救灾抢险现场，都能看到他们冲锋在前，忘我工作的身影。“宁愿自己多吃苦，要让村民少受罪。”这是党员干部们发自内心的一句话。在他们的带动和感染下，村民们将悲伤深藏胸际，刚强地挺起脊梁，友爱互助，自救自强，搭建安置板房、抢修道路、抢收地里的农作物、整饬土地，播种玉米、红薯等应季稼蔬……

“地震可以摧毁人们的家园，但摧不垮灾区人民对美好生活的向往与追求”；“生活仍然要继续，明天会更加美好”，人们将这样的横幅高高悬挂起来，以表达自己不可摧折的意志，和重建美好新家园的勇气与信心。

如此的坚韧勇敢，顽强不屈，怎不令人面对之际油然而生敬意！陈林佐说，他为自己能够有机会来到这里，感受这种伟大的抗震救灾精神，学习这种百折不挠的人生态度而万分荣幸！为自己能够有机会来为这块土地，这里的人民，献上一份力量而倍觉荣幸！

我当时就暗下决心，一定用心做好援建工作，以不辜负东莞市委市政府的珍重相托和映秀人民的期望。

这是他沉缓而激昂地，面对世界所说的一句话。

映秀的明月

1

灾后民生，社会稳定，群众过冬，规划编制，项目启动……这些是开篇处宏观的构思。

然后就是一个字一个字的书写了。

走笔完全是东莞风格、高效、简捷、细腻、人性化。

援建工作小组到达映秀的当天，就完成了对王长红书记等受伤休养的映秀镇委领导的慰问拜访，和与主持工作的徐红军副书记等领导的座谈，全面而详细地了解了当时映秀社会、民生等各方面的情况。初期工作方案连夜成型。第二天，付诸实施。

首先，对已进驻映秀的东莞医疗救援队和东莞公安特遣队的工作进行统一安排部署，使之明确使命，整肃纪律，振作精神，鼓舞士气。然后，便同搞户籍摸底调查的干警们一样，上山爬坡，走村串户，奔走起来。他们要亲自走遍映秀的每一寸土地，进入每一个村寨，慰访每一户人家，以亲眼所见，亲耳所闻，亲身所历，保证所得情况的确凿可靠，为下一步重建规划方案的制定夯牢基础。

“高效”二字大约可以说是从睡眠时间里提取出来的，白天跋山涉水，夜晚总结分析、听取意见建议、研究解决工作中出现的问题、部署下一步工作，还要研读有关政策法规、阅办各类文件等等。老乡们看见的那几乎彻夜不息的灯光就是这么回事，他们在挑灯夜战。有人后来用足球赛打比方，说陈林佐一天的工作是一场足球比赛，白天是“上半场”，晚上是“下半场”，夜间是“加时赛”。取这个意思的话，那么他整个援建三年都是一场激烈赛事，分分奋战，秒秒拼搏，不虚一日。

“高效”还是有条不紊的同义词，看似纷乱琐杂的一切其实都在内部遵循着严密的秩序，便是工作小组几个人时刻运转的心灵的程序。

不仅是工作，还有品质，人所颂扬的几个细节是，陈林佐们来到后慷慨地将自己所带的食品、生活用品等分送给困难群众，然后就开始跟他们同吃住，共甘苦，不肯搞一点儿特殊。映秀镇政府领导怕他们初来乍到，水土不服，同样饮用被严重污染过的本地水，会有碍健康，想给他们提供瓶装矿泉水，被坚定地婉拒了。他们说，乡亲们喝得，我们怎么喝不得？

他们其实比映秀百姓还难些，岷江和渔子溪里的水当时都严重超标，不能饮用，只有到旁边的大山上去取山泉水，但地震后，山泉水少了许多，很有限了。为了让映秀百姓饮用水相对充足，他们就舍近求远，用消防车隔天一次，去都江堰拉水回来饮用。其实，那时都江堰的水也是很可疑的，那里也是重灾区呀，跟映秀离得那么近，就在十几公里外的岷江下游。

关于这件事，我曾恳切地问过林佐组长，据说他们来到时，岷江里的水还是发黑发暗的，就那么样直接喝都江堰的地下水，心里会没有负担吗？

得到的回答，跟曾经的询问怕不怕余震、飞石、泥石流等次生灾害时的回答略似。陈林佐淡而一笑，说，不管什么样的心理负担，一想到自己肩头的使命，那立刻就不存在了。几桶矿泉水不算事情，按说不会构成对工作大局面的影响，但是，细微之处见精神呀，映秀乡亲们当时正处在特殊心理调整期，他们要看到你是真的把他们装在了心里，真的来帮助他们走出困境的，说的再直接些，他们是要感觉到平等和尊重，疼惜和关爱。必得让他们充分体会到这些，对他们心灵的疗伤才会见到成效。

关于余震、飞石等，我曾经问，你们真的不害怕吗？他是这样回答的，映秀乡亲当时一个走不出的地方，就是对灾难的恐惧，援建工作的一个目标，也就是帮助乡亲们克服恐惧心理。想要乡亲们不害怕，首先得自己不怕才行呀。这一点上，警察的表现更为关键些，习惯上，人们对警察是有依赖心理的，好像不管什么事情，只要有警察在，心里就能稳当踏实些。要是警察都显出恐慌畏惧样子来，那百姓的心肯定一下就塌了。

映秀人的心目中，东莞人不怕余震、飞石、泥石流，是这个缘故呀。

忽然想起一个故事，关于陈林佐的，可以简单地概括成三个字：闻香烟。在人们的笑谈中，这已风趣地被说成是他的爱好了。这说的是他们搞调研的时候，有一次要到老街村的豆芽坪去，车行至老虎嘴，忽然横空一块石头砸下，飞石也。此石虽不巨大，却也力道凶猛，豁喇喇将汽车前盖夯出一个大坑，挡风玻璃碎裂。车里人尽管都已有经验，但如此猝不及防面对，还是懵了，一时间目瞪口呆，不知何如，好半天回过神儿来，都深深体味了“后怕”二字真义。不由连声庆幸，说这石头总算良心未泯，早砸下来那么一丝丝儿，否则众命休矣！

就是这时候，陈林佐让人们知道他有闻烟之习。不是立刻就开始闻的。飞石之惊，弄得大家紧张了，他倒显出寻常不见的幽默，轻笑了笑，说，别害怕，我们是来做好事的，老天会保佑我们的。绷紧的气氛果然松了些，车子继续前行。

谁知行出不远，遭遇又来，道路被堵。当时的地震灾区，堵车本不足为奇，但那天不同，地势太险恶了，正卡在半山腰上，恰是飞石出没之所，谁也不知道哪一刻会从哪个方向射来一颗“子弹”，将自己一击致命。悲哀在于，完全无可躲闪，车被死死钉在那里，上不得，下不得，进不得，退不得，当真飞石来了，只能眼睁睁捱受。

车里一团铅块似的沉默。谁都不再说话，呼吸声声清晰。陈林佐转过头，跟坐在身旁的陈志标要了一支烟。尽管这是记忆里的第一次，陈志标没有觉得奇怪。随之将打火机递上。这下奇异了，陈林佐竟摆了摆手，不要。只见他轻轻捏住烟蒂，小心地送到鼻子底下，像闻什么馥郁鲜花似地，细细闻了起来。边闻着，边小声地自言自语着什么。陈志标愣愣看着，始知有人这样地使用香烟，世上有这样一种自我宁定的方法。

这却是多么令人肃然起敬的强大克制力！

在这样的生命素质面前，害怕、畏惧之类词语，羞愧了。

此情此景深深烙刻在几位兄弟的心灵，对自己这位长兄样的领导，他们更加爱敬尊重了。

是不是从这一刻起，几个人愈发合力成一个？

那天果然有惊无险，尽管十公里的路程用了整整五个小时才走完，总算一路平安。

午餐以饼干和方便面对付，于这几个人是常事了。对映秀乡亲们慷慨大方，自己却处处俭省节约。给人们留下印象最深的一件事，是有一次，他们居住的板房里卫生间停了水，当时天气闷热，板房条件简陋，卫生间断水，是一件不可想象的事情。可是他们竟然没吭声，就那么样忍耐着，自己想办法克服着，一连好几天，直到被镇政府领导发现。一边帮他们维修，镇上人一边埋怨，说这样将就多不容易呀，咋个不早告诉我们嘛。他们笑笑说，是不想给你们添麻烦呀。本来你们已经够忙碌操心了。都知道东莞人爱干净，天天都要洗澡的，可是来到映秀后，做不到了，连洗脸漱口的水都紧张，哪里能够洗澡？冬天来了，山区寒冷不同寻常，镇上领导想给他们的板房装上空调，仍是被坚定地婉拒了。开始他们甚至连个取暖器都舍不得用，直到映秀所有人家都用上了取暖器，这才放宽了自己。映秀人说，由东莞来的人们，会想起那句美好感人的话：对人无所求，给予人的却是极好的东西。

他们来了，映秀的困难就去了——地震后的映秀垃圾堆积如山，亟待往外运送，却没有运输工具，很快，运送垃圾的车辆轰隆隆从东莞开过来了；映秀镇政府的办公设备、车辆等全部在地震中损毁，工作一时难以恢复，很快，工作用车、电脑等设备从东莞运来了；

1 亿元恢复重建先期项目建设启动资金来了；

酥软香甜的月饼来了……

2

月饼是对中秋明月的召唤，中秋明月是对人间亲情的召唤。

不管人间发生什么，岁月的脚步不变，2008 年的中秋节如期而来。农历八月十五，阳历 9 月 14 日，援建工作小组来到映秀一个整月的时间。

中国的传统，中秋是重要节日，可为亲人团聚、思念的代名词。“海上升明月，天涯共此时”，“但愿人长久，千里共婵娟”，古今典籍中，表达这样意思的诗句比比皆是。可是这个中秋，却是映秀的一个关口。这是地震后的第一个传统节日。每逢佳节倍思亲哪，在多数家庭支离破碎的土地上，乡亲们怎样度过这个特殊的日子？

陈林佐几人心事沉沉。

幸存的人们活得更好，才是对死难者最好的哀悼。这个意思大家都已经明白了，可是怎样真正做到？沉痛哀肃的心情是可以理解的，但不应该成为永远压在映秀天空上的阴云。映秀需要尽快明朗起来，重新成为阳光普照的地方！

经过慎重深刻的思索，反复认真的研究讨论，援建工作小组做出决定，跟映秀镇政府协商，一起举办 2008 中秋“映莞情”联欢会，用映秀百姓所喜爱的传统方式欢度中秋佳节。以此为契机，打开映秀百姓阴霾已久的心空。

这是一个大胆的构想，或者说是一个挑战，因为几乎是必然面临非议的，刚刚有那么多人死去了，那些人就埋葬在不远处的山坡上，那都是我们的至亲骨肉，是我们赖以为生的理由和意义。这样阴霾凄凉的人生时刻，你竟然要让大家穿上节日的盛装，唱歌跳舞，喜乐开怀?！难道你反动吗?

你们难道没有亲人吗?

怎样跟映秀镇政府最终达成一致的?映秀乡亲们的心墙是如何打通的?这些不得而知，能够知道的，是他们成功了。当这个本来必然成为压力的日子，神奇地变成了动力，映秀露出了久违的笑容。

联欢会是在白天举办的，场地设在抗震救灾时使用的直升机停落坪上，红彤彤地搭建了一个大舞台，“映莞情”几个大字金光闪闪。没有专业演员，也没有先进演出设备，就是援建小组花几万元钱买的一套音响，平时唱卡拉 ok 的那种。表演者整个是杂牌军，由映秀镇各村群众、驻映秀达州武警支队官兵、东莞援建工作小组及援川公安特遣队、医疗救援队、国土测绘规划队等成员融混而成。

节目内容丰富多彩，多是自编自演，歌舞、小品，中间穿插一些关于灾后恢复重建的知识问答，竟是气氛热烈，笑语欢声，情景俨然。歌声笑声掌声一波一波远远地传送出去，把那些来自各地的参观者、访问者、游人过客等人们纷纷吸引来，成为饶有兴趣的观众。更有中央、省、市等各级媒体闻风而至，感慨深深，情意浓浓，对文艺表演进行现场报道，使活动更加显出温暖隆重。

联欢会尽欢而散，乡亲们却余兴未尽，晚上，当一轮明月冉冉升出于东方，大家又三五结伴，络绎相挽，有些还穿起了漂亮的民族服装，来到被叫做东莞村的板房区前面的空坝上，要跟东莞亲人们一起举行篝火晚会，继续节日的欢乐。

红艳金亮的篝火燃起来了，满装着青稞酒的铜碗举起来了，节日的颂歌唱起来了，活泼欢快的锅庄跳起来了……

这是大灾降临后第一次，人们忘记了悲伤，露出欢快的笑容。

尽管是暂时的，却是珍贵的开端。

小家破碎了，还有祖国大家庭；亲人别离了，更多亲人在此相聚。

当这样的话语在火光和月色交相辉映中传响，所有的心灵都在慰藉和感动中生发希望，获得力量。

年年中秋，年年明月。明月如果有知，会不忘这一年中秋之夜对映秀的凝望。在这个夜晚，在这块劫后苦难的土地，在这久违的笑容和久违的歌声中，她看到了人世间那比自己更美丽的存在——爱。

那是人间的月亮。

"映莞情"文艺联欢会，写下了映秀百姓心灵重建的第一笔，具有重大深刻的意义。

后来，在与映秀乡亲的交谈中，说起这件事，了解到另外一个深层面的内涵：感恩。老乡们说，一开始，对搞什么联欢会真是接受不了，哪里唱得出来哟！还不是要唱着唱着就大声嚎哭起来？这要归功于镇政府的干部们，一家一户地做思想工作，苦口婆心，不厌其烦。自己活出好来才是对死去亲人最大安慰之类话语是不管用了的，都听得耳朵起了茧子了。只有摆到东莞人的一片好心，这才算到了点子上。镇干部们说，人家就是想让咱们乐呵一点儿，不要老是窝在悲伤里不出来，时日久了，憋闷出毛病。人家撇家舍业地跑到这里来帮咱们，图个啥嘛？

是呀，人家对咱们，真是巴心巴肝，远的不说，就近些日子分送月饼这桩事吧，劳心费神地从老家东莞把喷香美味的月饼调运来，又不辞辛苦，亲自一家一户地上门送到咱手中。咱往过接那月饼的时候，真是不知说啥好。这哪里是月饼，明明就是人家一颗滚烫的心呀！咱这心里头暖热热的，弄得眼泪水险些淌出来……

为人咋能不懂报答呢？咱就去演个节目吧，权当是回报这些人对咱们的好。他们一心想让咱们高兴，咱们也做一件事，让他们高兴一回吧。

就是这样，残疾老人，孤儿，带着各种各样身心伤痛的乡亲们，开始认真筹划，自编自练，准备节目，走上了“映莞情”联欢会的舞台。也是奇怪，等站到台上，开始表演，还真就进入了角色，唱着唱着，心里冻了几个月的冰坨子就慢慢开化了。坐在台下，听小品，听着听着，竟就被逗得笑了起来，这么一笑，心里堵得死死的那块黑墨，一下就豁亮了。

冰融化了，黑豁亮了，人的情况顿即就不同了。

这才更加明白东莞人的一番苦心，人家就是想要趁这过节的机会，把咱的心门给打开呀。

篝火晚会报答的意思更纯粹了，完全是乡亲们自发自愿的，他们想，中秋节讲究的是团圆，可是人家东莞人为了咱们，就这么跑到两千里之外的地方来，不能享受跟家人团聚的快乐。人家也是要想家，想念亲人的哟。咱们地方款待客人最热情浓厚的就数锅庄舞和青稞酒，今天咱们就把这两样送去，和贵客们一起，燃起篝火，跳起锅庄，赏月饮酒吧。

这个夜晚，成为陈林佐，傅晓炜，陈志标等东莞援建工作者们终生难忘的时刻，如果说白天映秀乡亲们的笑容里还有一抹憔悴和凄凉，歌声中还隐隐藏着忧伤，那在噼噼啪啪燃烧的篝火旁边，在一轮皎洁的明月下，所有的笑语欢歌都带着发自内心的真实和美丽。

只要真实地笑了，在伤痛中迷失了的人，就回来了。

终于，援建工作者们也露出了几个月来第一次真心的笑容。他们为映秀乡亲们的笑而笑。

3

援建工作小组另外一块工作重点，是配合后方，协调指挥从东莞而来的各类援建队伍。

他们到达映秀将近半个月，8 月 25 日，东莞市援建灾区过渡安置板房工作圆满完成，援建过渡安置房驻川指挥部全体撤离建设现场，东莞对灾区援建第二阶段的工作宣告结束，工作重心全部转移到第三阶段——对口支援恢复重建阶段。

从此，聚光灯的焦点，是作为前沿中枢，驻扎映秀的援建工作小组了。

除了已在映秀的援川公安特遣队、医疗救援队外，东莞又于8月26日起，相继派出规划编制小组（以市城建规划设计院为主）、国土测绘小组（由市国土资源局15名测绘技术骨干组成，对映秀镇地形展开勘测工作，为灾后重建提供基础测绘资料）、道路交通规划小组、水利工程勘测规划小组等多支队伍，往赴映秀，投入工作，做出各自的贡献。

《大事记》上说，截止9月20日，东莞向映秀前后派出管理和技术队伍共七批次，总计112人。

这些人在映秀工作的顺利展开，高效进行，包括衣食住行等生活方面的诸多问题，都是援建工作小组衔接筹划，为之排解安顿。

当然，心血倾洒最多处，还是映秀乡亲的忧喜冷暖。

山区的冬季来得早，中秋一过，天气就凉下来，群众过冬问题摆上日程。

解决这个问题的思路、方法、实施过程等，后来被称为“暖冬工程”。

它终而成为一首传唱世界、流传千古的优美诗章。

内容大致是这样的：

9月22日，东莞市捐赠映秀镇的御寒物资开始陆续运至映秀，计有冬棉被、冬衣、冬裤各6100套，棉大衣2000套，电热毯3000床。这批物品迅速而有序地发放到群众手中。

11月13日，在公安特遣队总指挥游振强的热心组织动员下，东莞市两位社会人士为映秀镇小学全体师生送来量身定做的冬衣，并亲自发送到每个学生手中。

12 月 6 日，东莞市民政局负责组织将又一批物资运抵映秀镇，交与映秀镇政府。包括毛衣 8995 件（138 箱）、羽绒服 3132 件、单人被 903 条（180 箱）。

12 月 8 日，东莞市又为映秀镇采购羽绒服 1500 件、棉鞋 7153 双，这批物资大部分送往山西长治，供在那里异地复学的映秀漩口中学师生过冬御寒用。

期间，东莞市华美食品有限公司、东莞市珍岛食品有限公司、东莞市巧乐思食品有限公司、东莞市邮政物流分局、东莞市圣心食品有限公司、东莞市富运家私有限公司、康威玩具制品有限公司、大岭山新兴玩具厂、东莞市勤上光电、宏威数码、永强汽车、金铭实业等企业纷纷慷慨解囊，分别向映秀镇或捐赠食品，或捐赠床、桌凳、书柜、写字台等生活及学习用品，或捐赠车辆，以表达自己的一片关爱和济度之心。

这个冬天，东莞市前后共向映秀捐赠棉被、棉衣、大米、儿童玩具等生活用品，价值超过 1500 万元。映秀镇百姓平均每人一床棉被，一套冬衣裤，一双棉鞋。每个学生另有一件羽绒服，每户人家一床电热毯。

棉被、冬衣裤、棉鞋等物品是像曾经的月饼一样，由援建工作者们亲自上门送到每一户人家。

如此的关切温暖之下，映秀没有了冬天。

12 月 7 日，国务院督查组来到映秀镇，检查“暖冬工程”实施情况，在进行充分的实地走访和调查了解后，给予由衷的赞扬：映秀镇的暖冬工作不用担心。

和“暖冬工程”并举的，是农房建设，可称为“安居工程”，前者关注衣食，后者解决住行，合起来构成两个大字：民生。

这项工作的及时展开得益于陈林佐等人来到映秀后立即投入的摸底调查工作，一番上山爬坡，走村串户之后，对于百姓受灾的情况，最迫切的需要等等全部心中有数了。

首先得让他们食有粮，居有所，解决了迫在眉睫的生存问题，才谈得上走出灾难阴影，面向崭新未来。关于这一点，陈林佐有朴实而精到的八个字：着眼长远，突出当前。

他们决定先从最艰苦的地方做起，立即着手，重建受损严重的黄家院村、黄家村、老街村等坐落在高山顶上的村庄。请求报告迅速获得东莞市批准通过，10 月初，1000 万元用于农村重建资金从东莞飞来映秀，农房建设作为首个灾后重建启动项目，在余震仍旧张狂的映秀四周大山上，紧张有序地展开。

这个时候，陈林佐们心中闪回的只是“万事民为先”、“民生重安居”之类的概念，并不知道自己所做的，就是后来响当当的“资金补助”工程主要内容。

连空手行走都难乎不易的狭窄陡峭山道，运送施建材料之艰可想而知。另外，就是建设用地的捉襟见肘，以老街村为例，这个村共有房屋 598 间，地震中几乎全部坍塌，没倒的也摇摇欲坠，成了危房。地震前共有耕地 300 余亩，地震中严重受损的达 156 亩。可供重建使用的建设用地仅在 30 亩左右。

更有难者，乡亲们不愿意再回到条件恶劣的高山上去了，他们住在镇里给提供的过渡安置板房里，说什么也不肯离开。

提出恳求，今后就居住在集镇上……

困难从来都不是为东莞建设者而设的，尽管步履维艰，但前进的脚步不会停止，他们攻坚克难，一个一个地征服，一寸一寸地争取。坚忍不拔，细致入微，获取胜利。其实，最终取得胜利的至关因素，不是超强的工作能力，而是心底的善，是德。

可以说，他们完全靠的是感化。

老乡们不愿意回到山上去的心理，他们是非常理解的。就跟映秀镇政府干部一起，耐心地做劝说工作，说集镇上地面狭窄，大家是都看到了的，根本不可能容纳下更多的人。你们若是在这里占地建了房屋，那原来住在这里的人们，房子就会没地方安放了。那让他们怎么办呢？你们的土地都在山上，不回去耕种的话，将来生活来源靠什么解决？

其实，山上有山上的好处，空气清新，土地充足，可以种粮食蔬菜，栽培果木等，也可以饲养家禽家畜，自己吃用起来丰足方便，又可拿去换钱。这些都是住在集镇上的人家所不能比拟的。

你们不愿意回去，主要两个担忧，一是自身安全方面，怕是会再发生地震、泥石流等。请尽管放心，我们已经送报告上去，由四川省地质灾害安全检测部门对你们居住的村庄所在地进行了科学认真的检测，不存在安全隐患了。另外一个，你们是觉得住回到山上不方便，担心日后生活艰难。不方便主要是以前道路不好走造成的，这我们会给你们解决，道路会全部给你们修好的，今后上下左右的山道一点儿不会比山底下的差。道路畅通了，那就都好办了，民谚不是说，要想富，先修路？

另外，你们的新房子也会跟底下集镇上的房子一样坚固漂亮。凡他们有的，你们都会有。还有，我们是要先给你们修建房屋村落的，你们很快就能离开活动板房，安安心心搬进新居，开始过新的日子，会比镇上居民早得多。

这些话由东莞来的人嘴里讲出，有了说服力。他们来到后的一言一行，一举一动，赢得了老乡们的信任。

乡亲们眼睛里透出的信任，更加深了陈林佐几个人心中的责任感，一定要力践所诺，让所描绘的一切成为现实。乡亲们眼见为实了，那才会更加心里有底，感到踏实。于是，携手映秀镇政府，赶工加时，竭心尽力，干了起来。

关于建设用地紧张问题，一番苦苦思索，精心勘测研究后，是这样解决的。本着原址重建的原则，能靠集中连片解决的就集中连片解决，实在不行的，就造地。前一个还以老街村为例，这个村子原有的五个村民小组，向老街组、豆芽坪组两个组所在地聚拢，采用原组农户宅址不变，迁入农户联户建设的办法，集中修建永久性住房。后一个突出代表是张家坪村，在岷江东岸硬是填治滩涂，造出一大块平整坚实的土地，安置下一个从高半山上搬迁下来的105户农户的村庄。

永久性农房规定建设成本每平方米在700元以上。人均住房面积30个平方，一户一套。设有套一、套二、套三几种户型，以适应各家庭人口不同的情况。

真的是快，前后不到三个月时间，处地最高、最偏远的黄家院村重建就初步告竣，村民们上来一看，哇，真的是漂亮吔！看着跟电视上那些城里的房子、街道一样舒服吔！于是奔走相告，兴高采烈，开始陆续回迁。

2009年春节前夕，喜洋洋搬入新居的黄家院村陈明福，荣幸地成为“映秀乔迁新居第一人”。

到来年夏初，“5·12”地震一周年时候，黄家院村四百余户人家全部搬回山上新居，成为映秀镇最先实现村民整体入住新居的一个村落。

后来有人摆谈，说真正发挥作用的不是房屋、街道，是东莞人的好心肠。

当然另外一种力量的作用也不可忽视，就是东莞援建小组设立的农房重建进度奖励制度，是这样的意思：谁家房屋院落先开工，先修完，谁家就会得到一笔奖金。这显然是为了调动农民的回村建房积极性。

事实证明，这个举措是切实有力的，在推动映秀永久性农房建设中发挥了重大作用。东莞这一块投入资金共490万元，全部是筹集社会资金所得。

说感恩心在这件事里头发挥了大作用，或许是有道理的，有两个细节可以成为佐证。

一个发生在2008年晚秋，有一天，陈林佐到映秀镇背后山坡上的村民安置点走访看望群众，一位94岁的太婆正坐在自家板房前纳鞋底，当知道站在眼前的这位就是东莞恩人时，她立即拿出刚刚做好的一双纳底布鞋，双手递上，要陈林佐收下。用有些发颤的声音说，你们是我们的恩人呀！我没有什么可送给你，这双亲手缝制的鞋，算是一份心意吧。

这是千金难买的贵重礼品！九十高龄的老人亲手一针一线缝制的鞋，代表着多少祝福，多少赞美，多少深情厚谊！陈林佐深深知道这份情意的分量。这回轮到他感动了，捧着崭新的鞋子，双手微微颤着，他一时间说不出话来了。

另一个是2009年春节前夕，山上村庄重建全部完成，村民都搬回来，住进了新居。李毓全市长来到老街村看望群众，人们燃放鞭炮，飘扬彩旗，夹道欢迎。人群中一位白发苍苍的太婆挤上前，恳切地对李市长说，感谢东莞人民！感谢东莞市领导！你们的恩德不光我会牢牢记住，会让后代儿孙都记住，村子世世代代都会记住……

2009年的春节，是老街村，也是黄家院村、黄家村等大山上的村庄，一个具有里程碑意义的，难以忘记的历史时刻。这时，几个山上村庄的重建全部完成，五百四十余户村民全部搬入新居。为了庆贺乔迁之喜，表达自己拥抱新生活的快慰之情和感恩之心，老街村摆起坝坝筵，铺设红舞台，张灯结彩，敲锣打鼓，热热闹闹地举办了“欢歌映秀”联欢会，盛情邀请东莞援建工作者、映秀镇政府干部、全镇各村乡亲等前来跟自己一起，跳锅庄，饮美酒，喜迎新春，欢乐团年。

4

“农房建设”是个高度概括的词组，它在后来整部映秀恢复重建的大篇章中，被叫做“农村永久性住房抗震建筑建设补助”工程，细分为如下条目：

老街村、黄家院村、黄家村、张家坪村等四个村庄村民住房恢复重建（总户数约545户）；

村卫生站恢复重建（共建设8个卫生站，每个建筑面积60平方米）；

在张家坪、老街村、黄家院村、黄家村等村落建设集中供水系统，包括取水枢纽、取水池、过滤池、清水池等各项设施；

农村公共服务设施用房建设（统括全镇7个行政村），计有村委会、村文化活动室等，建筑面积总约1680平方米。

▲ 修好后的百花大桥（周运华摄）

农村集中永久安置点基础设施：对老街村、黄家村、黄家院村和张家坪等四个村子的集中安置点和分散安置点，建设挡土墙、排水沟及平整场地等。

其中后一条是最早实施完成的工作。

再以最早全面完成村庄建设的老街村为例，这个村子重建共完成村主干道0.667公里柏油路面硬化，6170平方米户间道路水泥路面硬化；新建休闲广场一座；安装路灯9盏，广场灯3盏；新建供水系统，修建100平方米集中化粪池一座；进行排污管网地下铺设，实现雨污分流，安全饮水；安置垃圾箱

7 个，集中修建垃圾转运池一座；全村进行绿化改造，公共绿化率达 85%。设施先进，面貌美丽，新生的老街村，荣幸地成为汶川县新农村建设示范村。

映秀入榜“广东省援建汶川县交付使用十大民生工程”之一，就是排在资金援助工程项目首位的“农村永久性住房抗震建筑建设补助”工程。

5

万事开头难，2008 年对于东莞援建者来说，是最不容易的一年，难、累、沉重、艰辛，不是从零开始，是一切开始于负数。但是，援建工作小组人们深深记住的，不是辛苦劳累，而是一个个触动心灵的金色细节：2008 年 9 月 10 日，他们到映秀小学去跟老师们一起过“教师节”时，老师们眼里含着忧伤的坚强；给孩子们发送玩具时，那一双双黑眼睛里闪射的亮光；“映莞情”篝火晚会上，映秀百姓面庞展露的真心笑容；九十高龄的老人双手相送自己亲手缝制的新鞋时，皱纹密布的脸上诚恳的神情；黄家院的陈明福搬进新居的日子里，脸上终于出现的阳光……

再有，就是东莞市委书记刘志庚、市长李毓全、市政协主席刘树基等市里领导，亲自率市党政代表团前来映秀考察的日子。

那是 9 月 23 日。

映秀镇满目疮痍的悲凉情景，令代表团成员们满心伤戚，刘志庚书记强抑着哀痛，主持召开了现场工作会议，听取有关汇报，分析情况，研究问题，制定策略，对援建工作的展开和进行做了科学部署。他语调深沉地说，支持映秀恢复好、建设好、发展好，是东莞全市上下的共同心愿。并郑重做出承诺：要努力把映秀镇建成灾区恢复重建的样板。

这对一线的援建指战员们而言，鼓舞是巨大的，等于是一次饱满的生命能量灌注。陈林佐记住了刘志庚书记所说的每一句话，并将其一个字一个字铁板砸钉样落实在了日后的工作中。

当然，更有终生难忘的记忆，是中共中央总书记胡锦涛、国务院总理温家宝等国家领导人，先后来映秀慰问看望干部群众，考察灾后恢复重建工作。国家领导人们的莅临映秀，是这块土地的慰藉和骄傲，是这里的人民和所有建设者们的慰藉和骄傲。

映秀的喜慰

1

纪念活动主会场设在映秀镇漩口中学遗址。会场内苍柏环绕、素花掩映，气氛庄严肃穆。会场入口处的横幅上，黄白两色绢花映衬着“深切悼念四川汶川特大地震遇难同胞”16个黑色大字。地震中倾倒的教学楼废墟前，安放着一个硕大的四川汶川特大地震纪念表盘，时间定格在14时28分。纪念表盘西侧，矗立着一面四川汶川特大地震记事墙，墙上铭文记述了这场地震造成的巨大损失和中国人民奋起抗震救灾的英雄壮举，浮雕刻画了救援人员解救被困群众的感人场面。纪念表盘东侧危楼上，悬挂着“万众一心、众志成城，不畏艰险、百折不挠，以人为本、尊重科学”的大幅标语，表达了广大干部群众弘扬伟大抗震救灾精神的坚毅决心。

14时20分许，一支小号长鸣，吹奏起婉转低回的《思念曲》。胡锦涛等党和国家领导人步入会场，同现场300多名出席活动的各界人士一起静静肃立。

14时25分，伴随着深情的《献花曲》，20名礼兵抬起10只花篮，正步缓缓走向四川汶川特大地震纪念表盘，将花篮整齐摆放在纪念表盘前。花篮分别由中共中央、全国人大常委会、国务院、全国政协、中央军委、各民主党派中央、全国工商联和无党派人士，各人民团体，四川省、陕西省、甘肃省敬献。

胡锦涛神情庄重地走上台阶，在中共中央敬献的花篮前驻足凝视，亲手整理花篮上的缎带。

14时28分，四川汶川特大地震发生的时刻，全场肃立，向在地震中不幸遇难的同胞和在抗震救灾斗争中英勇献身的烈士默哀。

随后，举行了庄严的升国旗、唱国歌仪式。胡锦涛等党和国家领导人同大家一起，齐声高唱中华人民共和国国歌。在雄壮激昂的国歌声中，鲜艳的五星红旗冉冉升起，高高飘扬在学校地震遗址最高点塔楼顶端，彰显出英雄的中国人民敢于战胜一切困难、重建充满希望新生活的坚强意志。

胡锦涛神情肃穆地走上讲台，向台下深深鞠躬。然后，发表汶川特大地震一周年纪念讲话：

“今天我们在这里隆重集会，纪念四川汶川特大地震一周年，向在地震灾害中不幸罹难的同胞们，向为夺取抗震救灾斗争重大胜利而英勇献身的烈士们，表达我们深切的思念。”

胡锦涛再次对在抗震救灾和灾后恢复重建中做出贡献、提供援助的中国各界、海外华侨华人和世界各国、国际组织等，致以敬意和谢意。

然后，告慰过去，展望未来。指明地震一年后的今天，中国又走到应对国际金融危机冲击、保持经济平稳较快发展的关键时刻。提出今后将“继续扎扎实实推进”的工作目标。

讲话坚定有力、振奋人心，现场响起阵阵热烈的掌声。

约十余分钟的讲话结束后，胡锦涛走出讲台，再次深鞠一躬。之后，拿起一支洁白的菊花，走向高高竖立在主席台旁侧的四川汶川特大地震记事墙，双手将鲜花放在记事墙前。

小号再次吹奏起《思念曲》，胡锦涛手持一枝洁白的菊花，缓步走到四川汶川特大地震记事墙前，深情俯下身子，将洁白的菊花献上。

《思念曲》的乐声在映秀的山谷间回荡，李克强等党和国家领导人分别从灾区少年儿童手中接过一枝菊花，依次走到记事墙前献花。随即，场内出席活动的来宾及参加采访的记者等数百人，默默排起一条长队，将一支支黄色、白色的菊花献给地震罹难同胞与为抗震救灾而献身的烈士。一朵朵圣洁的菊花，寄托着人们对四川汶川特大地震遇难同胞的深切思念，表达了人们用重建美好家园的实际行动告慰逝者的共同心愿。

纪念活动由四川省委书记刘奇葆主持。

映秀镇干部群众和师生代表约 1000 人在主会场对面映秀

小学板房校区参加纪念活动。

上面一篇文记，是由有关“四川汶川特大地震一周年纪念活动在映秀举行”的报道文章裁制而成，以特写方式细致描述了2009年5月12日，在映秀镇举行汶川地震周年祭时的情景。

映秀大地，大伤有慰，此而为荣。

此次来映秀出席纪念活动的中央领导人数众多，计有：刘云山、李源潮、徐才厚、令计划、王沪宁、韩启德、周铁农、李建国、蒋树声、陈昌智、严隽琪、桑国卫、孟建柱、杜青林、黄孟复、钱运录、万钢、林文漪，以及中央军委委员陈炳德等。

这是胡锦涛主席第二次来映秀。

约半年前，2009年春节前夕，胡锦涛主席就曾来过映秀。映秀不会忘记这个日子，12月29日，胡锦涛在四川省委书记刘奇葆和省长蒋巨峰等陪同下，来到映秀，视察了映秀中心卫生院和封控区，实地了解灾后恢复重建、卫生防疫和群众生产生活情况，看望慰问灾区干部群众和东莞援建工作人员，代表党中央向大家致以亲切的问候和新年的祝福。胡锦涛嘘寒问暖，同居民们亲切攀谈：住在板房里冷不冷？生活上还有什么困难？对重建规划满意不满意？……叮嘱随行的各级领导干部：当前最重要的是保证受灾群众有过冬住房、有御寒衣被、有冬春口粮、有卫生防疫。

这一天，映秀山河生辉，草木溢香，温暖在大地和人心中流淌。

关于当时的情景，有媒体报道如是：

地处震中的汶川县映秀中心卫生院，在地震中严重损毁。医护人员不顾个人安危，第一时间投入抢救伤员行动，先后建起帐篷医院、板房医院，免费救治伤员17000多人。

胡锦涛来到这个卫生院的诊疗室、药房，亲切看望慰问医护人员和前来就诊的群众，详细了解卫生院开展医疗服务情况。他勉励医护人员继续以良好的医德医术，向灾区群众提供方便周到的医疗服务，特别要做好卫生防疫工作，为灾区群众身体健康作出新的贡献。

胡锦涛还来到蔡家杠村，走进村民马锡志自建的越冬过渡房，到堂屋、卧室、厨房，摸被褥、试炉温、看存粮，仔细了解建过渡房有没有补贴、明年建永久性住房有什么打算，特别叮咛他们家在过渡房里过冬要注意用电、用火安全。总书记要求当地干部充分尊重农民意愿，把农户自建、政府补助、社会帮扶结合起来，让乡亲们尽快住上满意的新居。

党中央对灾区人民的深情关怀，感动和激励着灾区广大干部群众，万众一心、重建家园的热潮更加高涨……

2

2009年春节，映秀还有一大喜慰和光荣，是温家宝总理来到这里和群众一起过年。

这同样是映秀铭记深深、永不会忘的一个日子：2009 年 1 月 25 日。因为是从北川、德阳、汶川等受灾严重地区一路看望慰问而来，到达映秀，已是傍晚。近晚的天色却丝毫不能遮蔽山河为之焕发的光彩，草木因此散溢的芳馨，巨大温暖如春流，在大地和人心间淙淙流淌。

这一天的情景，有真实生动的报道文章，摘裁如下：

今年是汶川特大地震后的第一个春节。在这万家团圆的时候，中共中央政治局常委、国务院总理温家宝惦记着灾区的群众。1 月 24 日至 25 日，他在四川省委书记刘奇葆、省长蒋巨峰陪同下，来到四川受灾最为严重的北川、德阳、汶川等地，和灾区人民一起过年。

25 日，温家宝来到汶川大地震震中的映秀镇。这时天色已晚，他走进秀坪社区板房安置小区。这里住有近 1000 名受灾群众，他们的房屋在地震中倒塌，新房还没有建好，今年春节要在板房里度过。总理挨家挨户亲热地向大家拜年。他走进吴志远几家合用的厨房里，看到大家正在准备年夜饭，就系上围裙、拿起锅铲，炒出一道香喷喷的回锅肉。在板房内，总理与大家围坐在一起喜气洋洋吃年夜饭。吴志远说，这里有三家人，包括藏族、羌族和汉族，大家合在一起过春节图个热闹。温家宝说，算我一家，是四家人。其实，大家都是一家人。饭菜端上来，总理忙着给大家夹菜。他让每一家的代表说一句话，大家在欢快的话语中表达着美好的祝愿。轮到总理了，他对大家说："映秀在地震中受到了很大的伤害，但你们表现得很勇敢。今天，这里已经发生了很大的变化。今年你们在板房里过节，明年就可以搬进新居过年。我们要加快重建、科学重建，让所有地震灾区面貌比以前更美好，让群众的生活更美好！"大家的酒杯碰在一起，碰出的是温暖、快乐和幸福。

窗外鞭炮声声，板房上空礼花朵朵，一个充满希望的新年正在向我们走来…

这已是映秀有幸，第四次沐浴总理恩泽了。

温家宝总理初来映秀，是地震刚刚爆发的时候，2008 年 5 月 14 日。关于这件事，可以找到清晰简捷的报刊文记：

中共中央政治局常委、国务院总理、国务院抗震救灾指挥部总指挥温家宝 14 日下午乘直升机前往四川汶川大地震震中所在的汶川县映秀镇察看灾情，看望受灾群众，慰问克服重重困难、翻山越岭赶到救援的解放军指战员、武警官兵和公安干警。

映秀镇是这次四川汶川强烈地震的震中区域，人员伤亡和财产损失严重。温家宝到达四川后就迫切希望前往汶川察看灾情，慰问群众，指挥救灾，但因山体滑坡导致多处道路中断而无法成行。目前，部队官兵和专业施工队伍正在日夜抢修道路。

15 时 22 分，3 架直升机从成都凤凰山军用机场起飞，编队飞行。15 时 40 分，直升机越过都江堰上空，下方已可见倒塌的房屋。直升机沿着山高谷深的河谷地带向汶川方向飞行。一路上，河谷两侧岸坡上倒塌的房屋逐渐多起来，多处山体滑坡，公路上随处可见堆积的大块山石。飞抵映秀镇上空时，可以看见整个镇子几乎变成了一片废墟。

15 时 50 分，直升机降落在映秀镇的一块空地上。温家宝一下直升机，就走到空地上或躺或站、等待运送出去的伤员中间，询问有关情况，察看伤势。他还冒着危险，走过一座已经被震裂的桥梁，到河对岸察看受灾情况。

温家宝对聚拢过来的当地干部群众说，你们受苦了，地震发生后，党中央、国务院非常关心汶川的老百姓，时刻惦记着这个地方。我们要想一切办法把伤员救出去，今天下午已经救出 50 多名伤员。公路不通就用直升机，现在我们正在想方设法增加直升机，继续加大运输力量，以使更多的受伤群众得到及时救治。同时，继续组织施工力量打通公路，使灾区恢复重建工作能够顺利进行。

温家宝接着说，看到你们现在的困难，看到死伤的群众，我们心里非常难过。现在我们就是要想方设法救人，把救人摆在抢险救灾工作的第一位。他希望群众面对困难，坚定信心，相信党和政府，并且通过自己的努力战胜这场灾害。离开映秀镇时，他还叮嘱一支刚刚赶到的救援部队要尽全力救人。

仅仅相隔十天，温家宝总理再次来到余震频繁、环境艰险的映秀。这一次，媒体报道的侧重点，是他在映秀镇废墟前会见中外记者的过程。比较翔实细切的一篇文章是这样的：

> 这是共和国历史上前所未有的巨大灾难，这是共和国历史上前所未有的记者会。眼前是地震造成的一片废墟，身后是伤痕累累的连绵青山。24日，中国总理温家宝在汶川地震震中映秀镇，会见近百名中外记者，谈困难坦诚坚毅，谢世界情真意切，慰灾民饱含深情。

中国举国上下都在进行紧张的抗震救灾工作，温家宝告诉媒体，前一阶段主要是抓紧一切时间抢救人员，“短短几天内，我们搜寻抢救了超过六万人”，现在搜寻工作还在进行。至于下一步，温家宝表示，工作重点是进行灾民安置和灾后恢复重建的规划工作。

面对安置灾民阶段的主要困难，温家宝列举了三个方面，包括安排好受灾群众的衣食住行、如何确保大灾之后无大疫以及切断污染源和排除地震次生灾害。每一条困难，温家宝都提出了具体的解决措施，当他高声强调“争取用三个月时间，把灾区安排有序，使灾民能够过上正常生活”时，热烈的掌声从四面八方传来。

突如其来的巨大灾难，给中国人民带来了巨大痛苦，世界各国也纷纷伸出援助之手，联合国秘书长潘基文也特别来到映秀，察看灾情，慰问受灾民众。温家宝表示，愿借此机会，向国际社会，向各国的领导人，各国政府和人民，对于中国的地震灾害所给予的关注、同情、支援、帮助表示诚挚的谢意。他还感谢包括港澳同胞、台湾同胞在内的全球华人的大力援助。

温家宝说，这次救灾采取了开放的方针，“因为地震不仅是中国人民的灾害，而且是人类的灾害”，“我们欢迎世界各国记者前来采访，我们相信你们会用记者的良知和人道主义精神，公正、客观、实事求是报道灾情和我们所做的工作”。温家宝强调，中国政府坚持以人为本，把抢救人的生命放在第一位；领导人也在灾区问题最重的时候，第一时间赶到现场。

回答记者提问结束后，温家宝沉痛地说：地震震中汶川县在这次地震中死亡了一万三千多人，整个灾区死亡人数已达到六万人。“但是你们可以看到，我们的同胞们已经从悲愤中挺立起来”，“请全世界记住汶川大地震，记住死亡的人们，记住地震灾区和全国人民英勇奋战的情景，它可以纪念死者、抚慰生者，同时感谢各方面的帮助”。

烈日下的记者会结束后，温家宝走过长长的一段山路，来到一片高坡上，看望他念兹在兹的灾区群众。在紧张清理的废墟边，在奔腾的岷江河畔，在高高的山岗上，在湿滑的滩涂中，站满了救援防疫人员和灾区民众。“总理好!”“总理辛苦了!”的喊声在山谷中久久回荡。

3

温家宝总理第三次来映秀，媒体取材的侧重点，仍是他与记者的对话。那是2008年9月2日，汶川大地震过去110天。这次的记者招待会是在居民安置点举行的，总理到安置点来慰问受灾群众，就近回答了随行记者的问题。

最先提问的是新华社记者，他说这已是自己跟随总理五次到灾区、四次到四川。问总理，110天过去了，怎样评价前一阶段的抗震救灾工作？有什么样的经验和启示给后人、给世界？

温家宝总理回答说，过去的110天，可以说是惊心动魄的110天，也是感天动地的110天。在党中央、国务院、中央军委的领导和部署下，在省委、省政府的直接指挥下，在灾区广大干部群众的共同努力下，可以说，抗震救灾工作取得了阶段性的伟大胜利。100多天，时间不长。但是我们所做的事情是值得历史记载的，也是铭刻在每个人心中的，是世人有目共睹的。

接着，他列举了所做的事情：

第一，千方百计抢救被困人员，也就是把救人摆在第一位。

第二，妥善安置了受灾群众。

第三，抓紧恢复灾区基础设施。

第四，派出了大批医疗队，进行卫生防疫工作和伤员救治工作，确保了大灾之后无大疫，而且灾后常见病的发病率还低于常年。

第五，应急处置次生灾害。

之后，四川日报记者、中央人民广播电台记者、中央电视台记者、四川电视台记者分别就四川省抗震救灾工作、灾区干部群众精神面貌、当前最急需解决的问题、最重的任务、入冬后灾区群众生活安置等问题向温家宝总理提问。

总理一一做出回答。

他说，在抗震救灾中，四川人民特别是灾区人民坚强勇敢、百折不挠，铸就了伟大的英雄精神；表现出万众一心、众志成城、团结协作的可贵精神。有了这种精神，映秀镇一定会建设得比过去更加美丽！灾区一定会建设得比过去更加美好！

他认为当前最紧迫、最难的，有两点：第一，是城乡倒塌和受损住房的重建工作。第二是基础设施建设，这中间最难的是修路。修路不仅是施工，而且要治山治水；不仅要修通，而且要保障通畅。说中央已经制定了政策，正在有计划、有步骤地加快灾区城乡住房建设，在农村，由中央及地方政府补助每户受灾家庭平均 2 万元左右，根据人口情况银行发放优惠贷款，群众自筹资金，三方共同努力，争取用一年多的时间把房子修盖好。在城市，将对所有倒塌的、损毁的房屋进行鉴定，在此基础上实行政府补助与市场机制相结合的方式，尽快开展城市的房屋建设，政府很快就要制定具体办法。针对冬天即将到来的情况，已研究制定了一系列措施，做到确保临时建筑特别是板房、群众自建的简易房能够有一个保暖的条件，使大家能够温暖过冬。

此次“记者招待会”历时约 40 分钟。10 多家中央和地方新闻媒体的记者参会。

温家宝总理第五次来映秀的情景，成为援建小组成员们最深刻的记忆。那是 2009 年 9 月 26 日。此为映秀镇中心区进入建设阶段后，总理第一次到来。在视察援建项目工地时，看到只争朝夕、群情激越的火热建设场面，看到在短短五十多天里就宣告封顶的美观坚固的 81 号民居楼，总理难抑内心的激动，在施工现场即兴发表讲话，长达二十余分钟。情辞恳切、激情澎湃的讲话完毕，满面笑容走过来与援建工作者们一一握手，并主动提出与大家合影留念。

视察完毕，总理要离去了，与众人含笑告别后，沿着岷江河堤向停放在前面的汽车走去。天空下着小雨，随行人员要替总理打伞，总理婉拒了，自己撑着雨伞健步而行。到汽车旁边，他收起雨伞，转过头来，再次跟大家挥手告别，这时，站在远处殷殷相送的人群响起热烈的掌声。总理见状，从已经打开的车门前掉转身，又朝送行的人们走回来。人群一下沸腾了，工人们争相上前，跟总理合影留念。总理面带微笑，跟大家一一合影，之后，又叮嘱了许多话，这才又朝等待着的汽车走去。

总理的亲民爱民，平易近人，如此真切地亲眼目睹，亲身经受，对援建工作者们的激励是巨大的。那一刻，大家感到浑身热血沸腾，所有工作的紧张劳累、苦楚艰辛，刹那间全部消失了，代之的是无穷的信心和力量，一定要更加倍地努力工作，争取早日完成映秀镇重建工作，让百姓早日迁入新居，开始崭新的生活！

温家宝总理第六次来映秀，是相隔近一年以后，就是2010年8.14重大泥石流灾害之后。正像人们评说的，哪里有险情，有困苦，有愁叹和眼泪，哪里就会出现总理亲切的身影。

还是摘引报刊文记，再现当时情景：

> 8月12日以来，四川省部分地区连续出现3次强降雨过程，局部地方出现大暴雨，导致多处多次发生特大山洪泥石流灾害。强降雨和山洪泥石流灾害主要集中在龙门

山地震断裂带，道路受损严重，给部分群众生活和地震灾区恢复重建工作带来了影响。面对历史罕见的灾情，灾区各级党委和政府全力以赴抢险救灾，紧急避险转移群众48万多人，最大限度避免了人员伤亡，临时安置受灾群众54万多人，群众生活得到基本保障。

温家宝十分关心四川灾情，多次打电话了解情况，对抢险救灾工作作出指示。22日晚，温总理结束对青海灾区的看望慰问后来到四川绵阳，在绵阳市主持召开会议，听取四川省抢险救灾工作汇报，并对下一步工作作出部署。

23日上午，温家宝乘车沿着头天晚上才抢通的险峻山路，一路颠簸来到地处龙门山脉腹地的绵竹市清平乡。温家宝打着雨伞一边走一边察看灾情。地方负责人告诉温总理，这场灾害带来了600万立方米的泥石流堆积，冲毁了379户民房，但由于转移及时，伤亡人数较少。目前，受灾群众全部得到安置，生活有基本保障。温家宝对此给予肯定。

在清平乡棋盘村村民付兴从家，温家宝对他接纳受灾乡亲表示赞赏。总理对围坐在一起的村民们说，四川发生特大山洪泥石流灾害，党中央、国务院非常关心，我也惦记着大家。面对灾害，我们必须发扬互助精神，共渡难关。

下午，温家宝驱车2个多小时来到汶川县映秀镇。8月14日和19日，两轮强降雨导致岷江上游发生特大山洪泥石流灾害，泥石流倾泻进岷江，使岷江改道。温家宝先后来到红椿沟、烧房沟两处泥石流清理现场以及河对岸刚刚建起的防洪堤，详细察看水情灾情。河道里，岷江水犹如脱缰野马奔腾而下。两岸清淤抢险现场，数十台挖掘机正在作业。解放军和武警官兵正在洪水退去的居民点清理道路两侧的淤泥。温家宝详细了解泥石流灾害的情况，看望慰问抢险的解放军、武警和公安消防官兵及部分青年志愿者，同当地干部和专家一起研究抢险治理方案。

此次总理的到来，如同以往每次一样，带给人们巨大的安慰、鼓舞和力量，悲伤沉郁的心灵由此振作，焕发精神，一定要把泥石流灾害造成的损失减少到最小！一定要迅速恢复重建工作，争取早日高标准完成！

对于陈林佐，这样让内心犹如春雷激荡的时刻还有一次，就是2009年“5·12”汶川地震一周年纪念的时候，当时他应邀参加了纪念活动，站在漩口中学遗址前的纪念会场中，跟众人一起肃穆而立，看着胡锦涛主席面容哀肃庄严、脚步沉缓地走过去，整理由中央敬献的花圈上的飘带，然后走上讲台，语调悲郁而响亮有力地发表讲话……尤其，胡锦涛主席跟大家一起高唱国歌，向缓缓升起的国旗行注目礼，那时刻里，他的心灵在强烈震撼下生出奇异力量，一定要投入全部生命将映秀重建工作做好，以不负党中央的殷切期望！不负川粤两省领导、东莞市政领导及莞映两地人民的期望！

给力最大是感动，援建三年，陈林佐等东莞援建人员们从生命和血液里，一个字一个字熬炼出这句话。

映秀的歉赧

1

陈林佐再闻香烟，是制定援建规划时候了。

陈志标对我说，这个时候，陈市让人知道了他也是绕不开“怕”这个字的，他怕看援建进度表。灾区其他地方重建工地都已经热火朝天了，唯独映秀迟迟不见动静。这段时间，每遇难解之题，陈林佐就会像那次去豆芽坪的路上一样，要根香烟在手上，细细地闻上一阵。

前面已经说过，映秀镇重建工作遇到的一个最大困难，是迟迟不能开工。而造成这个淹蹇，根本原因，在于它受到的高度关注。

关注是动力，也是压力。压力的形成不在于投来目光所代表的要求，是纷繁不一，而且从不同的审美角度出发。

按着由对口支援单位负责做重建规划的规定，映秀新镇重建规划在2008年末尾时候，就在援建工作小组的协调助力下，由东莞市规划设计院初步制订完成了的。关于这件事，记录文字如下：

> 2008年12月30日上午，由四川省建设厅组织召开的映秀镇总体规划评审会在成都市金色柠檬酒店举行。由有关专家和广东、四川省有关部门负责人组成专家评审组，东莞市城建规划院编制的《映秀镇总体规划》获得原则通过。东莞市城建规划院按照与会各方提出的建议，对规划做进一步修改，并计划于春节前完成。东莞市工作小组、东莞市规划局局长欧阳南江、东莞市规划设计院院长孙稳石等参加了该评审会。

变化发生在不久后，温家宝总理来视察慰问，跟百姓一起过年的时候。温总理从高度关切重视的情怀出发，提出要求，映秀新镇要建成全国灾后恢复重建的样板，而且建议邀请类似同济设计院的国家一级规划设计单位参与重建总体规划设计。东莞规划设计院呕心沥血以为的方案稿于是成为悬之案头，等待完善深化的基础稿样。

这是其他灾后重建地区都没有的情况。

继之，广东省委书记汪洋、四川省委书记刘奇葆，又分别对映秀重建提出各自的希望，使未来映秀新镇的内涵愈发深厚，轮廓愈趋清晰。

这是映秀独有的殊荣。

举世瞩目之处，必得是世界水准的品质样貌。

这正是援建工作小组人们心中宏伟的理想。

怎样把宏观上的瞩望，变成具体的建设形态？

大手笔成就于大思路，蓝图的境界决定成果的境界，慎思精研之后，援建工作小组做出决定，一切从“高”字入手，高定位，高规格，高标准，吸纳全世界最高智慧，招揽当今时代顶尖级建筑精英参与重建规划设计。要让落成后的映秀新镇成为世界建筑艺术精粹汇聚之所，以超越的建筑成就、高超的建设品质而享誉全球。

理念即定，当即广招英杰。英雄帖散发的范围大致分为两块：诚邀国内一流规划设计单位，聘请世界著名建筑大师。前者负责城镇整体规划设计，后者负责单体建筑的规划设计。

这件事的具体操作前面已有叙述，过程中虽多所曲折，总是耽搁不多，如期推进了。

耽延和焦忧出现在后来，规划设计总方案的出炉上。并不是大师、精英们不够努力，各级领导不够重视。恰恰相反，就是因为都太把这件事看得重了。大师们为了作品能够抵达理想艺术境界，反复熬磨，呕心沥血，不肯轻易下笔，轻易不肯定稿。而领导们对规划设计稿的审看细到毫厘，严到苛刻，致使方案稿改了又改，易换不休。其中的难点还在于，两个方阵里人们经典地呈示了“隔行如隔山”的局限，当地领导们熟悉本地情况，但缺乏专业知识，专家们行业知识炉火纯青，但对映秀镇人文、地理等整体情况不能全面充分地了解和掌握，再有，城镇整体规划和单体建筑规划是齐头并进式，由不同的团队担纲完成，怎样让两者有机集合，洽然相融？

矛盾使得航船搁浅，推进困难了。

这件事情上一显身手的是傅晓炜。他正好身兼两者之长，既有扎实的建筑艺术理论功底、实践经验，又对映秀的每一道肌理，每一滴血液都了然于心。于是就发挥了桥梁的作用，上下解说，左右斡旋，终于使“两岸”的人们沟通思想，达成共识，一朝东风乍起，大船得以扬帆远航。

2

援建工作小组中，除去陈林佐，另一个肩承重担者，是傅晓炜。在东莞，他是市建设局调研员，在映秀，他挂职副镇长。他留给人们的印象是，思路清晰，言语简洁准确，透着超越年龄的成熟与干练。再有，就是跟陈林佐相似的，从里到外透着一股书卷气。一番交谈后，觉得他的书卷气，是跟家学有关的。

傅晓炜也是土生土长的东莞人，出生于一个高级知识分子家庭，父母均是东莞建国后最早的一批大学生。父亲毕业于南方大学（现华南师范学院）物理系，曾在东莞市多个社会部门承担过重要职务，如曾任职东莞市党校副校长、东莞师范学校校长、东莞教育局副局长等，由《东莞日报》社社长的职位上谢职退休，可谓当之无愧的东莞一代文化名人。

母亲成长于医学世家，祖父、曾祖父都曾为名扬一方的中医名士，她为家中独女，自然承传祖业，自幼潜心于传统医学，长成后考入武汉大学医学院（现同济大学），毕业之时恰值新中国成立之初，于是一腔热血献身于祖国医学事业的繁荣发展，兢兢业业，任劳任怨，一历近半个世纪，在医学理论和工作实践的诸多方面做出过突出贡献，最后，以东莞市人民医院内科主任医师的荣誉而谢职退休。

家中手足三人，傅晓炜居长，下有一弟，一妹。

这样的家庭中，从小到大所受教育，自然就是两个字：读书。

书香熏润，成为举止间一段飘逸气息，称为气质。

傅晓炜却既没有承父志以从文，也没有接母业以学医，他选修了理科。1978 年由东莞中学参加高考，进入惠阳师范专科学校数学系。三载学成，分配到莞城一中，执教四年。1986 年再赴考场，被录入华南理工大学建筑工程系。1988 年深造归来，就职东莞市粮食局建筑设计室。又是四年，1992 年，调往市建委房地产管理科。这里成为一生事业的金色航道，由科员而副科长、科长、副调研员、调研员，进步随时光的推进而同节拍。1993 年得助理工程师职称，1996 年，升级为建筑结构工程师。也是这一年，兼任东莞市中西部供水工程筹建办公室主任。

在这个职务上，经受了锻炼，也初试了锋芒。中西部供水，就是从东江里取水，送往东莞的各个镇区，沿途要铺埋直径两米二的管道一两百公里，逢山开道，遇水架桥，披荆斩棘一路延伸向前，是一项规模和难度都非同小可的工程。当其时，举凡施工管理、材料采购、招投标、征地、拆迁等等事务，都是他操持负责。

知道了这些，就应该明白东莞何以选派他来援建映秀了，不仅仅是由于曾与陈林佐、陈志标是在青川援建板房战场上携手作战，取得辉煌战果的“黄金搭档”，更有重要原因，这是个搞建设的行家里手，既有丰厚的专业知识储备、扎实的理论基础，也有丰富的实践经验。粮食局建筑设计室的四年，炼的是建筑规划设计方面功夫，而建委十几载，尤其是任职中西部供水工程办公室主任时期，演练的完全是施建工地上的一套。两样加起来，正好是映秀新镇规划及建设工作的基本功。

中西部供水工程的担子在2000年底从肩上卸下，这时东江水务公司成立，由这个单位接过。傅晓炜转回来专心当房管局科长了。这时，他已是广东省科学研究院经济管理系在职研究生。是1999年考取的，学制三年，顺利获取毕业证书。由科长而升职副调研员，是在2005年，责任随之增大，分管房管和村镇两个科室。增加了村镇房屋发展建设一块内容，好像是专为后来到映秀开展援建工作而做预备。

三度春秋转瞬而过，2008年，霹雳一样骤然爆发的“5·12”大地震，成为苦难映秀对这个远方赤子发出的锥心召唤。

3

映秀几年，傅晓炜获取了许多雅号，“专业级厨师”、“专业级司机”、“救火队员”，每一个都可以叫做英雄称号，因为都对应着一个不容易，演绎着“英雄出磨难”这句古话。

“专业级厨师”称号是从生活方面的难处来的，说具体些，是从饮食上的不习惯。开始时的三餐以饼干、方便面类应对就不说了，渐渐有了点儿秩序后，镇政府临时板房办公区设了板房食堂，成为他们解决吃饭问题的地方。川菜麻辣，历史悠久，映秀镇政府板房食堂的师傅们烹饪手法自然不会例外，而且此地四季多雨，更为阴冷潮湿，汤菜之中，胡椒辣椒类佐菜之料更就重些，这使古来饮食清淡的粤地来人肠胃大受考验，弄得或便秘，或拉肚子，或肠胃肚腹隐痛不休。并不是来休闲旅游，三五日便走，不管何等样的不习惯，忍一忍就是了。这是来打持久战的，而且是挑战体力的攻坚战役，俗话说“人是铁，饭是钢”，照此情形下去，要是战士们因营养不良而终至纷纷倒下，那却如何是好？

傅晓炜眉头紧皱之后，毅然挽袖下厨，操起了刀铲。他一贯重养生，这是都知道的，之前是否有烹饪之长，无从考证，人们只能从他烧制的一道道美味佳肴中进行揣想猜测。他的那些令弟兄们大快朵颐，吃得喜乐开怀，终生不能相忘的汤菜“佳品”，放到寻常境况里，是否依旧有令人馋涎欲滴的魅力，不得而知。但在当时，那特殊的环境下，特殊的艰难里，它们发挥了巨大作用。广粤男儿们由之感受到的，不仅是口味上的适宜，更有家乡的温暖与亲切。援建人员的健康保住了，工作的稳实拓展、高效推进获得了必要保障。

傅晓炜之功更在于教会了映秀镇政府食堂师傅们烹制粤菜之法，由他言传身教，兼之自身努力，师傅们很快掌握了要领，给援建人员做的汤菜越来越合他们口味了。若是加以开掘，从深的层面上说，傅处兼有融会发扬粤蜀两地饮食文化的贡献。

“专业级司机”称号来自环境的挑战。灾区震后，道不成道，路不成路，这是都知道的了，在旁有悬崖峭壁，头上飞石似流弹的坑洼崎岖之地往来奔驰，没有点儿过人之技，怕是哪个人也做不到。这其实更多的是考验胆魄和定力，或者说是“勇”，惟勇者而处险境能气定神闲，越深沟大壑如履平地。勇字之下，技艺成小事了。

这方面被人说之不厌的一个故事，是有一次，傅处独自驾车去都江堰开会。那是都汶高速公路尚未开通时候。是阿坝州组织的一个映秀镇灾后恢复重建主题工作会议。当时他患重感冒，已经一个多星期了，林佐组长本是犹豫，不舍得让他去带病劳累，但他态度坚决，一定要去，因为深知当时林佐组长走不开，只有他去的。他仍旧是一贯做法，科学安排行程，为了避免早晨常有的堵车导致迟到，决定头天晚上出发，到都江堰去住一晚，第二天从容赴会。谁料这次竟就失算，夜色降临，晚上八点钟，他出发了，上了213国道没多久，恰恰撞上一心想躲避的遭遇，而且不是寻常堵塞，一番折腾，竟是漫漫一个长夜，平时一个钟头走完的路，这次用了整整十三个小时！他成为公路上蠕动的车辆长龙中一个进不得退不得尴尬的组成部分，汽车不是走，完全是在爬，缓慢磨蹭，断断续续，常常一窝就是半个钟头，寸步不挪。夜深了，他不耐倦累，车窝住不动时，就趁机闭目休息，却竟睡着了。到车终于能动，后面的司机只好跳下车来拍打玻璃窗，把他叫醒。后来就不必辛苦那人了，因为无法入睡了，他胃病陡发，来势凶猛，直疼得满脸虚汗奔流，难以忍受，在车上坐不住，下来蹲在地上，奈何外面冷风刺骨，感冒之躯哪里承受得了，只好匆匆又钻回车上……

终于，天亮了！终于，都江堰到了！看看时间，已是第二天上午九点钟，又累又饿又疼痛不休，人已几近虚脱，却仍是准时出现在会场上，并咬牙坚持将会开完，及时将会议精神带回映秀。

人们反复讲述这件事，一是因为它具有代表性，另外，可以从中获取榜样的力量。将援建工作进行到底，圆满完成，傅大师兄这样公而忘私、钢浇铁铸的精神是每个人都必须具备的。时常说一说，等于给自己上一课。

“救火队员”称号的得来，其实也是跟艰苦的条件分不开的。东莞援建人员得到映秀所赐的共同礼物，是胃病，水土不服、饮食不惯、生活不规律等等原因，使得来到这里的每一个人都程度不同地患上了胃病。另外，就是容易感冒，容易出现脚踝扭伤之类伤疾。而这里的医疗条件很长一段时间里是不具备的，稍微复杂些的情况就须赶去都江堰治疗。紧急时刻驾车相送的，往往是傅晓炜。这方面的一个典型事例，是有一次，有个同事脚踝扭伤，情形严重，恰逢大雨滂沱，电闪雷鸣，是山体滑坡、泥石流等次生灾害最容易发生的天气，驾车出门是十分危险的。傅处见伤情紧急，不宜耽搁，就如惯常一样，要开车送同事去都江堰的医院治疗。同事坚决不肯，说这样天气在路上跑实在危险，自己绝对不能让他去吃这个苦，担这个惊！怎奈傅处不由分说，强行将他背出来放进车里，急驰而去。

这些于别人叹喟不已的惊惧险难，傅晓炜自己却不以为然，在于他，真正的难似乎只有一个，就是重建规划设计的拖滞久久，不能一锤定音。几次交谈，他都不由讲起这件事，眉宇间每每现出曾经的焦灼。

4

是从傅晓炜这里，我知道城镇重建规划分为总体规划和详细规划两个种类，总体规划是大范畴进行的，根据当地人口、产业发展、水土流向、地形地貌等等情况，做出决定，哪块地用于哪种建设——工业用地，还是农业用地？建学校，还是修公园？详细规划就具体而微了，建筑将是什么形状？色彩怎样搭配？标高几何？楼层多少？等等。

映秀重建，整体规划出炉速度不慢，就是审批过程太磨人，一级一级地报送，一级一级地审批，这里过了关的，在那里被质疑。那里通过了，到这儿又卡住。说不急人也急人，急人人却不能急。傅晓炜说，这件事上，他佩服的是林佐组长，明明心里急如救火，表面上却淡静无痕。还反复叮嘱他们，千万不能催促，慢工出细活儿，规划完美，建设才不会有缺憾。

这其实主要说的是详细规划一块，也就是由大师们主笔设计的单体建筑。

这一块儿傅晓炜操心处比较具体，就是频繁地跑华南理工大学。因为何镜堂大师就在这个地方。何镜堂是傅晓炜虔诚恭敬，亲自去广州顾茅庐而相请的。决定聘请当代顶尖级建筑大师参与详细规划设计后，陈林佐几个人脑子里几乎同时闪出何镜堂三个字，因为这是个东莞籍当代建筑业界杰出人物，东莞援建的工程项目由东莞籍建筑大师进行规划设计，自然最恰宜不过了。

前面已有过交代，汶川大地震震中纪念馆是由何镜堂大师所率团队担纲设计的。

傅晓炜去华南理工大学，主要是给设计者们介绍映秀的民俗风情、地形地貌等。单体建筑规划设计一个需要注意的地方，是要考虑与整体环境的相互映衬，和谐统一。映秀镇是被夷为平地的，完全没有参照物了，而新的总体规划设计乃与单体建筑设计同步推进，这就给单体建筑设计师们造成极大困难，映秀新镇落成后的模样，也就是整体环境究竟是什么样子，压根儿没有清晰概念，怎么样与之和谐统一，彼此呼应？重担落到了傅晓炜肩上。说他充当了沟通的桥梁，大约就是指的此处。他是惟一即知道总体规划大致情形，也了解单体建筑基本构思的人，因为他每天来回在这些人中间穿梭，常常就跟他们吃住都在一起。当然都是进行时的。他就更加频繁地奔走解说起来，弄清总体规划的大概方略后，去说给单体建筑规划的团队，再把单体建筑团队的设计理念一一描述给总体规划者们，还要使单体建筑设计的各团队之间相互增进了解，以助其丰富内涵、拓展思路，即能艺术风格上围绕一个中心，又能保持各自特色。再有，就是跟设计方亮出底牌，使其知道自己所规划的项目上预备投入资金的大致数额，从而依体裁衣，量米下锅。

好的建筑师是要把当地历史文化、俚情习俗、山川地貌、民族特色等等因素都融会到作品之中的，这些，傅晓炜深谒其中三昧，所以讲说时每每直呈所需，切中要害，其实他根本就是建言献策，参与其中，把自己的智慧全部贡献出来，可以说，映秀重建规划之中，有他才智的光芒。

傅晓炜说，奔走于各个专业团队之间并不是最累的，因为需要的只是脚力，兼纵横捭阖之术而已，真正感到累，是斡旋于各级领导和专业人士之间，那是累心。不论总体规划还是详细规划，最终都是要呈报领导审看的，领导们满意了，事情才ok了，可是，何为领导意图？究竟什么样子才能使之满意？没有人知道。只能做出来让他们看，来了推翻，推翻再来，循环往复而不休，“数易其稿”之说就是这般得成。

那段时间，他的板房成了一个摆放规划设计图纸的大橱柜，这里厚厚一叠，那里高高一摞，只空出个他侧身睡觉的地方。

总算，定音锤一朝落下。

话到此处，傅晓炜重重叹息：用了整整一年时间，才终于定下。

定下，心就放了一大截。

这个铁骨男儿有一个伤怀处，就是2009年初，汶川县搞灾区规划设计评比，十三个乡镇都参加，设了一、二、三等奖项。映秀空手而归。

我们没东西出来呀……干了那么多事，却连个安慰奖都没能得到……

好在这次是电话采访，我不能直对他脸上的惆怅，只是浓浓情绪在声音里含着，通过线路传递过来。但内心还是跟着起了失落和恨憾。奖，在许多时候，人们只是图的对辛勤付出的承认和肯定，其实是一种对鼓舞和激励的请求，奋力拼搏中的人，需要这个的，所谓动力、给力。我想，映秀有情有灵，这件事上，憾歉之状当亦如我心。

开工之后，仍旧是难哪，这个时候，其他十二个乡镇重建都进行一大半了，快的已经告捷，2009 年 5 月 9 日，映秀镇整体规划终于通过层层审批之时，恰是三江援建部队大摆庆功喜宴之日，人家已经胜利完成了任务，这里才刚刚开始破土。这件事，我是由陈林佐知道的，两次访谈，两次他都提及。后一次我问他，负责援建三江的工作组组长，是 2008 年 8 月在雷于蓝副省长带领下你们一起从广州来的吧？他低下眼睛，点一点头。一霎时，我感受到他心中的感受。

这是需要男人来承受的一种心灵境况。

我因为写援建这个事件，整个人都投入进来，差不多真像是队伍中一员了，到急迫之处，就真打实凿替建设者们发急。我说怎么办呀？非得要追上他们吗？怎么追呀？

林佐组长笑，说，映秀还有一个独特处，就是它的地下都是鹅卵石，因为紧靠在岷江岸边呀，怎么叫中滩堡呢？这里原本是河滩的。鹅卵石成为工程推进的大阻碍，普通钻机打孔没办法的，石面滑而坚硬，根本钻不进去，许多地方基础处理只好改用冲孔灌柱……

冲孔灌柱我知道的，乃用冲孔钻机打地基灌柱，是进度缓慢而充满危险的一项工作，这项工作的难点是，机器钻孔前必须由人工挖出引孔，地震使地下形成回填层，鹅卵石、泥巴、建渣等物混杂一起，蓬松塌软，每每边挖边垮，很难成孔，而且危机四伏。挖引孔要两个人同时进行，一个在底下挖，一个在上面吊，将土弄出去，这需要高度默契，底下的一个相对更不容易，随时存在被滚石砸伤或活埋的危险，所以干这个活儿，结对子的人彼此间必须充分信任，一般都是夫妻、至亲好友，配合劳作……

冲孔灌柱，严重影响了工程的进度。

可怜的映秀，这也是她一个抱歉的地方罢。

映秀果真言歉，当是还有一个，就是地界的窄小，前面介绍过，她前后左右加起来，用于建设的土地面积总共不足平方公里，重建一旦开工，必须所有工程项目一起上，也就是说，全部建筑工程队同时进场。施建材料往哪里堆放？工人们何处栖身？紧迫的时候，枫香树村的施建工人超过六百数，渔子溪村在四百到一千之间，而秀坪社区人数达乎一千又八百。

映秀百姓必须暂时撤离，以腾出地方。

二次安置，这又是凡十三个重建乡镇中，映秀所独有的故事。

讲述这一段时，陈林佐几人反复表达的不是二次安置带给自己工作的繁琐杂沓，而是映秀百姓的体谅人心，乡亲们只是问了句啥子时候房屋能修好，搬回来？就再没说二话，收拾家用物品，利落离去。

百姓们或投亲，或靠友，余者住进都江堰过渡安置房中，静静等待。这段时间，称为过渡安置阶段，政府给每人每月发放生活补贴五百元。

百姓们离去，活动板房空出来，只是解决了工人们的住处问题，其他呢？那么多机器同时开进来，那么多建材同时运进来，机器怎么转身？建材如何存放？

不同的施工队伍之间怎样安排调度？

我知道“交叉作业”、“错峰施工”这类用语，却不知它们背后的殊难不易用什么样的语言可以准确描述？

映秀，如果这也是你一个含歉之处，我能够理解。

5

在傅晓炜这儿，开工后的难不是难了，他一挥手，说，那就是干呗，加班加点、赶工赶时就是了。能开始干了，就是幸福了啊！

傅晓炜并不是硬干，他有技巧的，谓之科学施工。首先，一番慎思深虑，分析研究后，他提出建议，报请东莞后方，派遣专业队伍，用莞地成熟的代建模式来具体负责映秀援建项目工程管理。建议被采纳，精兵强将迅疾而来，2009 年 6 月，拥有丰富代建经验的东莞市城建工程管理局一行人在副局长朱利民带领下进驻映秀，肩起了“交钥匙”项目工程管理的重任。

工作小组并没有就此逍遥，傅晓炜整个人扑到了工程上，人们描述他这个阶段的情形，有一个精到的句子：靠在工地上。

说工程开始之后，工地就是他的办公室，整天忙得昏天黑地，有时连水都顾不上喝一口，每以自带的干粮充饥，常常夜里一、两点钟了，还在工地上召开现场调度会。他尤其注重工程施工建设的关键环节，每一个都要认真过问，严格把关，提出指导性建议，在他的指导下，工程建设的备料、施工、管线下地、土建外装等各种工序周密协调、压茬有序、高效运行。他时常组织施工企业召开现场办公会，了解掌握工程进度，抓问题促落实，保证问题不过夜，不影响工期。

这些都是实在琐细处，更有一个大贡献，宏观意义上的，是将一整套先进的制度、理念，引入施建管理，比如“倒排工期法”、“任务分解法”、“进度控制法”、“责任人制度”等等，将项目、人、工期一概置于严格的制度管控之中。科学管理之下，工作效率大大提升。

当然身体力行上的贡献也不为小，不在干了多少活儿上，重要是辐射了一种精神，忘我，拼搏，信念坚定，舍我其谁。人们说，这很快成为整个映秀大工地浓郁的氛围，不论援建人员，还是施建企业，个个精神振作、信心满怀、勇于担当、奉献为乐。援建项目工程建设因之突飞猛进，一日千里。

这的确是个关键因素，战士冲锋陷阵时刻的内心状态堪可关乎战斗胜败，过人的英勇，必胜的信念，有着跟钢枪、子弹同样的威力，是求取胜利不可或缺的条件。

其实这还是说的榜样的力量，一个人带动一大片，影响一个环境，或曰形成一个气场，使一种精神以数学的方式超倍数放大，成其神奇能量。

映秀重建奇迹的创造，得自这种敢于胜利、勇于胜利、为不可为的气魄。

我想象着傅处那时候身形消瘦，面容憔悴，两眼电光迸射的工作狂人样子，脑中闪出半壁江山四个字，就说了出来。我看着他，由衷地说，你是援建工作小组的半壁江山呀。

他一笑：我们小团队里，个个都是好样的，（陈市就不说了，人们形容他的脑子是一台高级计算机，里头能找到任何一种需要的程序。）阿宇、阿华、阿辉，每个都身兼数职，独当一面。论到半壁江山，阿标才当之无愧，他是学经济的，整个援建的资金大盘子都是他在操心把持，尤其施工建设拉开之后，这项工作更繁重了，粗则宽放，细到毫厘，那才真正叫劳心。

我点头又点头，深以为然，阿标者，陈志标也，对这员猛将，我已有所了解。

映秀的长歌

1

平日里，我称陈志标为陈处。他是 1972 年生人，比傅处和陈市两人小整整十岁。奇怪的是，这三个人在一起时，却几乎看不出年龄上的差异。怎么回事呢？曾琢磨其中缘故，是因为陈处面色相对黝黑些，从而显得老成吗？似乎不对，论到黑，傅处并不逊色的。映秀的烈日谁不知道呀，任凭什么样白皙的肌肤，拿给它晒上三天，必定黑得可观。其他时候不说，映秀机器日夜轰鸣的十个月里，傅处是“靠在工地上的”，天天晒大太阳，紫外线的赏赐自然不同寻常，他没有让人一见之下疑心相遇美国黑人，已是难能可贵了。那么，跟能干有关？

陈处的确能干，这是我深有体验的。自我介入之后，许多事都是麻烦他代为安排张罗，联系采访，安排住宿，迎接送行，介绍情况等等。处处显出敏捷干练，细致周到。从中能够看出林佐组长对他的倚重，我习惯的林佐组长的短信用语是“陈处会跟你联系”、“陈处会具体安排”等等。平时他话语不多，冷毅静默是脸上惯常表情，在黝黑肤色的衬托下，容易让人联想到日本电影男主角高仓健之类人物。需要的场合里，却又谈辞爽健，理络清晰，滔滔不绝，显出很好口才。论到男子汉味道，若是给女孩子们出题，答卷可能多半认为，几人之中，以他为最。这是个可以用“一座塔”、“一座山”之类词语形容的男子。

却也不对，要说能干，陈市、傅处，哪个不是人中之龙呢?

也是在追忆成长过程时候，我猛然识得其中奥秘。成就了陈处早熟的，是“吃苦”两个字。

吃苦是从小开始的，他是地道东莞人，成长于东莞市厚街。只是那时厚街尚不是城区，是一处村镇，再具体些，他是出生于厚街镇的双岗村。父亲曾列身行伍，光荣退役后回到家乡务农。母亲是村里民办教师。家中手足三人，他为长兄，下有两个妹妹。

这就能够知道了，此人秉性中钢筋铁骨的一面，由曾为军人的父亲所传承，而温情细致来自母亲的血液，至于稳如岳，定如塔，当与妹妹们有关了，他是她们的爱敬和依赖呢。

身为长子，且是唯一男丁，自然为家中砥柱，放牛、锄地、扛石头、背柴草，什么样脏活儿、累活儿全都干过，须帮爸爸分挑重担的。不做活路的时候，就跟妈妈到学校去。她去教课了，他就在办公室里玩耍，自幼对书籍的兴趣，这应该是个培养途径，教师的办公室里，必定书籍多多，小孩子独自呆着无聊，就要伸手拿起一本翻看，看着看着，入迷了。读书成为不变的爱好，书籍也就成为不能缺少的伴侣，出差的路上，平时工作中的闲暇，都要一册在手，凝神阅读。就是援建映秀的三年，也未改变，比如往返东莞与映秀的途中，在飞机场等候时候，没有一次不买书的。阅读面广而博杂，政治、经济、历史、艺术、自然科学，几乎没有不涉猎的领域。敦厚的品格、杰出的才干、出众的口才等等，都由深厚学养的熏陶滋润得来。

这样家庭的子弟，一般都会是品学兼优的好学生，小学时候的阿标，是县里的三好学生，到初中，是惠阳地区三好学生，进了高中，就是广东省的三好学生了。显然他天赋在理科，数学、物理、地理等科目，常常拿得全校头名。高考时选学了经济，应该这是主要原因。他成为中山大学岭南学院经济系一名学子。苦学四年，获经济学学士学位。1994 年毕业，就职于东莞市财政局。十几年没有换过单位，轮调的只是科室，行财科、行财基建科、绩效评价科、政府采购监管科等，一一走遍，练得个行业内十八般武艺样样皆精，可称业界全才。年终工作总结，自然每居先进，职务也随时间而递增，由办事员而科员、副科长、科长，三十六岁时候已是局里副调研员。参加工作后不忘学习，曾一度在职深造，取得广东省社科院研究生学历。

自幼养成的吃苦耐劳，踏实勤快习性，原本样带到工作中，自然领导满意，同事欣赏，皆大欢喜。他却不是农家子弟意义上的手脚勤快了，脑子也一样勤于运转，于是就常有新想法，新点子，新思路，说出来，就成为对单位政策、制度、工作业务等建设性的建议，所谓建言献策，锐意创新。完善制度、起草文件、商锥决策，他成了领导的智囊。却不是那类以虚招游世的耍脑壳人物，这人实干方面毫不逊色，做起事来俨然拼命三郎，煞得下腰，豁得出去，加班每至深夜，节假日概念模糊。有人说这是因为年轻——他是局里中层干部中年纪最轻的一个。领导却言之而意味深长，说，这是个适合打仗的家伙——打那种硬仗，战士都是铁打的，可以不吃饭、不睡觉、不怕死、不要命……

此语竟而言中，一朝大地撕裂，映秀急难，成为生死前方，吆唤阿标束盔甲、披战袍，匆匆奔赴，投身一场前所未有的硬仗。

倾听这些讲述时候，我曾不由想起古代小说《水浒传》里鲜活的人物们，一百单八将，个个身手不凡，独擅所长，乃是秉承天命而来的诸方星宿，各展神通，施所能，成就轰轰烈烈一番大业。援建映秀的东莞赤子们，可以拿来作比否？降落这些铮铮男儿肩膀上的，是神圣使命。

2

接触这个小团队，一个有趣的地方，是人人都喜欢给你讲别人的故事，比如好不容易跟林佐组长相对而坐了，他会一大段一大段给你说关于傅处。他说晓炜一个大优点，是苦中作乐，映秀的艰苦，都知道的了，可是自来到后，就没一次从他嘴里听到过这两个字。他总能够找到解决困难的法子。工程建设拉开后，大家心里的弦都绷得紧紧，到底能不能够如期完成？对别人是三年任务两年完成，于我们而言只是一年了，其实一年也是不够的，满打满算，只有十个月时间。这时候，东莞市委市政府做出了明确规定，要在2009年9月30日前，完成农村永久性住房重建工作；年底前，完成镇中心区住房主体工程和市政公共设施建设；春节前，完成医院和学校等公益性项目的主体工程建设；2010年“5·12”地震两周年，基本完成项目配套以及户外景观建设。

这是铁打的规矩，我们视如军令。

映秀乡亲们都或寄居亲友家，或暂住板房里，在翘首等待，莞市领导们心里急呀！我们何尝不是！其实于我们而言，这是最大的命令。

这个时候，晓炜的昂扬、乐观、自信就发挥了重要作用，他是能够让自己情绪影响一大片的人，很快，昂扬乐观、坚定自信，就成了整个集体的精神面貌，大家把心松下来是非常关键的，人都知道的，轻松愉快的心情下，工作会做到最好……

陈志标则是开篇就说陈市故事，让我第一次知道，以前看过的报道中，说援建工作小组来到映秀后立刻上山爬坡，走村串户搞摸底调研，其实在一段时间里，指的只是一个人：组长陈林佐。开始林佐组长不让晓炜和阿标跟着自己，因为不知要去的地方到底什么样，他安全地把他们带来了，得同样安全地带回去才行的。陈处说有一次，去黄家院村搞调研，他和傅处两个要求一起去，将心比心，他们也不放心让陈市一个人去呀。被陈市坚决制止，两人只好在山下等。那一等啊，头发差点儿白了，陈市和镇政府的人们早饭后走的，一直到下午三点多才终于又在视线里出现。这不像平常，一个人去哪里办事了，该回来的时候不见回来，家里人才开始着急。那种情况下，人从身边一离开，心里立刻忧虑就来了的，因为不知道在哪一段上会有意想不到的遭遇，那时候余震一次跟着一次，四、五级的都是家常便饭，山体松垮到那种程度，一摇一晃半面山坡就会掉下来。那时候也不像现在，有经验了，会看了，起风的时候，要是山上忽然冒白烟，或是有小石头飞下，那就是要发生滑坡了，须赶紧躲避。那时候都没经验，映秀当地的人也没有，不能提前预知的，只有捱上了才知道……唉！心里悬的呀，特别是到了午饭时候，还不见他们踪影……

这件事陈志标两次提及，两次都说得细细，中间发出深深叹息，可见这个生铁铸的汉子，心里是有了烙印的。

终于，陈林佐把大小山头爬遍，心里有数了，同意让两个兄弟跟自己一起走了。

三个人在一起，就是来了遭遇，也好互相拉扶照顾呀。陈志标说这话时，长长松一口气的样子。

东莞在映秀，是科学援建、和谐援建，此已是举世皆知，网上有关文章铺天盖地。他们跟映秀镇干部群众之间水乳相融，待之如亲，其实已不是“和谐”二字可以说完的了。每个人在这方面都有很生动感人的故事，陈志标的似乎更被人所乐道，俨然趣事。比如他“月饼叔叔”这个绰号，就时常被人含笑提起，这背后就是一个故事，说的是刚来那年的中秋节时候，援建工作小组给乡亲们上门送月饼，这项工作阿标承担最多，他去过的有一户人家里，有个两岁多的女孩儿，一下把他记住了，从那以后，见到他就喊“月饼叔叔”。另一个成为笑谈的，是有位映秀姑娘，将一幅自己亲手绣制的羌绣，深情送给了他。这也是刚来那年，入冬的时候。应该是跟“暖冬工程”有关的，他们一家一户送棉衣棉鞋棉被等，深深感动了姑娘，心情无以表达，她就穿针引线，细心细意绣了一件自己民族的传统绣品，代以托寄。在羌族，姑娘们一针一线缝制的羌绣，是送给尊贵客人最隆重的礼物。

我见过那幅羌绣的照片，画面上是一枝玲珑鲜艳的花儿，就是羌藏歌谣中不厌吟唱的那格桑花——羌藏同胞心中“最美的花”、“幸福的花”，打动了我的是上面一行文字：你的关怀让受伤的花儿也绽放得如此美丽。一字一字念着，不由想起“山歌都是心头出”那句话，认作是最好的诗。姑娘是张家坪村的。绣品好后，就想去送给援建工作小组，却不知在哪里能找到他们。又满心羞涩，东莞恩人们会喜欢这件礼物吗？幸好有一天，在沟口遇到了标哥，当时绣品没带在身上，她请求他稍等一下，自己回去取。标哥很高兴，连连道谢，却不接受，说没必要这样的，让她费时间费心力。匆匆走了。他的笑容鼓励了她，终于鼓足勇气，去找到他们的办公板房，双手捧上珍惜之物。姑娘相送绣品时说的话，书上网上都能够找到，就是让他知道自己一路打听着，好不容易才来到这个地方等等。阿标当时的话语，却觅不到一点儿痕迹。他肯定不会默默不言的。

我把这个提出来，让陈处复述当时所说的话给我听。

于是看见了这个硬汉子的羞赧，他有些不好意思地笑了，说这么久了，哪里还能记得？当时我挺感动的，其实我们也没做什么，映秀乡亲这样对我们，真是心里不安。只有更加倍地工作，为他们做更多的事情……

陈处说后来有博物馆的人来找他，想要这件绣品拿回去收藏，他没同意。这个我肯定要自己留着的。他说。我点头，表示赞成，当然这要自己留着，多么珍贵的纪念！

加了这么一段插曲的好处是，终于，陈处开始说自己了。

3

总体规划下来前，工作小组没有大的分工，事情来了，哪个能抽开身子哪个上。跟傅处有同感，陈处也觉得第一年是最难的，天天忙得喘不过气，却又难以说清究竟都忙了些什么。那个阶段的情况我已了知大概，请他简略，只讲一讲关于2009年春节期间，“莞映一家亲”春节慰问演出的情况。他告诉我，那是中国歌舞团东莞分团来给映秀人民送新春的祝福。节目精彩，气氛热烈，效果很好。这其实是跟“暖冬工程”环环相扣的，送温暖给精神，给心灵。那天，映秀镇委书记廖军在演出现场做了讲话，真诚感谢东莞对映秀人民的无私奉献。演出进行中，工作小组给在场的小朋友们分发了玩具，作为春节的礼物。

这是映秀的孩子们第三次得到东莞叔叔们赠送的玩具礼物了。

陈处说，这里的孩子们非常懂事，自2008年教师节发送玩具之后，孩子们下课时间就常常跑来办公室看望他们，非常亲昵的样子，或是送几枝花儿，或是送自己画的蜡笔画、叠的千纸鹤，或是送一首祝福的小诗，有时只是一句感谢的话，一笔一画写在他们门口的小黑板上。每每令他们安慰开怀。后来他们办公室的一面墙上贴满了这类儿童制作。那时他们的办公地方，搬到渔子溪旁边的板房四合院里了，跟临时小学校挨得很近。二次安置时候，学校撤离，去了都江堰，孩子们跟着走了。期间每次回来，都要过来看望他们，送上问候和祝福。

不仅对他们，凡是辛苦帮助自己的东莞叔叔阿姨们，孩子们都满怀敬爱感激，有一个小故事，把所有援建工作者们听得心头滚热，是跟第一批进驻映秀的东莞医疗队有关的。那时候，东莞医疗队经常下乡巡诊。有一次，巡诊途中，看见几个孩子站在山路旁边，手里举着大大写着字的条幅："谢谢叔叔阿姨"、"你们辛苦了"。队员们一见之下感动不已，赶紧跳下车来，拿出从东莞带来的食物送给孩子们，他们却摆着小手不肯要，说叔叔阿姨们工作辛苦需要营养，留着你们自己吃吧，好说歹说，才终于接过了。救护车又启动了，医疗队员们从车后窗向外望，看见孩子们站在那里，对着他们离去的方向，用小手比划着"心"形，表达自己的感恩和祝福。汽车渐行渐远了，孩子们仍旧不停地比划着、祝福着。斯情斯景，映入心灵，成为医疗队员们终生难忘的一幕。

陈处随之又给我讲关于2009年初，东莞举行"云海归来，情系灾区"慈善拍卖会的事。这我知道一些的。那是三位有大爱之心的画家的隽事，他们分别是，黄山市书画院名誉院长、国家一级美术师叶森槐，北京香山画院院长、一级美术师唐湘子，东莞市莞城区区委书记王检养（即也墨）。在东莞，我曾拜访过也墨先生，面询了一些有关情况。慈善拍卖会之前，先办的画展，名“云海归来——叶森槐、唐湘子、也墨三人行黄山采风画展”，也是在东莞市莞城图书馆举行，为期八天，2008 年 12 月 26 日至 2009 年 1 月 3 日。展出三人画作共 74 件，全部是写黄山风光的，观赏者众，品评话语中多这样的词汇：“大气磅礴”、“笔墨纵横”、“淋漓尽致”，认为他们虽风格迥异，却笔锋同劲，将黄山秀峰幽谷、云开云合意尽宣纸，写透了。

是也墨先生一次映秀之行，引出了三画家黄山采风。那是 2008 年 9 月，东莞市党政代表团赴西南学习考察并到汶川县映秀镇考察对口援建工作，也墨在其中，本以莞城区委书记身份而来，却是以绘画艺术家的心灵与苦难映秀对话，于是泪落成血、锥心透魄地得了八个字：不敢感受，不敢写生。映秀当时的情景刺伤了细腻敏致的心灵，疼痛剧以至畏惧生。使人知道有一种勇是怯，有一种爱是悲。

疼痛带来的不是软弱，而是强大的力量，如果说之前的积极捐款捐物更多地发乎同情和悲悯，此番的心痛则更加激发了责任意识，觉得有义务献出更大的力量，帮助灾区人民重建家园。

回到东莞后，立刻邀约朋友，一同上了黄山。目的非常明确，借天下名山的景色风光成一批画作，展览、义卖，将所筹善款捐献映秀，用于小镇的劫后重生。信念化作激情，下笔如有神，灵思若湍飞，短短一个星期时间，七十余幅山水画作洒然而成，其中有丈二巨制一幅，名《千峰竞秀》，为三人费一日功夫合智而作。

真迹已被人买走，我看到的只是照片，果然气魄不同寻常，三人互勉，同气相应，共抵超迈之境。人意借了山水之灵，山水亦乘人意之慧，两相辉映，美韵浑成。

我要来也墨先生新出版的一本画册，细细翻看，直看得清风扑面，如饮醍醐。这是久违的了。素有书画之好，尤喜淡墨山水，常于相对之际，不自觉游入画中，邀得清风明月一起来，怡然沉醉。但这样的享受已然淡远，商品经济大潮冲荡了这么多年了，画者之心早如轻舟，浮漂摇曳而不停，哪里还能载得闲山静水？不想一朝之间在这里幸遇。莫名地，我竟生出了一段感激。

得知也墨先生用心于画不过五年时间，心中有一刻讶异，以我的眼睛看，他是已得了真谛的，所谓道，所谓境界，怎么不是自幼积萤成雪，洗笔成池？猛然想起“功夫在诗外”那句古话，不由连连点头，修炼真功原是有诸多法门的，正是条条大路通罗马的意思。但他这条道路多所不易，要有格外的定力和觉悟才行。

赞赏者果然多多，说他虽身在岭南，却不受岭南画风拘囿，笔下一派“大山大水”。我琢磨了一会儿，觉得他这大山大水，其实恰是心中的大悲大爱，纵横泼洒，微细勾勒，讲的都是这个意思。大爱无疆，笔风自然无羁，读过了他的线条笔墨，对这次黄山采风、慈善拍卖、爱心捐助等等，就觉得自然而然了，有其人有其事而已。

由也墨先生的山水画，我对东莞刮目相看，原以为在这创造了经济奇迹的地方，触目所见，都将是经济意义上的先进，不期竟相遇了这艺术的上乘。也墨先生认为好画是悠闲心境下的一种妙手偶得，看淡拿去展览，或是借以载道之类。他这说的其实是两个字：无为，乃是一切艺术的根本，也就是至境。能够游心于无为，大境界也，已是去名利，却贪痴，淡寂悠远，逸入逍遥之境。如此生命意境中，拈毫运腕，洒墨纵情，则不说道而道自在其中，观赏者得真山真水点化，刹那了悟，息心回头。是为熏陶。

他画中的山水，非是实在的山水，已是经过心灵的一段意念。出于清澈，关乎性灵，落在纸上，成为真水真山。

画展后两天，拍卖会开始。人涌如潮情景超乎想象，来者逾四百之数，参与竞拍的在一百之上。《千峰竞秀》引发高潮，28 轮竞价后，以 68 万元人民币的高价成交。

最终，74 件画作全部拍出，共得募款 537.9 万元，比之预计的一百万元，超出五倍还多。

他从无为出发，成就大为。

也墨先生坦言，这不是画品之功，人们其实是在关爱映秀，用这样一种方式为悲惨映秀的重生尽一份心，做一份贡献，从中看到的是东莞民众感人至深的仁爱情肠。

陈处说，这笔善款全部捐赠给了映秀镇，按着募集者们的心愿，用于映秀医院的重建上了，但没有如他们期望的，取名“希望医院”，而叫了中心卫生院。为了铭记画家们之德，中心卫生院前面立了一块碑，记下这件事。

4

然后，陈处就给我说起了阿辉和阿宇。

阿辉，郭浩辉。阿宇，王霁宇。

他说，这个时候，好了许多，因为多了两个帮手，阿辉和阿宇来了。

郭浩辉其实是“三剑客”的老搭档了，青川援建板房的时候，他就跟他们在一起的。说准确些，是傅晓炜点了他的将。因为两个人在一个单位，阿辉也是就职东莞建设局，做办公室工作，可算傅处的部属。傅处当时选他跟自己一同赴灾区前线，肯定是觉得他至少在三个方面行，品格、能力、体力。事实赞美了傅处的眼力。阿辉成为青川救援战场一位骁勇善战的猛士。他是独自驾车从东莞奔赴青川的，路上走了整整两天。从绵阳到青川的一段路最不好走，山路崎岖，蜿蜒三百余公里，飞石、山体滑坡、余震伴随全程，中间穿越援建板房工地计有四五十个，好在不用下车，饼干、方便面、矿泉水，这些车上都有。睡眠也没成为问题，因为绝对不会困倦的，不敢困倦。

在青川战场并肩作战的东莞男儿共十九人，结下深厚的战斗友谊，回乡后自谓“川帮”，一日，十九战友小聚，忆起睡帐篷、捱飞石、没饭吃、没澡洗等等一段青川援建生涯，苦竟骤然间变作了乐，直说得心胸间悲喜交替、豪气纵横，都觉得做了一件不愧人生的高义之事，相约一起还去四川灾区，再痛痛快快打一场对口援建战役。争取就是下一批。

心愿竟而转眼实现，不是援建板房了，是来扶起映秀。

阿辉因为不是公务员，不能参加援建映秀的报名考核。就还是由“三剑客”点的兵。那是工作小组三人来映秀一月之后了，感到人手严重不够，需要增加，几人同时想到阿辉。傅处回东莞办事时候，就找阿辉谈话。不立刻要态度，让他考虑一下。阿辉就认真地考虑起来，去映秀的话，不比青川了，时间会长得多，家里行不行呢？妻子是没问题的，不管心里怎么想，肯定会支持自己。就是老母年事已高，古稀之外了，自己离开太久，着实放心不下。还有老父亲鼻癌手术做完这才没多久，身边得要有人照料才行。又一想，父亲手术很成功，已经没事了，请妻子多操劳就可以的，母亲也是，就都托付妻子吧，自己记下她的辛苦，日后好好回报就是了。自古忠孝难两全，真的是这么一回事呀。

很快，傅处又来谈话了，这次没用多说，阿辉一口应下，问自己什么时候出发？这时是 2008 年 10 月份。还是独自驾车而来——把东莞市政府给工作组配的工作用车送过来。阿辉既到，后勤这一块儿就不须“三剑客”操心了，举凡汽车擦洗、维修，备办日常生活用品等等繁琐杂务一概由他揽下，尤其傅处，周末不用去菜市场了，煲汤用的骨头、肉、菜等都换成阿辉去一一采办，渐渐，厨房里一套手艺也悉数传给了他。阿辉的厨艺越来越好，每每把大家吃得笑逐颜开。看见他们高兴，他自然也就高兴，每天起早睡晚，乐而不疲。

“家务”之余，便要一头扎在工作里，大量捐赠物品从东莞源源不断而来，衣服、被子、食品、玩具……要跟映秀镇政府衔接，哪样东西交到哪个人之手？哪些是要由他们分发给百姓的，哪些由镇政府工作人员操劳？这项工作既要耐得繁琐，粗中有细，还须有副好身板，恰是累身又累心。

所幸阿辉体格健壮，高大结实，而且越劳累越精神焕发，不必担心倒下。另外，他既往的工作经验也帮了大忙。阿辉跟阿标相似，出生在东莞当年恬静如画的田园乡村，村庄名中堂镇三涌村。父亲曾跻身行伍，在部队中学了医，回乡后成为村里医生。母亲在村小学当教师。也是兄妹三人，他为幺弟，上面一哥，一姐。好像他对于读书兴趣不是很大，在中堂高中毕业后，没进大学，直接就走向社会，当了电机厂一名工人，后来换过许多单位，于1992年进入莞市建设局。

社会中摸爬滚打二十余载，也炼得个十八般武艺样样皆精，恰好在重塑映秀派上用场。跟阿辉接触，扑面一股侠义气息，让人觉得是遇到了一位耿直仗义汉子。他是1969年生人，本是比阿标大的，却跟阿宇、阿华一样，一口一声都唤标哥，透出一份淳朴亲和。

援建工作小组中，有了这样一位人物，更加显得人各风骨，面目不同，俨然一幅叱咤风云的英雄图。

5

阿宇是小组中的“新莞人”，出生并成长于山西长治市，父亲在粮食战线兢兢业业大半生，于市粮食局下属一个粮店谢职退休。母亲在集体型企业工作。家中手足二人，他为兄长，下有一妹。

这是个典型的尖子生，在长治市上南街小学读书的五年间，班级考试没出过前三名。以优异成绩考入长治市重点中学——长治第一中学。初高中总共六年，1997 年高考入榜，成为山西财经学院（现财经大学）工商管理系一名学子。也许跟 1.8 米的身高有关，一入大学，就被选擢，成为学院体育部部员。次年，升为体育部部长。大三时候，当了学生会副主席。本来学院想让他当学生会主席的，团委书记几次找来谈心，他歉然婉拒，不是不愿挑担子受辛苦，那时他一心在准备考研，时间上实在紧张。恳请团委书记另行择人，答应自己一定尽全力以辅佐其开展工作。任职学生会干部并没影响功课上的精进，大学四年，他年年是奖学金获得者，一、二等，特等，几类奖学金都拿过，是个同龄人中的佼佼者、幸运儿。

考研顺利，2002 年如愿成为南京东南大学一名研究生。

是爱情使他“孔雀东南飞”，终而落户东莞，成为一名新莞人。丘比特神箭在大三那年射来，其中有体育之功，他是体育部长，而女孩是体育部委员。还有一个巧处，两人同在一个系，她迟他一年入学，恰是师妹。一场恋爱长达七年，在盛行恋爱游击战的当今时代，成为温馨美谈。他毕业后直接去读研，心上人则回了家乡东莞。这曾一度使两人苦恼深深。她必须回家乡，因为是家中独女，母亲舍不得女儿远嫁异乡，拉着女儿的手哭泣，让答应千万别丢下自己。

心里一番激烈斗争后，阿宇也庄诚地执子之手，一脸坚毅地对她说：你放心回去工作吧，我一定会去找你！

就是这样，研究生毕业时，报名参加了东莞的公务员考试，也是有缘，或者说苍天成全有情人，一考即中，被直接录入东莞市政策研究室。

来映秀的时候，就要结婚三周年纪念，儿子也要满三个月。

阿宇是2009年2月底被领导找来谈话，问愿不愿意去支援四川灾区重建？这是没想到的。第一反应，很冲动地，愿意受命，随即又矛盾起来，新生娇儿还不满三个月呀，正是离不开人的时候，自己若是远远走了，扔下他们弱母稚儿如何是好？

好在父母态度坚定地表示支持，说，国家用人之际，正是男儿报效之时，你就尽管放心地走，照料孙儿有我们呢。

父母说到做到，很快将小孙儿接去了山西老家，二老将其余一概放下，一心扑在宝宝身上，悉心养育，解了儿子后顾之忧。

人们曾分析，领导选派阿宇来参战映秀，当也是出于三个方面考虑，其一，业务能力能够满足特殊环境里工作的需要；其二，性格沉稳、坚定，承受力强，综合素质好，来了能苦得下，留得住，立得起。其三，体魄强健，精力充沛，拖不垮，累不倒，熬不坏。

此乃从他在映秀两年多的工作表现中得出的结论。

阿宇在映秀的职务，是援建工作小组综合办公室主任。光听这个衔称，就能知道工作内容的浩杂纷繁。其实部属一个没有，就是光杆司令一人。举凡收文、发文、写材料、作文稿、立档案、情况上报、计划下达等等都是独自担当。除此还要搞接待、做服务，参观的，考察的，慰问的，一队去了一队又来，他左手端照相机，右手执录音笔，跟着一遍一遍四处巡走，时常就独自承担接待任务，又要当解说员，又要定行程表，又要留下各样记录，直忙得饥渴皆忘。这些却基本属于白天工作内容，每至夜晚，就要坐在灯下，对着笔记本电脑，一桩桩清晰叙写一日事情。如此历练下，笔头功夫显著提高，援建工作信息简报、大事记等等文稿，可以一挥而就。东莞市及国家“5·12”特大地震灾后重建志映秀镇部分的初稿与长编，都是他执笔完成。

在映秀，工作就是全部。这是阿宇从深心里发出的，一句格言式感慨。

映秀，苦了阿宇，锻炼了阿宇，也成就了阿宇。当依依惜别，离去的时候，他已经是全新的骨骼，不一样的人生。

王霁宇，1979 年生人，援建工作小组中年纪最轻的一位。

6

阿辉和阿宇的分担下，“三剑客”得以轻装上阵，扑下身子抓农房建设、村路建设等等先期启动项目的施建，及镇中心区重建总体规划设计工作的推进。同时，紧锣密鼓进行废墟清理。映秀镇一个与众不同处，是废墟保留时间长。地震后，救援人员进入，立刻将镇中心区严密封控起来，称为封控区。是原址重建，还是像青川一样迁移别处去另建新城，曾一度成为困惑。这期间封控区不能动。直到进行充分的地质检测和分析研究后，确定可以原址重建，禁令才解除。援建工作小组立刻行动起来，清废墟、整土地，抢出时间，以保证一旦规划设计定稿立刻拉开建设。这项工作是2009年春节前开始的，至3月31日初步完成。

陈志标的专职工作，渐而明晰起来，他负责建立项目库。就是按照政府提出的总体规划目标，做资金预算，重建总共涉及到哪些项目？哪些工程？资金总盘子大概是多少？每个项目大致需要投入资金数额是多少？等等。

当然，分心处仍旧多多，日盼夜想的城镇规划设计方案终于下来了，重建终于开工了。赶进度，赶工期，成为每个人睡梦里都念诵的句子。工程项目"遍地开花"，几十个施工队同时进驻，工人过万，吃喝拉撒，安全施工，要效率更要质量……

水电不足，道路运输不便，材料供不应求……新的困难接踵而至，纷如雪霰，男儿们自将挥戈舞剑，昂首奋力，继续拼搏。

7

援建工作小组最后一次增加力量，是在2009年底，这次选派来的是位宣传方面的干才，就是周运华。阿华是地道粤人，1975年出生于广东博罗县石坝镇石联乡上塘村，由惠州一中考取韩山师范学院，就读于政史系思想政治教育专业，2000年毕业。曾先后在东莞市大朗镇第一中学、大朗镇文化广播电视服务中心、大朗镇宣传教育办工作。长于笔耕，有数百篇稿件被国家和省市报刊、电视台采用，曾获第十五届东莞市人大好新闻奖。这显然是他能够成为东莞对口援建映秀镇灾后恢复重建工作小组成员的一大主要原因。他来到的时候，援建工作到了该加大宣传力度的时候了。

阿华的到来，明显感到一些轻松的应该是阿宇，举凡拍照片、搞录音、写相关文字材料，以及接待、办文、发文等工作，阿华都为之分担。这同样是个机器人般的高效强力人物，近一年的时间里，编写简报30多期，拍摄照片逾万张。

阿华宣传方面超越的工作能力体现在方法上，计有三个方面，把握重点内容、深化报道主题、创新报道方式。比如他重点抓住春节、“5·12”两周年纪念日、端午节、国庆节等重大节日，和援建项目工程开工、建设攻关、封顶等一系列重要时间节点，展开有针对性的宣传工作，同时，讴歌援建过程中涌现出的勇于奉献、吃苦耐劳、舍小家为大家、严格管理、精心施工等诸多方面的先进人物和感人事迹。

阿华的幸运在于工作的成绩可以一目了然。他工作的一大块内容是协助媒体记者在一线进行采访，获得过他“优质服务”的计有东莞时报、东莞日报、东莞广播电视台、广东电视台、四川电视台、南方都市报、南方日报、四川日报、新华社等二十多家媒体。据不完全统计，仅2010年1至9月份，上述媒体共刊播有关莞市对口援建映秀新闻报道150余篇（条），将援建工作的进展、成效以及援建队伍中的先进典型、优秀人物、感人故事等全面细致地置于世界目光之下，使那些关注映秀重生的人们得以了解真实具体的情形，满足心灵的需要，寻找献出一己之力的机会。同时，极大地激发援建人员的工作热情，在推动援建工作进程方面发挥了积极作用。

整个援建工作小组中，我与阿华的联系相对最多，这不惟是许多采访要他帮忙联系、安排，要从他这里找有关材料和照片，还因为，他是个诗人，彼此可以获得同仁之间对话的快乐。

阿华的诗作中，令我触动深深的一首，是作于映秀的《元宵节》：

遥远的异乡 诗人看到
大街上 挂满了节日的灯笼
思念 如火花般地绽放着
幸福 甜蜜的元宵节
手指划过的天空洒满烟花的祝福

在渔子溪想念故乡 故乡遥迢
在黑夜里缄默 时光倒叙
春风吹落歌谣 雨纷纷飘下
鸟儿栖处 谁和春天一同醒来
在初春的夜晚 在天上的歌谣
纷纷飘落的时刻 思念
打湿了岷江两岸

在这样的环境中、工作状态下，他竟然还能够吟诗，真是令人敬佩！阿华的诗“直摅血性即文章”，扑面一股真情热血的气息，使人知道他的内心有着怎样宏大挚切的悲悯、怜惜和爱，有着怎样强烈的担当意识和责任情怀。

说到诗人敏细精微的内心与工作环境繁杂粗粝的矛盾，阿华以苦涩一笑作为回答。他说，来到映秀后，渐渐就不写诗了，因为忙得根本没有了心思。这是阶段性的情形，还是永远的干涸，尚不能够知道。不管是哪一种，他都不会后悔，他为能够来到映秀，为这块苦难土地的重生尽一份心，献一份力，而感到自豪、欣慰，视作毕生的光荣和幸运。

是的，这是生命的光荣，这份艰苦卓绝的经历将成为璀璨之光，把平凡的生命照亮。

阿华，对口援建映秀的一段岁月，是你以热血和生命写就的一首最荡气回肠的宏伟诗篇。这将是矗立在你人生中一座光芒四射的艺术高峰，是弥足珍贵的财富。

从诗人的角度，你是最棒的！衷心祝贺你！

▲ 2010 年 10 月 10 日，在“广东省对口支援汶川县恢复重建任务全面完成庆祝大会”现场，援建工作小组全体成员合影留念。

映秀的神话

1

陈处与傅处的英雄同恨，是映秀镇中心区重建的开工迟迟。

百米赛，人家已经跑出五十米了，我们才起跑！他一遍一遍使用这个比喻句，一遍比一遍声音低沉，让人知道，这件事曾经怎样挑战过他的意志。

只有一百米呀，要是五百米、一千米，也还好些，过程长些，我们努力把时间绷紧，可以抢回点儿机会……

我把这些话语，当作是倾诉。相信映秀也是听见了的，会跟我一样，疼惜和钦佩兼生，曾经怎样难为过这些钢铁健儿！而这些赤子们创造了怎样的当代神话！

是的，映秀重建是创造了城镇建筑的神话，在于速度，在于质量，在于审美。

仅仅五十一天，枫香树安居房 81 号楼，就激动人心地宣告封顶。

这是映秀镇中心区大劫之后的土地上矗立起的第一座建筑物。

接着，日新月异，捷报频传：

综合市场建设告竣；

镇中心卫生院工程告竣；

映秀湾公园工程告竣；

莞香广场告竣；

震中纪念馆告竣；

……

▲ 东莞市委常委、常务副市长冷晓明与援建工作小组和工程管理处全体人员在东莞援建纪念碑前合影

举凡东莞市政府的期望：2009 年 9 月 30 日前，完成农村永久性住房重建工作；年底前，完成镇中心区住房主体工程和市政公共设施建设；春节前，完成医院和学校等公益性项目的主体工程建设；2010 年“5·12”地震两周年，基本完成项目配套以及户外景观建设，等等，全部提前实现目标。

在短短十个月时间里，映秀新镇建设基本完成。

而且做到了高品质、高规格、高成就，每一座建筑都是精品，每一项工程都堪为“样板”，国家及省市领导的殷切期望：把映秀镇建成全国恢复重建的样板、现代抗震建筑的博物馆和防震减灾标志性示范区，映秀灾后重建所有工程须是阳光工程、优质工程、廉政工程、放心工程等等，全部化为了现实。

这是神话的十个月，金子的十个月，如诗如歌的十个月。

期间会有多少眼泪，多少欢笑，多少刻骨铭心，多少感天撼地！

让援建工作小组的人们讲述这段不同寻常的岁月，他们不约而同地推出一个人，东莞市城建工程管理局副局长朱利民。

2

朱利民，高大威猛，虎虎生风，由身量，粘上美髯可饰关羽，看眼睛，怒目一瞪能假李逵。乍然相对，的确纠纠然有武夫之状。交谈之中，却殊难跟书上看到的那个人物对上号。书上说，重建开工之后，此人每日穿梭于大小建筑工地，含着润喉糖，甩着大脚步，在杂乱的施建材料之间往来奔走，不时歇斯底里亮起高分贝大嗓门，指出工人方法、施工组织等等之不当。一旦急了，就要骂人。有一次，冬天里，一位省里领导要来检查工作，渔子溪和岷江交汇处是必经之地。当时那里正在施工，环境杂乱，通道阻堵。朱利民一大早去找到该工程项目经理，交待务必在傍晚六点钟之前，把有关地段清理好，以保证届时道路畅通，环境卫生上不出问题。至晚上十一点钟，感到不放心，冒着寒风前去查看，一见之下，刹那火起，现场竟一点儿没动！飞脚将一块挡板踹翻，掏手机飞快打通项目经理，劈口一顿臭骂，厉声警告说，你小子今晚要是不搞好这里，明早我就把你扔到岷江里去！威凛逼人，果然有效，项目经理连忙赶来，率人当夜加班，做好了一切。

还有一次，也是在冬天，映秀一年中最冷时节，气温接近零度。综合部部长陈潇淳见大家在办公室里冻得打颤，跟局办公室主任冯卫民商量，想给每个办公室买一台取暖器，意见一致后，立即跑去都江堰将物品购回，共三台，每台价格三百元左右。朱局长发现，铁着脸将陈潇淳叫来，大发雷霆：这点儿冷算什么？你们也太娇气了！你们搞清楚，我们来这里就是吃苦的。这点儿苦都吃不了，怎样完成艰巨的援建任务?! 直吼得刚刚走出大学校门的年轻女孩儿眼泪扑簌簌滚落，哽咽难言。

曾经的映秀大工地上，从项目经理、现场监理、工程队老板到普通工人，个个知道朱利民局长的厉害，大家说：怎样才能让朱利民满意呢？第一天他给你图纸，第二天你立即施工，第三天完成交货。

我半开玩笑地问朱局，这些是不是真的？他不好意思地笑，说，自己都想不起那时是什么样子，压力太大时候，人是会不一样的。那时，心中像射击打靶一样，只有一个目标，就是早日完成工程建设，不让方方面面的人失望。当一个人心中只绷紧着一个念头的时候，是会很偏执，很疯狂的。

这样相对坐着，闲闲而聊，略略细看一眼，眼前的人其实是很有几分尔雅细致的，尤其说起童年时光，脸上一派温情荡漾。跟王霁宇略似，朱局也不是生于东莞，乃是一位献身于斯的“新莞人”。他老家在云南，是一个遥远静谧、风景如画的地方。询其家世，其实就找到了血性的源头。他本是云南彝族土司的后裔，父亲十几岁即告别故园，投身革命，毕生奋战在公安战线。母亲虽不秉贵族血统，却更有一份朴素的高贵，她生长于靠近中缅边境的保山县，小城富饶，人口逾百万。可惜抗日战争时候遭日本飞机轰炸而毁损。百姓逃难，四方流落。祖父一家最终落脚在一个偏僻山村，借人家一角菜地搭座窝棚，赖以栖身。母女纺线以维持生计。一朝保山解放，母亲立即返乡投身社会工作，时年十七岁。进步迅速，次年便出任副乡长，挑起革命重担。1950 年代，母亲转入公安队伍。

孕育朱利民时候，父母双双在楚雄州的草海农场工作，那里就成为此子出生之地。是为 1966 年。

此时家中已有一儿一女，利民为幺子。

先在草海农场子弟小学读书，后考入姚安县一中。初高中学业优异，毕业高考，以全县第一名成绩进入中山大学历史系。1988 年毕业，被迎入东莞市地方志办公室工作。所以得此殊荣，是因为之前学校曾组织四十多名学生前往该单位帮助修改地方志，期间朱利民才思敏捷、勤勉刻苦，表现突出，深得该单位领导赏识。恰好单位需要增员，就挑选了他。

在这个部门一干八年，成果丰硕，凡 250 万字，1800 余页的厚厚一本东莞市地方志，从编纂到出版，包括版样斟定、文字校对等一应工作都凝聚了他的心血。

1996 年调入东莞市农业委员会。

他来到的第四个年头，农委光荣地被选择，接手修建东莞新城市建设启动的第一个项目，东莞市最大的道路——东莞大道。

农委人以令人惊叹的钢铁意志、拼搏精神，出色完成了这张答卷。辉煌成绩赢来欣赏、赞美、敬佩、更大的信任，以及更艰巨的任务、更沉重的担子。2002 年 3 月，临时组建的东莞大道建设指挥部升级，成为“东莞市城建工程总指挥部”，接受新任务，承接东莞市政大楼等建设项目。半年后，这个总指挥部被正式建制，成为东莞市城建局，全面负责整个东莞的城市建设工作。2003 年 7 月，东莞市城建工程总指挥部再次更名，成为东莞市城建工程管理局。

在东莞“一年一大步，五年建新城”，令世界瞩目的铸城战役中，这个应运而生的机构始终发挥着心脏和枢纽的重要作用，谱写了可歌可泣的创造与奉献篇章。其中一个光辉的章节，是探索了政府财政投资工程建设“代建制”，为城市建设的科学管理提供了宝贵经验和成功模式。

从东莞大道建设指挥部到东莞市城建工程管理局，由 2000 年的 8 个人，到 2008 年的 200 多人，这段奇迹发展历程，朱利民全程参与，他贡献了全部的光和热，百炼成钢，由一名普通职员成长为独当一面的副局长。东莞市创造成型的代建制受到中纪委重视，曾派专员来认真进行调研考察，在全国范围内大力推广，一时间各地人士纷纷前来东莞取经学习。2009年6月，朱利民临危受命，前来援助映秀时，“东莞取经”之事正当火热进行中。

3

东莞的“一年一大步，五年建新城”我已有所知晓，那就是一部用热血和生命创作的美丽神话。尤其东莞大道的建设，是“把不可能的事变成可能”的东莞行为原则一个典范表现。东莞援建工作者们，是把曾经在东莞大地上进行的神奇创造，在映秀的土地上又来了一遍。

我讲出这个意思，看见朱局苦涩地摇头，说，不一样的，不一样的。他说，相同之处的确有，首先，叫法上就基本一致，东莞当年是再铸新城，映秀现在是重建新镇。起头处也几乎一样，比如映秀这里，也是先成立了一个灾后重建指挥部，由党政主要领导任总指挥。再比如东莞大道，映秀恰好也有一条，而且也是新镇建设启动的第一个项目。东莞的那条大道当年也是急活儿，市上只给一年时间，让一些此前根本不懂建筑与建设的农口人，在散落着大大小小山头的荒僻地方硬生生辟建出一条宽阔壮观的城市干道。那也是把人累得饭都不想吃，忙得睡不成一个囫囵觉，一场死打硬拼攻坚战。但是，不管怎样，那时的难，没有让人感到绝望，没有难得让男子汉们抱头痛哭……

说到这里，朱局低下头去。

我想起来，他们确实哭过，不是在工地上干活时累的，也不是遇到障碍被迫停止施工时急的，是在相对而坐谈心的时候，谈着谈着，几个人潸然泪下，痛哭失声。那是工程建设拉开约半年的时候，在超负荷工作的极度劳累，和担心完不成任务的巨大压力下，几个年轻同志愁肠百结、情绪低落、意志消沉，出现了心理问题。朱局察觉后，就去到他们身边，一副大哥哥样子，亲蔼慰劝、说服开导。显然这方面他有些本事，一番努力后，年轻同事敞开心扉，倾诉心中积郁，到情绪峰巅，涕泪涟涟，放声而哭。不知是受了感染，还是触到了自己伤心处，彪形大汉一时脆弱，也不由跟着哭了起来，于是众男儿相对执手，一起尽情洒泪，直到哭够。积郁充分宣泄，心理疏导大获成功。

地震发生后，跟东莞的所有人一样，朱局虽然在两千里以外，却时刻心系映秀。他也是满心疼惜的，愿意尽己之力为悲惨的土地做点儿什么，曾经慷慨捐款捐物。内弟作为第二批援川警察特遣队前来映秀服务的时候，他态度鲜明地表示支持。可是当领导突然找他谈话，让他来肩挑重建映秀的重担，他却很长一段时间里心情复杂

映秀重建受到的关注太高了，映秀在地震中受到的损毁太严重了，留给映秀新镇崛起的时间太短了，要在一年时间里建起一座5A景区的温情小镇，还要是全国恢复重建的样板、现代抗震建筑的博物馆、防震减灾标志性示范区等等，这几乎是不可能的啊！自己能挑起这副重担吗？一旦不能如期完成任

务，怎么向世界交代？怎么向中央和省市各级领导交代？怎么向东莞父老乡亲交代？怎么向映秀百姓交代？那将是给亲爱的第二故乡东莞丢脸呀！

最终，在自己的上司丁海潮局长坚定期许的目光中，他接过了这副担子。只要接了挑子，那就毫不含糊，当即与丁局长赶赴映秀，实地了解情况，然后，向市政府提交实施方案、组建援建工程管理处、起草制度及工程招标文件，再赴映秀踏斟现场进行前期调研、协调、衔接等工作，一番马不停蹄的忙碌后，局里召开援建工程建设誓师大会，定下正式进驻映秀日程。从 5 月 31 日，莞市政府初步提出市对口支援映秀镇灾后恢复重建“交钥匙”工程由市城建工程管理局承担，到 6 月 13 日赴川开展工作，前后不足半个月时间。

东莞市援建工程管理处先遣人员共六人，由局长丁海潮任主任，坐镇后方。朱利民任副主任驻映秀全面主持工作。综合部，部长陈潇淳；工程部，部长杨成，成员王俊锋、侯树平；合同预算部，部长陈鹤生。

进驻映秀后，各种问题扑面而来，层出不穷。工程亟需上马，但是客观条件却不具备，地质结构复杂、天气恶劣、施工场地狭窄、电力供应不足、交通运输不便、材料组织困难，这些都还不说，最要命的，是建设项目各种设计之间衔接不上，连标高都不一致，有些项目甚至施工图纸都还不见踪影，再有，就是工地上各种关系的处理、协调、衔接等困窘重重，异地援建个中滋味真不是一个难字可以说完的。从来没有过的杂乱无序，从来没有过的千头万绪无从下手，从来没有过的繁重艰巨。朱利民茫然了，只有向丁局长如实汇报情况。远在南粤的领导敏锐察得汇报者内心情景，分明是信心不足，不由焦虑陡生。信心是决胜的关键，缺少了这个东西，那就必定荆棘成刀丛，寸步难行。不是不体谅他，不心疼他，特殊时刻来不得妇人之仁，这是场必须打赢的仗，只许成功，不许失败 。哪怕破釜沉舟，背水一战。于是狠下心，沉下脸，对着电话厉声大吼：你小子到底是不是东莞城建人？你什么时候听见过东莞城建人道苦言难？没有困难叫你去干什么？叫你去就是啃硬骨头、打硬仗的！

猛将怕激，朱利民的倔劲一下上来了，眉毛一拧，也对着电话吼起来：我朱利民完不成任务不回东莞！

对面话腔低下来，丁局长蔼然道：记住，关键时候骨头硬得起来，才能最终夺取胜利……

朱利民用力点头，眼睛朝远处滔滔奔流的岷江望去，里面电光迸射。

4

提起丁局长，朱利民话音里满是诚挚、深情。他说，如果说映秀新镇一年铸就的神话，是靠的东莞精神，那么这种精神一个重要而鲜明的载体，是丁海潮局长。可以说，整个援建工程管理处的集体，就是他精神的化身。首先，他作为一种强大的能量而存在。在大家的心目中，他是攻无不克，战无不胜的，只要有他站在背后，那整个集体就群情激奋，斗志昂扬，充满必胜的信念。其次，他不仅在工作上认真指导，严格要求，更在生活上料想周到，关怀体贴，使大家倍感亲切、温暖，并将这种感动化作奋进的动力。

那天放下电话后，丁局长陷入沉思，毕竟深知自己的爱将，是天不怕地不怕一条硬汉子，若非实在遇到了难解之题，是不会轻易向人诉苦的。蹙眉几分钟后，他又将手伸向电话，叮嘱办公室主任冯卫民，立刻订机票，明日随自己前往映秀。

航班深夜抵达成都双流机场，冯主任提议就近寻下榻处略作休息，丁局长不允，直奔映秀。两位局领导一大早突然出现眼前，所有人都惊讶不已！朱利民也感到吃惊，顿即明白过来，一时间心潮翻涌，不由眼圈红了。他的判断没错，丁局长确实是来帮他突围的。听了他详细的情况汇报后，丁局长略为沉吟，即让他带着往映秀镇灾后重建指挥部而去。

映秀镇灾后重建指挥部此时成立才刚刚半个月时间。阿坝州、汶川县，及东莞援建等几方机构，为了变多头管理、力量分散局面，为协调划一集中指挥，以整合管理资源，提高施建工作效率，经多次协商后，于2009年6月17日成立。由时任汶川县县委副书记、常务副县长张通荣任总指挥长；时任汶川县委常委、县委组织部长、映秀镇党委书记周全福任执行指挥长；陈林佐任常务副指挥长；时任县委常委向泽朗任副指挥长。该机构的成立，成为映秀重建战役决胜的保证。

丁海潮其实就是来找陈林佐了。两个挑着不同重担的人，各自从经验出发，分析情势，梳理脉络，厘定轻重缓急，细细推敲了日后工作一整套方案。长出一口气，丁局长这才离去了。

人虽回到东莞，心是留在了映秀的，这里的每一次余震都摇颤他的心，每一个陡然而现的困难都影响他的睡眠，每一步迈进、每一场胜利都令他露出舒心的笑容。他常常在繁重的日常工作中拨冗抽身，飞来映秀，协助解决援建工程管理工作中的困难，安排改善部下们的生活。援建伊始到工程结算基本完成，短短两年间，他不惮倦累、风尘仆仆亲临映秀三十余次。

丁局长的关怀是细致入微的，2009 年的映秀冬天似乎格外寒冷，刚进 11 月中旬就下起了雪，气温降到零度。雪后第三天，正当人们瑟瑟发抖时候，丁局又一次突然出现在眼前，他是来给大家送冬衣和防寒用品来了。得知映秀下雪，他立即安排购买寒衣，千里迢迢地亲自送来。这样的衣服穿在身上，那一种直透心坎儿的暖意不是寻常情形可以比拟的。更有令大家感动处，丁局来到后，每每一大早跑去市场买回肉菜禽蛋，亲自下厨给大家煲汤烧菜，改善伙食。他本就厨艺好，又是在这样的情形下，烧出的一道道菜就成为工程管理处几名战士毕生难忘的美味佳肴。享受着这样的幸福，什么样的辛苦，不会变成甘甜呢？大家说，跟着这样的领导干，再苦再累都值得呀！

大家还说，丁局送来的不是物质，是心，是精神。

丁局行为的意义更在于，在他的言传身教下，援建工程管理处一派温暖大家庭的氛围，大家心往一处想，劲往一处使，拧心抱团，友爱互助，所有人的潜力都充分发挥出来，凝聚成一股神奇巨大的力量，朝气蓬勃，奋发向上，攻克一道道难关，挑战一个个极限，最终夺取胜利。

说出极限这个词，朱局略顿了顿，似乎是在掂量，一煞儿掂量完，肯定地点一点头，说，不错，就是极限！映秀重建完全是成就了一件本不可为的事情。过程中极限点太多了，真的是太多了！

接着讲述了一个故事，让人知道其中极限的一种情形。

5

映秀新镇中心卫生院属于“交钥匙”项目，跟综合市场、市政广场、地震纪念馆等，同属标志性建筑。虽然是所有项目一起上，却也是有所侧重的，比如中心卫生院，就格外抓得紧些，务必早一天建成，以让映秀乡亲们早日在家乡的医院里就医看病。工程是2009年10月拉开的，尽管困难重重，总算如期推进，到11月28日已经完成首层结构施工。可是，意想不到的阻碍出现了。那是12月10日，上午8时20分左右，由中铁七局三建司吊车司机何康操作的，吨位为20吨的川AA5321吊车，在装吊三层板面木方材料时，当吊车吊臂上升到横跨卫生院上空的220KV高压线目测距离约3米处，发生高压线感应电接地事故，线路、吊车附近钢筋堆等突然出现吸附现象，情景惊险，高压线路当即跳闸。

说起来，这还是重建时间紧迫之弊。中心卫生院所在地块，上方横覆着一条高压线路，为成都电业局都江堰供电所运行维护的220KV山丹线#1－#3段，乃是成都电网的主供电源。按照整体规划，这条高压线路本该迁移的。但是，迁移并没有施行。依照设计，中心卫生院项目地坪标高在4米以上，建筑物高度在11米以上，即整座建筑最高处比地面高出约16米多。而上方的高压线，距离地面仅仅约 20 米不等。高压线与建筑物不合标准的接近，是根本肇事之因。

该线路跳闸，影响到对成都等城市的供电，四川省供电部门向当地政府发出停止卫生院项目施工的通知。

疾速奔驰着的项目施工快车遭遇红灯。

朱利民急火攻心的情景可想而知。嘴唇起泡，眼膜发红，这些都还是好的。他天天去找陈林佐，陈林佐就天天想尽办法地找映秀镇政府、灾后恢复重建指挥部、广东省工作组等有关部门领导，可是，难有结果，该高压线不属于地方政府管辖，而且涉及面广，影响性大，不是轻易可以解决的问题。时间忽然变成了蜗牛，一天一天缓慢地爬，发出呼哧呼哧沉重的喘息，每一声都像芒刺，扎在朱利民心上，令他痛苦憋闷，几近崩溃。

幸而陈林佐是个关头越危急越能静下心气的人，他锲而不舍，耐心诚恳地给阿坝州、汶川县两级政府领导打报告，坦陈事实，分析形势，言明后果，请求务必尽快给予疏通排解。精诚所至，金石为开，终于，在阿坝州州委书记侍俊亲自过问下，在各级各部门多次协调和共同努力下，2010 年 1 月下旬，高压线问题得到有效解决。卫生院施建工地喑哑日久的机器重新发出歌唱。

施工被搁浅，整整一个半月时间！

于朱利民而言，“过一天就是一天”的一个半月。

比金子珍贵，比锤子沉重，比刀子锋利的一个半月。

在这之前，已经有过一件惊心动魄的事情，那是 2009 年 10 月 12 日，晚 9 点半左右，二十多名工人正在岷江里挑灯夜战，紧张进行河坝围堰施工，突然，江中水量陡增，波涛汹涌，其势骇人，只听轰隆隆一声巨响，不远处的挡水围墙被冲倒，眨眼间不见踪影，一个浪头打来，将人们兜头淹没，临时施工照明灯杆尽数倾倒，灯光骤灭，眼前一片漆黑。工人们一下懵了，不知遭遇了什么。幸好都身经百战，经验丰富，很快回过神儿来，兼之工长冷静沉着，迅速组织撤离，大家相拉相牵，艰难地爬上岸去，仍觉惊魂未定。略略缓过气来，清点人数，竟然少了一个！刹那都眼睛直了，愣愣朝漆黑江流盯去，江中浊浪翻滚，奔腾咆哮，犹如野兽脱缰，一去千里，凡被卷走的，必定休矣！空气凝滞，风声若哭。好在煎熬时间不长，不久但见那以为随惊涛而去的人脚步匆匆从远处奔来，原来他是去买香烟了。众人这才长长吁出一口气，把高高悬起的心放下来。

后来弄清，是上游放水，忘记了下通知。此次江面骤然升高达 1.5 米还多，人虽平安无事，但辛辛苦苦修筑的近 300 米挡水围堰被无情冲毁。

6

我请朱局给细讲一讲关于东莞大道，其中必定故事多多，而且，联系到东莞的一条同名道路，觉得他跟它们之间有着几分神秘，可以称作缘分。他点头承认前头一句，对后句意思，却是不同回答，说，跟这条道路真正密切相关的一个人，是东莞市市长李毓全。

就开始讲李毓全市长当年指挥修建东莞市的东莞大道的始末因由，说就是通过修建这条道路李市长了解并信任他们团队，以致有这将援建映秀“交钥匙”工程建设的重担交给他们的历史性情形。

又说，这是跟丁局长的性格有关的，丁局什么性格呢？打个比方吧，比如《上甘岭》那电影：爬也要爬上去，把高地拿下。

这个时候，我们是坐在映秀新镇的一座茶楼门外，恰就在东莞大道旁边。这是春天快要结束的时候了，阳光灿烂的一个日子，满天满地像是撒着金子一样。跟朱局约在这个地方进行访谈，完全是偶然的。我本是来完成对援建工作小组最后的采访，不期一眼见到了正在开展工程结算工作的朱局。

地方是我选的，岷江和渔子溪两岸虽然风光旖旎，爽风拂面，但太热闹了些，游人如织，笑语喧哗，不宜静静谈话。我就顺着东莞大道走，行至此处，见街面格外宽敞疏朗些，草木扶疏，石闲水澈，也都可做风景的眼睛，更巧疏敞处立着一大块形状拙朴的大石头，上面遒力镌着三个鲜红大字：庙子坪。石头旁侧，离得不远，斜斜矗立一座漂亮小楼，楼楣上横着一幅宽匾，正是茶楼的招牌。

楼前洁净的石板地面上，高高张着一把遮阳大伞，伞下一张精致小圆桌，四围散散放着几把雕花木椅，却是只有轻风慢过，暗香飘溢，静悄悄地，不见人影。我就走过去，拣了张对着远山的椅子，坐下来，摸出手机，拨打正在路上匆匆奔驰的朱局电话。

不期然这地方竟是选得最好，后来朱局开心地笑着，手指面前的小广场，说，温家宝总理那天就是在这里下的车。

那是2009年9月26日。

这就说起东莞大道了。开始本不是叫这个名，是叫中滩堡大道，它是穿中滩堡村而过的。所以成为重建第一个开工项目，是因为当时就是它勉强具备了开工的条件，一，设计基本出来了，有样可依；二，部分作业面可以施工，二次清理废墟进展顺利，没有遇到大的障碍。另外，从广东运送的施建设备基本到位。时值2009年7月底，援建工程管理处进驻映秀一个月时间。

这本是见缝插针，能干就干的做法，为了抢时间，没想到在后来成为意义重大的一个举措，在一个一个关键时刻，它发挥了激动人心的作用。

第一次立功，就是迎接温家宝总理。

国家领导人出行，原本是高级机密，但因为是特殊环境里特殊情况，朱局提前几天就得到了信息，大约是在9月22日左右。心情是振奋的，对工作的影响却不是很大，援建工作开展后，他们一直都是在玩命干，恨不得把一天变作一百天，迎接温总理的视察，这样的状态也是到顶了的。但是那天晚上汶川县张通荣县长打来的一个电话，使他们开始重做日程表。电话是10点钟左右打来，张县长向朱局征询意见，并请求帮忙，尽快做一个书面的东西出来。朱局几人当即开始了忙碌，翻出有关映秀地形地貌材料，细细琢磨。这是总理灾后重建工程动工后第一次来映秀，须考虑与以前所见要有不同，要尽量让总理看到映秀的变化并感到欣慰。几个人或写或画，到曙色微明，一份详尽的方案出炉，上面看点、路线、理由，明了清楚。其中就有给自己拴的一条绳索：请总理视察修建中的中滩堡大道。

这是因为，当时的映秀镇重建，中滩堡大道是唯一有点儿效果出来的地方，其他好多地方，二次清理废墟还没有全部完成，比如现在的映秀湾公园入口处，当时作业面落差很大，挖下去的地方深处有七八米，坑坑洼洼，根本没办法通行。

指挥部赞同方案，决定就照着这个样子办。但是又感到忧虑，中滩堡大道的确是有了些施工效果，却不过是相对而言，就眼下的这个样子，步行都无法通过，又怎能通车！朱局回答说，既然定了这条路线，那就肯定到时候让总理能走，请放心！话声一落就去忙了。指挥部领导们怎么能放下心呢？只有短短几天时间了，东莞人会是神仙吗？拂尘一扫就能平地出来一条宽宽坦坦道路？

朱局带领的人们就此钉子一样钉在中滩堡大道工地上，彻底没有了日夜之分，地面挖开一百多米，将该埋的管理下去，然后路基回填，碾压平整，再覆盖一层石粉……张县长等人天天都来看进度，向泽朗也来了，站在那里忧心忡忡，说你们精神可嘉，但恐怕……应该是做不完的，时间不行了。朱局拍胸脯，说请尽管放心，我说了保证行，那就一定能行的！这话一直到 25 日下午五六点钟时候，才得到验证，向泽朗等领导来到后，顺着路沿来来回回走几趟，眼里透出惊喜亮光，说，现在看，还真是有可能了。

他们确信不可能可以变为可能，是在第二天上午约 8 点钟时候，至此，朱局等人的拼杀式抢工宣告收笔，眼前景象焕然一新：不惟中滩堡大道路面宽阔平坦，洁净无尘，舒展铺去，状貌俨然，两侧的建筑物也都收拾整齐，上面飘飘扬扬插着五色旗子，渲染出一派喜庆气氛。完全超出了领导们的预想和期望。

半个小时后，8 点 30 分，温总理一行人如期而至。视察效果良好，皆大欢喜。

这件事成为援建工程管理处树形象、立品牌的一场著名战斗，从此，映秀镇、汶川县、包括阿坝州，几级地方政府领导，投向他们的眼光不一样了。

朱局说，这件事上，修建莞市的东莞大道时积累的经验派上了用场，不惟施工方法做到科学高效，省时省力，举凡环境布置、路面修饰等等细节，一概统筹兼顾，细到一寸一分，县镇领导们见了自当高兴，这些是他们并没有吩咐过的。

跟州县镇领导们进一步加深友谊，是在另外一场著名战斗中，可以叫做“现场会战斗”。那是 2010 年 5 月 7 日，四川省灾后恢复重建现场会在映秀召开。

这次接到通知略早，是在大约二十天前，4 月 17 日的样子，阿坝州委侍俊书记带着赵平常委等州里领导亲自来部署。会议隆重：四川省将组织全省各市县、地州，以及省直部门（包括省军区、有关国家部委）的主要领导约计 650 人，前往地震灾区现场考察灾后恢复重建工作情况。阿坝在全州范围内选了五个点，作为此次主要考察现场。领导们希望每个考察现场能够反映出重建的速度、效果、水平等。

对于映秀，侍俊书记们觉得任务是显得有点儿难为了，当时这里虽然机器轰鸣，日夜不息，所有项目都在紧张施工之中，但想拿一个具体工程出来亮相是做不到的，都还没有成型，展现与会领导眼前的，只能是个热火朝天大工地。这倒是可以解释的，映秀重建开工晚，困难多，个中情由可说人人知晓，能拼到现在这个样子已经不容易了。

但是，毕竟心里会难免生出失落感的。能不能想想办法呢？

州领导的眼光一层层递过去，最终落定在朱利民身上。

或者说东莞援建“交钥匙”项目上，如果具有可能性，那只能是在这里。

朱利民迎住层递而来的目光，用力一点头，答了一个字：能！

他还是使用自己用惯了的那个字，抢。说：把中滩堡大道抢出来吧。

州领导们眼睛亮了。此时已都知道这是个说到就会做到的汉子，而且交出的活儿毫不含糊。中滩堡大道真能抢出来的话，那就等于给映秀新镇掀起一角面纱，速度、效果、质量，想要的都会在其中。而且效果会不同寻常，正因为映秀的难处人人都知道，做不出来是正常的，做出来了，那就成为超常。

于是，互相用力握手，一起说：就把中滩堡大道抢出来！

这次“抢”跟上次不同了，这次是要给出一条标准的城市干道，符合生态建设要求的那种规格，也就是说，要一件艺术成品。

这就要讲究细节了，靠一个一个精致巧妙的细节取胜。州领导们开始不厌烦冗地提出细化方面要求，朱局认真听，只是出于尊重，这一块，难以有人比他想的更全面，因为难以有人比李毓强市长想得更周全，做得更仔细。

当年打造东莞市的重点工程东莞大道时，李市长是细腻到了一草一木，一花一石的，会看的人，从东莞大道上走过，放开眼睛，会发现远近矗立的灯杆配置奇妙，或独立而迎风，或掩映于荫丛，无不与整体环境浑然相谐，相映成趣。低下目光，会发现道边的路沿石别有韵味，不惟花式雅巧，色彩端丽，不同路段，用材亦各不同，比如往郊区而去的一段，因为周边尚没有开发，就取意生态，饰以毛面石头，而靠近市区的一段，则砌石一概为光面，为了利于正在进行的开发。

这些都包含着李市长深致的用心，灯杆，是他仔细认真地广泛比较琢磨后，才选定的样式。而街沿石，他甚至连每块石头是什么花式都要亲自鉴看。

东莞大道沿途绿化带的草坪，没有人见了会不称奇叫好，谁能想起在哪里还见过这么平展的草坪？在李市长指挥的这场壮丽战役中，城建局的人，一招一式，一撇一捺，悉数学来。

现在，他们通盘用在了中滩堡大道的修建上。

所以中滩堡大道的壮观靓丽是不需要形容的。

自去年9月份以来，州、县领导亲眼见证了东莞援建队伍的许多变不可能为可能的行为，心里有了点底。为了确保胜利，州里派了许多领导过来压阵，领导们并不是站在一旁“督阵”，是要挽起裤脚参与劳动的，到紧急关头，州领导们跳下来跟大家一起洗池子。这种“给力”自是不同寻常，奇迹于是再次激动人心地出现，到现场会召开之际，东莞大道、二台山小广场，及周边水景，全部做出来，映秀新镇遂人所愿地掀开了一角面纱，展示令人神往的美丽容颜。

2010年5月7日，成为不能忘却的日子，更巧天公作美，这一天云淡风轻，阳光灿烂。考察灾后恢复重建工作现场会与会领导分两批来到映秀，上午的一批由蒋巨峰省长带队，细细看了中滩堡大道的草木花石，清澈流水，纷纷称奇，赞叹不已。下午，刘奇葆书记带领另一批来到，这队人从街口缓步走进来，又缓步走出去。中途，刘奇葆书记从随行人员手里拿过麦克风，情深意切讲了一段话，令所有倾听者为之动容。关于这个情景，有媒体清晰留下记录，现摘引如下：

……

5月7日下午，出席全省灾后恢复重建工作现场会的代表来到映秀。小镇虽然才仅仅露出雏形，但一个个建筑精品，已足以让参观者吃惊、感叹："没想到修得这么有品位……"

"请大家往这边靠近一些……"

这时，一个熟悉的声音在映秀的街头响起。大家看到，走在队伍前面的省委书记刘奇葆已将现场解说员的话筒拿在手里，并示意后面的代表聚拢一些："我有几句话想给大家讲讲。"

省委书记要讲什么？按照安排，并没有书记讲话这个程序。大家略感意外，很快围拢在省委书记周围。

"地震发生后，我已经许多次来过映秀，但每一次来，心情都不一样。"不寻常的开场白让周围变得更加安静。"这里确实充满了希望，一座新城正在崛起，我相信我们的群众住进来一定会是很安心的，他们也一定会有很好的发展。如果要说什么是奇迹的话，这就是奇迹！为创造这一奇迹而付出了辛勤劳动的同志，就是英雄、就是模范，我在这里代表省委、省政府，代表全省人民向所有建设者表示感谢！"省委书记真挚的情感打动了在场每一个人。

……

朱利民和他的战友们一起见证了整个过程，他们记住了刘奇葆书记在大约二十分钟里所说的每一句话，记住了那因为激动而微微发颤的嗓音，清晰地看见了刘书记说着说着不由眼圈红了的情景。当这位亲蔼和善、平易近人的省委书记结束讲话后，庄重地给全体建设者鞠躬致意的时候，他的胸膛里一时间波翻浪涌，不由得，也两眼湿润了。

侍俊书记践行了自己的承诺：若现场会取得理想效果，将宰肥羊，摆美酒，设宴以酬付出艰辛劳动做出卓绝贡献的东莞援建队伍。

酬谢宴在一周之后的 5 月 14 日举办，东莞援建人员们被接到原阿坝州抗震救灾指挥部所在地水田坪，宴会地点虽是简陋了些，就是活动板房里，但气氛热烈，感情真挚，州里主要领导基本都来了，纷纷敬酒，充分表达钦佩和感激之意。席间，侍俊书记不断收到来自上海、山东等地的短信，表示要来映秀参观学习。将这些短信拿给陈市、朱局等人看的时候，侍俊书记欣慰而满怀信心地说，相信建设全部完成后的映秀新镇将是整个阿坝汶川地区灾后重建工作的骄傲。

中滩堡大道成为映秀新镇最早示人的一双美丽眼睛，迎接着四方宾朋，继温家宝总理视察之后，吴邦国、李长春、贺国强、周永康、汪洋等前来映秀视察慰问的国家和地方领导人，都曾细细看过这条道路，成为它铭记不忘的荣幸和骄傲。

中滩堡大道换名，成为东莞大道，就是在现场会之后不久，是由阿坝、汶川、映秀几级领导共同提议，将这条映秀新镇最宽敞的、功勋累累的市政道路名以东莞，作为对东莞市巨大援助之德的感恩和纪念。

说到东莞大道建设，另外一个不能不提及的人，是东莞援建工程管理处工程部部长杨成，如果说朱利民是一位能征善战的将军，杨成就是他麾下充作开路先锋，具有左膀右臂意义的勇将。和丁海潮、朱利民一样，杨成也是东莞市城建管理局的初创者，他甚至还要早一些，1999 年，东莞从有关部门抽调人员组建东莞大道建设管理指挥部的时候，他就在其中了。最早的指挥部，丁海潮为主任，只有六个人。

杨成与朱利民另一个共同处，这也是一位后来扎根南粤的新莞人。他出生于江西赣州宁都县，1991 年由宁都中学考入广州华南农业大学，就读园林专业。毕业后分配到东莞板岭园艺厂（现东莞植物园），从事园林设计工作。调到东莞大道建设指挥部后，主要负责现场施工工程管理工作。东莞八年栉风沐雨的城建管理生涯，成为他人生一笔珍贵的财富，积累的丰富工程管理经验在支援映秀重建工作中发挥了巨大作用，成为工程管理处不可或缺的一名重要成员。

7

其实，朱利民并不全是虎威八面，严谨到严苛，这个人风趣的一面，也是很到位的。他的部下陈潇淳说，他一个令人惊异的长项，是讲笑话，当其时，完全不像个领导。他笑话里一个经典节目是：有个人赶不上公共汽车，在后面拼命追拼命喊，师傅——师傅——等等我！车上有人打开窗子，探出头去冲他喊，悟空，你就别追吧。据说讲得绘声绘色，令人百听不厌。另外一个长项，是讲动画片上的故事，比如喜洋洋与灰太狼，直把倾听的人弄得惭愧不已，再不敢讲同类故事。

我说出这些，以求其证，又看见朱局不好意思地笑，随之面露歉意，检讨自己，说，现在回想起来，感到很对不起自己的战友，很是内疚，由于自己的高压政策，他们每个人都成为超负荷运转的机器，长时间的超负荷，身体都出了问题，突出体现在胃上。最先发作的是侯树平，那是2009年10月下旬，援建工程大面积铺开，难窘以排山倒海之势压来，每天管理处都要加班到很晚。那天也是一样，就取水泵房问题召集设计、施工、监理等单位开会研究，会议到晚十点多才结束。回住处的路上，侯树平说胃痛。开始大家没在意，以为就是一般的胃炎，这已是人人都有的东西了。后来见侯树平的痛苦情状非同寻常，脸色灰白，双唇没有一丝血色，车子每一次颠簸，对于他似乎都是凶猛的一鞭，以至冷汗如流，一时都紧张起来。但车子是在一侧为峭厉岩壁，一侧为咆哮岷江的坑洼泥路上奔驰，那时飞石和山体滑坡还是寻常事，根本不敢停车，连减速都不能，只好陈潇淳和冯玲两个不断地给他擦汗。终于来到高速路口了，他再也撑不住，让停车，急急爬出车去，缩到山脚下，两手捂着肚子，连声说，不行了，不行了……

看看已是十一点钟，大家心里着急，顾不得许多，硬是把他重新抬回车上，疾速朝医院驰去。几经辗转，终于送到都江堰医院，已是子夜时分。医生诊断是慢性胃炎急性发作伴以风寒感冒，都知道这是过度劳累所致，需要好生休息几天，可是第二天下午，他就又乐呵呵出现在了工地上。他说，这样的关头，哪里能够躺得住呀！

病情最严重的是负责办公室工作的陈潇淳，由于工作压力过大，操劳过度，竟然患了胃出血。为了不给大家增加负担，她决定不辞辛苦回去东莞治疗。这是她进驻映秀整整三个月后第一次回东莞。可是为了不过多耽搁时间，同时避免日夜为她悬心的父母知情后难过，她竟然没有进家门，住院七天，胃出血止住后，立刻回到映秀，投身于繁忙的工作中。

朱局说，自己团队里的每一个人都是令人敬佩的，2009年10月快结束时候，杨成的爱人遭遇“撞车党”，装在皮包里的手机、钥匙、现金、银行卡等物全部被掠去，惊恐急迫之际自然要求助于丈夫。电话打来时，杨成正在他的办公室里商量事情，能清晰听见电话里传来的哭泣声。对着电话里的爱人，杨成是平静的，询问说，人没事吧？人没事就好。可是放下电话后，他双眼望向天花板，却忍不住哽咽起来。这是一个身为丈夫的人发自内心的惭愧之情的流露。这感情是有代表性的，所有援建人员的一个共同处，是愧对家人。

陈潇淳回来后不久，王俊锋的爱人患病住院，需要做手术。这是十分为难的情况，他们的孩子才几个月，爱人一旦做了手术，就意味着病人、孩子都将没有人照顾。接到电话后，王俊锋心急如焚赶了回去，但是在家仅仅过了一晚，就又风尘仆仆回到映秀工地。他说，家里情况确实紧急，但是这里更急呀！

其实，朱局自己这方面也有故事的，接到女儿打来的电话，原本是他生活里的一大快乐，可是有一天晚上，这快乐变成了煎熬，女儿在电话上苦不堪言地告诉说自己肚子痛。当爸爸的顿时急了，爱人正在杭州出差，无法立即赶回东莞的，怎么办？无奈之下，他只有长话千里求助亲戚，请求他们帮忙把女儿送去医院检查。听着女儿撑持不住的哭泣声，朱局心疼得直掉眼泪，却爱莫能助。经医生检查，女儿患的是急性阑尾炎，需要立即做手术。那一夜，朱局通宵没有合眼，电话一直打到天亮，确信女儿手术顺利，这才长长吐出一口气。

映秀的沉默

1

有件事我一直回避着，就是“8·14”特大泥石流灾害，这是映秀继“5·12”特大地震巨灾之后，又一次悲哀地遭受重创，人们给这次灾害的定位是百年不遇之灾。我的看法，这样的灾难是亘古未有的。可以去遍翻史书，看看哪一个朝代的哪一个时期，苍天曾生过如此的暴戾之心？曾经如此残酷无情地对待过人们的劳动成果？

映秀重建多么不易！却是曙光初露就被阴霾吞噬，令人扼腕叹惋。原本，再过不到两周时间，8月26日，东莞援建“交钥匙”工程项目就要举行整体移交仪式，从而宣告对口援建工作的基本胜利完成。偏偏就是在即将移交的最后关头，映秀镇却遭到突如其来的泥石流的袭击。即将落下的描划圆圆句号的笔，无奈地停滞在半空中。

援建战士们的伤心是可以想象的。

陈林佐、傅晓炜、陈志标、郭浩辉、王霁宇、周运华、朱利民、杨成，每一个人都给我讲述了这场灾难，使我知道它曾经给这些钢铁男儿的心带来怎样的刺伤和打击！

王霁宇描述的重点在那天夜里的闪电，他说，从来没有经历过那样的情形，从晚上开始，到第二天早晨，刺目的闪电犹如凶狠残暴的皮鞭，满天空地狂抽，没有过一秒钟的停顿，让人觉得仿佛整个世界都触了电，在痛苦地扭曲痉挛。郭浩辉反复述说的是雨，那真是记忆中最可怕的一次下雨，那根本就是倾倒，像是有个巨大的水龙头在房子上面打开了，强劲的水流没完没了地灌下来，灌下来，淹没一切。给周运华留下深刻记忆的是雷声，还会有谁在什么地方曾经听见过那样恐怖的霹雳？像是天上有一座无量级的兵工厂爆炸了，不停地爆，不停地炸，企图将整个宇宙都碎为齑粉。

陈林佐、傅晓炜、陈志标、朱利民、杨成，他们让我知道的是从红椿沟狂奔而下的泥石流怎样吞噬 213 国道后扑进岷江，眨眼间阻断江流，抬高河床，形成两个堰塞湖，迫使江水改道，犹如猛兽，冲垮堤岸，跃上比原河道高出近 10 米的平坦土地，扫荡板房区，窜向刚刚揭去面纱的美丽映秀新镇，罪恶地将一条主干道变成约一公里长的黄浊瀑布……

枫香树村、秀坪社区、中滩堡村的居民楼全部浸泡在汪洋里，浊浪里揪心的呼救声，躲到楼顶上去的人们焦急恐惧的眼神、凄惨悲切的呼唤……

这一次，所有人都流泪了，默默地，泪水滴落衣衫。

男儿们为映秀大地而伤；为映秀百姓而伤；为在突如其来的灾难中不幸牺牲的战友和乡亲而伤；为自己艰苦卓绝的劳动成果被无情破坏而伤。伤其深深，不可状述。

红椿沟在映秀镇东北方向的大山上，与镇子隔岷江而相对。此次映秀一带降雨量达到 160 毫米左右，镇境内牛圈沟、肖家沟、烧房沟等沟壑均爆发了泥石流，其中以红椿沟的泥石流规模最大，达到 70 万方。泥石流致使岷江改道，造成映秀新镇施建工地 306 名施工人员被困，31 人失踪。

有媒体宣布，“8 · 14”特大泥石流灾害，映秀新镇的经济损失初步评估为 6. 3 亿元。

2

这次灾害幸在来得不算突然，强降雨过程是从 8 月 12 日开始的，凡三次，到 14 日凌晨达到极限，成为罕见大暴雨，导致特大山洪泥石流灾害陡发。与“5 · 12”地震的相似处是，这次大灾的波及面也很广，集中于龙门山地震断裂带，受创相对严重的地区计有虹口等地，其中仍以映秀的惨状最揪人心。

另一不幸之幸是映秀镇有所防范。“5 · 12”大地震之后，映秀镇地质灾害隐患增加，成为地质灾害易发区、高危区，四川省、阿坝州、汶川县几级政府对此有清醒的认识，高度重视映秀镇的地质灾害防治工作。映秀镇党委在这方面做了大量细致而艰巨的工作。首抓物资储备，镇政府驻地设置的储备点里

▲ 被 8 · 14 特大泥石流损创的公路

备用的米、面、油、水、棉被等生活物资，及雨衣、雨靴、电筒、绳索、彩条布、帐篷等应急物资，足够灾害发生后全镇3天内的抗灾自救需求。其次力抓通讯建设、道路建设和避险点设置，全镇各村组均建了移动电话基站，要求各村干部配备手机，镇政府配备应急电信电话、电台、对讲机等多种通讯设备；对全镇的农村道路进行了全面改造，绝大部分村组都铺建了光滑平坦的通村、通组、通户水泥路；每个村组、集镇内的每个社区都在开阔地方设置了避险安置点，以保证一旦有紧急情况发生，可以及时互相通报信息并迅速组织人员安全疏散。

另外，采取了切实有力的防灾措施，“5·12”之后，镇党委即建立了由党委一把手负总责、党政班子成员分工负责、村两委负责人具体实施的地质灾害防治领导机制，组建了以民兵为主的地质灾害抢险救援队，并每年组织职工和村组干部集中学习地质灾害防治有关知识。按照地质灾害防治要求，进一步细化了地质灾害防御预案和紧急避险预案，将全镇分为10个片区，镇政府职工分成10个小组，由镇班子成员带队，分别负责一个片区，组织指导地质灾害防治工作和避险安置工作。同时，对各隐患点进行反复排查并有针对性地制定预防处置措施，对每个隐患点落实指派责任领导、责任人、监测人员，层层签订地质灾害防治工作责任书。进入汛期后，要求各点监测人员必须做到24小时不间断监测，镇值班人员必须24小时坚守岗位；值班人员收到上级下发的雨量和天气信息后，必须及时通知每个村组、每个单位，提醒提前做好防御准备；监测员一旦发现险情，必须第一时间报告镇值班室，并立即启动紧急避险程序，迅速转移群众至安全地带。

这一切，成为此次特大泥石流灾害的救命准备，8月13日17时，映秀镇收到县应急办、县国土资源局通知的地质灾害防治黄色预警信息，镇党委、政府当即做了通宵值班安排，要求值班人员每隔半个小时与各村组、施工单位联系一次，以了解有关情况，做到心中有数。

8月14日凌晨3时左右，镇高速公路出口处地质灾害监测人员监测到红椿沟即将爆发泥石流，立即上报，险情由值班领导迅速传至党委、政府主要领导，于是，紧急避险预案火速启动，值班人员火速通知镇政府所在片区所有单位、镇内所有施工单位及各村组等，立即按紧急避险程序对人员进行安全转移。为避免疏漏，镇党委还临时决定，组织由班子成员带队的4个小队，迅速赶往红椿沟泥石流威胁的镇政府所在地、中滩堡村、枫香树村、秀坪社区等片区，组织人员紧急转移。由于准备充分，预警及时，组织有序，措施得力，居住在四个片区的村民、职工、施工人员等8000余人得以安全撤离，不幸受困的306人也最终成功解救。映秀镇在此次特大泥石流灾害中，将损失降低到了最小程度。

3

此次灾难也是持续了很长时间。红椿沟70万立方米的巨石沙砾等固体堆积物是分两次形成的，8月14日凌晨，呼啸扑下的计有40万立方米。8月17日，武警水电部队从这些堆砌物中本是挖掘出了一条临时的泄洪渠，但渠通后不到24小时，暴雨再次催动红椿沟泥石流，又有30万方堆砌物奔泻而下，重新将河道堵塞，浊黄洪水再次冲击映秀镇区的崭新建筑。

爆破护城堤坝，拓宽河道，成为当时解决问题的唯一办法，那段堤坝是援建工程的一部分，随着震耳欲聋一声巨响而堤毁坝折、尘土碎石冲天蔽日的爆破情景，肯定是东莞援建战士们不能面对的，他们会觉得同时遭到爆破的是自己的心灵。

这次泥石流灾害的救援同样感天撼地，四大主要救援力量中，以武警水电三总队的承担最重，他们第一时间赶到现场，疏散转移群众、解救被困人员、救治伤残人员、搜索失踪者、疏浚河道、清淤筑防，昼夜不停地奋战，使伟大的抗震救灾精神再次在山河间熠熠闪光。这里截取一段场景，以呈示他们战斗的奇绝艰辛。

8月19日，晚8时左右，武警水电三总队的安全检查员发现通向映秀新镇的堡坎出现了裂缝，立刻，汶川“8·14”特大泥石流灾害抢险救灾联合指挥部启动预警，并迅疾与水利部门专家一起商讨应急方案。

约两小时后，堡坎被洪水冲垮，垮塌处长约30米，岷江水位陡然下降，冲向子堰大堤的水流却更湍急，子堰大堤告危。堡坎垮塌不到十分钟，由八十多名指战员组成的武警水电部队官兵，带着三十台抢险设备火速驰来，开始了紧急抢险。

悲壮的劳动在漫漫长夜中进行，挖、装、推、运，开足马力，一刻不停。官兵们在险恶洪流中迎来黎明、又送走天光，分分秒秒坚守战场。19日，不得已又对壅塞顽石进行爆破，一日中爆破凡六次。之后，增调设备一百余台投入使用。

经不断加固、加高、加宽后，子堰洪水威胁渐渐解除，当20日的黎明耀眼而来，子堰大坝与岷江水位之间的距离由19日的1.5米升至3米，子堰终于保住了！但水电官兵们却仅仅是长舒一口气后，就又严阵以待，因为气象部门预报，映秀地区将有新一轮强降雨，是日晚将迎来更大流量的洪峰。

“誓死保卫人民群众生命财产安全”、“誓死保卫灾后恢复重建的重大成果”，四川省委下达的指示，成为水电官兵们的铮铮誓言。召开紧急会议，完善并修改下一步施工方案。之后，部队增援，总人数超过三百，兵分四路对壅塞体展开“围歼”。

一路官兵在壅塞体右侧紧张翻渣，进一步拓宽河道，以便左侧河道清理的快速推进。二路官兵在红椿沟旁侧修筑“T”字型的泥石流挡墙，以防止正在进行的抢险工作遭受再发灾害的影响。另外两路官兵继续紧急加固防洪子堤及滑坡体下方河堤，同时对镇区地段防洪堤坝进行加宽、加厚、加高，及时将渗水引入河道，以确保映秀新镇区安全。

在松软的泥石流体上展开的施工，艰难和风险都可以想象，同时，作业空间的狭窄造成制约，只好采用双线分段作业的办法，以加快进程。凭靠顽强勇敢的意志，克服重重困难，武警水电官兵当天修筑挡墙长 120 米、宽 15 米、高 6 米，挖掘排水沟长 120 米、宽 12 米、深 8 米，提前三小时完成预计任务。

红椿沟的威胁并没有消除，沟内埋覆的破碎固体大约还有 310 万方，随时可能孕育新的灾难。对这条危险沟的应急治理于 8 月 21 日紧急启动，措施以修筑拦挡坝为主：在长达 600 米的滑坡体上，每隔 20 ~ 30 米造一道护栏，同时连通露天的导流渠。如此，可以一定程度上过滤泥石流中的水，把泥石尽量拦挡在坡上，以防其患。这只是治标，真正彻底治理需要植树造林，或者通过混凝土浇灌固化松散的坡体以求永固。经过艰苦拼搏，红椿沟应急治理工作在规定的二十天之内胜利完成。评估显示，红椿沟潜在的经济损失是人民币 9 亿元。

地震之后，岷江两岸，人与地质灾害的博弈一直严峻进行。专家分析说，地震会在两个层面影响泥石流的发生，一，由地震诱发滑坡，滑坡转化为泥石流的灾害链，至少在十年时间里，会处于高发时期。二，地震造成的大量碎石堆砌在行洪河道中，容易导致河道阻塞。而河流的力量是巨大的，当无处可去的时候，它就会冲毁堤坝，淹没城市。

与地震有所不同，在某种程度上，泥石流、滑坡等灾害是可以预测的。泥石流可由气象和国土部门联合预报。如果能够做到精密空间预警，可以提前半天预知灾害。目前能够六小时之内做到准确预报的，是映秀镇的岷江水位情况，位于上游的威州水位站，可以为映秀水位提供依据。而地质状况的摸清和更高密度的气象设施，还在铺设中，需要耗费大量财力物力人力。不能完全指望专家预警系统，由于四川灾区很多地方都具备了灾害发育的条件，要想全部用仪器监测不太现实。只能侧重对可能造成损失较大的一些地域进行监测。主要方式只能是群测群防，对老百姓进行培训。泥石流灾害后，映秀特勤民兵在红椿沟沟口搭建帐篷设置了一个观察点，由民兵三班倒值勤，实行昼夜连续监测。

▲ 被 8 · 14 特大泥石流损坏的山林

"8 · 14" 泥石流，让人们领略了这种灾难的恐怖，其所挟裹的石头，直径长者逾乎一米，触目惊心地堆积在映秀新镇板房区地面上。集镇内约一半的新楼房底层被泥石流堆积物掩埋，地基全部沉在泥沙里，景象悲惨凄凉。

一日千里的映秀新镇重建被粗暴打断，原本可以提前结束的工期骤然拉长。清淤，成为当务之急的工作，动用全部力量，昼夜兼程，历时近一个月时间才终于告竣。

映秀，悲哀地，面临二次重建。

4

东莞援建战士们全部成为"8 · 14"特大泥石流灾害的抢险救援者，浸泡着楼体的浑黄浊流成为泼向他们生命的毒酒，仿佛遭受荼毒的是他们的血肉之躯，是他们的心灵。一天，又一天，他们一秒一秒地计算着缓慢爬行的日子，整整四个昼夜，扑进映秀新镇的洪水才在抢险人员的共同努力下，渐渐退去。值得欣慰的是，东莞援建映秀工程项目经受住了这次苛酷考验，鲜明展示了令人赞叹的强大抵御灾难能力。

关于这件事，媒体进行了充分的报道，现摘录一段，以呈其详。

> 映秀"8 · 14"特大泥石流灾害到 9 月 3 日已是第二十天，东莞援建映秀交钥匙工程项目经受了一次严峻考验，9 月 1 日四川省组织的有关工程技术鉴定报告公布，

除映秀自来水厂损毁以外，东莞其他交钥匙工程建筑物都基本完好，并通过技术安全性能评估。

映秀自来水厂是东莞援建映秀的一项“交钥匙”工程。在“8·14”特大泥石流中，正是这个坚如磐石的供水厂挡住了大部分泥石，从而减少了泥石流对它身旁的这些建筑物的破坏。

映秀供水厂在特大山洪泥石流爆发前，就已经完成全部建设，只等8月26日整体移交。泥石流发生后，为修建新的防洪堤，这个供水厂的9个单体，有7个单体被埋。9月2日，武警战士开始清理水厂综合大楼淤泥。西南交通大学建设工程质量事故鉴定中心公布了他们对映秀供水厂综合办公楼、滤池单体、絮凝沉淀池及预沉池结构安全性及正常使用性技术鉴定结果，指出除救援时撞毁絮凝沉淀池及预沉池操作平台和楼梯，以及设备因水浸受损外，水厂受淹过水房屋结构安全性保持在原有设计和施工水平上，满足正常使用要求。

同时公布的还有对东莞援建映秀的房屋及市政设施鉴定结果，认为经受住了“8·14”特大泥石流地质灾害考验，结构完好，安全性和主要的使用功能未受影响，部分使用功能在修复后即可正常使用。这充分说明东莞在进行映秀重建时，高标准地把映秀新城建成防震减灾的示范区。

残酷打击没有挫败士气，援建战士更加英勇果敢，斗志昂扬，他们用低沉而坚定的声音告诉世界，任凭泥石流灾害造成怎样的破坏和阻挠，他们三年任务两年基本完成的计划不会改变。

就不再细述随之而来没日没夜的拼搏了，不再细说那些完全忘记了自己的工作、奉献和牺牲。他们以实际行动践行了自己金色的诺言。

2010 年 10 月 10 日，广东省对口支援汶川县灾后恢复重建任务全面完成庆祝大会在映秀镇举行。这是胜利的号角，成功的颂歌，当中共广东省委副书记、省长黄华华站在映秀湾公园青葱的树木间，激越而庄严地宣布：广东省对口支援汶川恢复重建全面完成！一时间，白云在碧宇间化作哈达，将吉祥和欢乐遍洒天下。

这一天的映秀，当是清风徐送，阳光灿烂，草木溢芬，流水如歌。陈林佐们没有告诉我这个喜悦的日子里他们内心的情形，但我能够看到，那从胸腔里涌出的巨大激动和快慰，化作闪烁在男儿们眼角珍珠样晶莹的泪花儿。

第三部分

主人叫林术全，五十上下年纪，心满意足地坐在那里，不歇气地给我讲述东莞人的好，说到那条上山的路，满脸笑成了菊花。令我惊异的是，稚口小儿们竟然也知道林佐组长几个人的身份，这家一个男娃儿，一个女娃儿，都是三岁左右的样子，一起咯咯咯笑着从门外跑进来，一头钻进林佐组长怀里，仰起脸儿来问，你们多久多久没来了哟，是回你们东莞了吗？

这情景看得我心头滚热，这些东莞人呀，他们纵是离去了，此生此世，不能忘记这块土地，这里的人。

映秀的语言

1

这个春天，我大部分时间待在映秀，我要倾听这块土地的呼吸，感受她的律动，见证她重新迸发的，蓬勃盎然的生命活力。

我流连最多的一个地方，是映秀湾公园。它坐落于镇子西北部，从岷江岸边，沿东莞大道一直走，在尽头处，隔 213 国道相望，一眼就看见了它。

首先映入眼帘的，是卧于国道旁边的一块形状朴拙的白色大石，上面放逸遒劲地写着几个红色大字：映秀湾公园。那就是公园入口。到近旁，可以看到大石的右下角，像是轻轻点印的一枚小巧别致徽章，注着几个小字：映秀，东莞援建。

▲ 映秀湾公园（周运华摄）

如果对映秀的历史一无所知，刚刚来到这里，一定会觉得是走进了一处别具美致的园林。突出的特点是闲静，树木婆娑，参差有致，石白花艳，水波澈透，一切景物都像是站立在世外，显得静谧安闲，蕴藉悠远，风儿来到这里，似是都蹑起脚步，一下变得文静温婉了。

但是，历史是不容回避的，因为它就触目地镌刻在风景中，当抬起眼睛，目光越过树影花丛，会看见在一片空旷处，高高地，一面鲜艳的五星红旗在迎风飘扬。

这就是“5·12”大地震中，映秀小学那面震动全世界的不倒的红旗。是的，就是它，当小学校的楼房建筑在大地疯狂的颠簸摇颤中全部轰然坍塌，当整个城镇骤然间化作一片废墟，唯有它，端然矗立，直贯长风，没有改变身姿。

它于是成为象征，一块土地顽强不屈的象征，一个民族刚毅风骨的象征，一个国家伟大精神的象征。

它是令人肃然起敬的，所有来到这里的人，都应该面对着它端正身姿，庄严垂首，献上自己深深的礼敬。

“5·12”汶川大地震，最悲惨的灾难之地是映秀镇，在映秀镇，悲惨之最是映秀小学。全校473名学生，被夺命者近乎一半，47名教师中死难者27人。

天下最让人难以接受的痛楚，是花朵未开就遭到摧残，含苞待放的花朵一样的孩子们，风华正茂的教师们，令人心碎地凋零于一场突兀而起的可怕飓风。

这就是东莞援建者们不惜心力，将映秀湾公园建设成映秀新镇一处最美丽地方的苦心所在吧？用今日超越的美抚慰所有受伤的心灵，告慰不幸逝去的生命。

映秀湾公园的确是美，精致得已经不像是自然风景，像是一件精雕细镂的艺术品，一幅笔致细腻、每一根线条都用心推敲的工笔画。相信它每一块看似随意放置的石头，每一棵树木，甚至每一株花，每一簇草，都是经过精心挑选的，所点缀的地方都是此处最好，换易不宜的。

它更有一个难以比拟的优胜处，是被山峰缱绻怀抱，绿树葱茏的大山那么近地站立在它的旁边，像是一道烘托的屏障，营造出令人心旷神怡的意境。不管带着怎样的焦虑疲惫，只要来到这里，那就会一下轻释了，美好的风景可以治疗心情。

2

这座公园在美化环境之上的，更是它的纪念意义，它其实是一座纪念公园，涵纳在映秀新镇纪念建设体系之中。这鲜明表现在公园的内容方面。于花木掩映环绕之中，园内分设几大景观，分别是遗址纪念陵区、东莞援建纪念碑、“大爱之光”雕塑等。

遗址纪念陵区就是映秀小学遗址，这是整个纪念公园的灵魂所在。过水草飘拂的清滟小湖，沿原木铺设的滨水休闲步道缓缓而行，就来到了它的旁边。坍倒的教学楼等建筑物都不见了，作为遗址留存的，只是高高屹立着旗杆的一部分操场。小操场被围成一个方块，周边砌以黑色大理石，略成坑形。这样遗址便有了适度的隔离效果，参观的人们只能是从旁边走过，在一定距离之外凝望。

这是煞费苦心的一种设计，映秀地震纪念遗址怎样保留，曾经是人们探讨不已的一件事，如何做到既达到纪念目的，又不让曾经的灾难无休止地刺激人们的心灵？有关设计专家、领导、建设者们反复思索、研讨、协商，最后确定了这种充分显示科学、理性、人文关怀的相对保留方法。今天看来，这是成功的，分寸和距离，这两个美学重要元素于此处充分发挥了艺术作用，更加使人们认识到，合乎美学原则的情感，才是有利于生命健康和进步的。

遗址的四围，静静丛立着高大苍翠的松柏，肃穆沉致的树木渲染出一派深切庄凝的氛围，令人缅思深深。

纪念的目的除了缅怀追悼，还为启示和教育，人们来到这里，会不由得想起地震爆发时刻，映秀小学的领导和教师们在生死存亡关头表现出的，令天地动容的高尚品格和英雄气概；会不由得想起这样一些伟大的名字和他们可歌可泣的事迹：

张米亚，连蓉，古雪岷，谭国强，董雪峰，余琴……

张米亚，男，殉难时 29 岁，任映秀小学数学教师，灾难来临时他正在二年级二班教室里给孩子们上课，当时的情景不能够真实复制了，永远铭刻在历史上的画面，是化作瓦砾堆的教学楼一角终于被挖开时，出现在救援人们眼前的一幕：一名男子跪仆在地，双臂间紧紧搂着两个男孩，又用竭力前倾着的身子护住一个女孩。这个时候，张米亚老师已经没有了呼吸，他用自己的生命护住的孩子中，有两个幸运地活了下来，一个名郭雯，一个名余明高。

连蓉，女，殉难时 28 岁，任映秀小学美术教师，灾难来临时她正在六年级三班教室里给孩子们上课，她是在教室大梁砸下来的危急时候，伸出双臂将两个孩子紧紧揽在怀里。她的生命只换来其中一个孩子的生命。

古雪岷，映秀小学音乐老师，殉难时 30 岁，灾难来临时正在四年级二班教室里给孩子们上课。以她的生命交换而幸运逃出的孩子们讲述说，当教学楼摇摇欲坠，古雪岷老师用力倚住剧烈摇晃的教室门，对着屋里的孩子们焦急地大声喊：快跑！直到最后时刻，她的身体也没有离开那扇救命的房门。

校长谭国强从瓦砾堆里爬出来，立刻组织幸存的教师们重新钻进教学楼废墟展开搜救。老师们顾不上关心自己的亲人，在连续不断的余震中，舍生忘死，一次次钻进废墟，硬是用双手在钢筋混凝土中间挖出一条条生命通道，抢救出一个又一个稚嫩的生命。

地震过去约四个钟头的时候，董雪峰将从废墟里背出的女孩小心放在学校操场的草坪上，一抬头，看到两位同事抬着一个男孩走过来，孩子一动不动，显然已经没有了呼吸，身上那熟悉的黑色运动服让他脚下一软，差点跪倒在地。跑过去一看，真的是自己11岁的儿子！他抱起儿子的遗体，悲痛地说了声：儿子，爸爸对不起你！使劲擦抹一下眼泪，又向废墟冲去。

同是该校教师的丈夫不幸遇难，遗体摆放在操场上，唯一的女儿胳膊砸断，被送去成都治疗。这样的情况，余琴本是可以提出去成都照顾心爱女儿的，但是她没有这样做，只是哭着请求前来采访的记者回到成都后设法打听一下女儿的情况，自己则一直强忍悲伤坚守在废墟旁，奋力抢救被瓦砾埋覆着的孩子们。

谭国强一身泥泞血污，近乎疯狂地不停往返于教学楼废墟之中，三天三夜没有合过眼，自己的母亲和爱人就埋在旁边的职工宿舍楼废墟里，却顾不上去搜挖。直到三天后，当专业的消防特勤人员宣布映秀小学已经没有生命体征时，这才奔过去看了一眼自己的"家"。当看到妻子午休的那张沙发，还有一角露在外面，他沉默了，许久，哀痛地叹了一句：太迟了！又转身奔向教学楼废墟，投身现场清理工作。

整个生死抢救过程中，老师们重点全放在主教学楼上，同样坍为瓦砾堆的教师宿舍和办公楼没有动过一砖一瓦，在里面的教师及家属无一人获救。

虽然我们不能确定在灾难发生的那一刻，是否每个老师都有逃生的机会，但有一点是可以肯定的，正在上课的他们，都在生命陨灭的最后时刻，毫无保留地将浩荡师恩给了自己身边的学生。该校副校长张春东面对媒体所说的这段话，成为映秀小学光荣的人民教师队伍呈给世界的庄严答卷。

后来，映秀小学教师队伍被赞誉为英雄的群体，这是当之无愧的。那面高高飘扬的鲜艳国旗，是对他们伟岸人性高尚品格永恒的赞扬。悲壮牺牲的教师们，英名将与不倒的国旗同在。

当人们默然肃立，对着小小操场和昂扬国旗，垂首追缅的时候，内心就会在巨大感动中受到洗礼，精神获得升华，教育得以完成。

3

公园另外一块纪念内容，由东莞援建纪念碑体现。那是一个小小的建筑组合，分为两部分，高高矗立的长方体塔柱，和一旁呈 45 度角斜设的壁墙。壁墙通体为光洁的黑色大理石，塔柱的底部是白色，上端疏而渐密镶嵌着小块黑色贴石，与下面的壁墙构成呼应，两者外形上互补，色彩上相映，呈现简约大气的艺术效果。

敬拜过国旗之后，转过身去，透过林木的枝隙，就隐约望见了它。

缓步铺设在草地上长长的木制廊径，转过一个疏阔的弯回，眼前出现浅浅一片水，水的中央，均匀的青白两色石头疏密有致地铺出一条宽展甬道，取意为桥，踩桥涉水，对面是窄窄的飘带一样的石砌小径，艺术地画在绿草之间，顺着它，一直走，就到了纪念碑面前。

天空的蓝、云彩的白、树木的绿、花朵的艳，以及不远处渔子溪的水波，山谷间长长送来的清风，所有这些都献上自己的衬托，把精美的建筑物辉映得照眼闪亮。

斜身而立的壁墙上，金灿的颜色，端正的字体，镌刻着一篇文记：

东莞援建碑记

按照党中央、国务院和广东省委、省政府的统一部署，广东省东莞市对口支援汶川县映秀镇灾后恢复重建。东莞市委、市政府高度重视，全市人民全力支持，社会各界热心帮助，全体建设者辛勤劳动，对口援建三年任务两年完成，一个崭新的映秀展现在世人面前。

东莞市对口援建映秀镇资金十一亿一千五百一十九万元，包括广东省财政统筹安排二亿一千五百一十九万元和东莞市统筹安排九亿元。其中，东莞市财政资金六亿七千零七十二万元，东莞市慈善会、红十字会接收的社会资金二亿二千九百二十八万元。

东莞市援建映秀镇项目五十五个，包括城乡居民住房、市政道路与桥梁、水厂、河堤、综合市场、医院、震中纪念馆、公园、广场和农村供水、公路等项目。

二〇〇八年八月十一日，东莞援建工作小组带着全市人民的重托来到映秀，冒着余震、泥石流、飞石等危险，按照把映秀建成现代抗震建筑博物馆、防震减灾示范区、温情旅游小镇和恢复重建样板的要求，与坚强的映秀人民一道，发扬伟大的抗震救灾精神，求真务实，攻坚克难，科学重建，和谐重建，阳光重建，夺取了“8·14”特大泥石流抢险救灾的胜利，保卫了映秀新城，谱写了灾后重建的光辉篇章。

为铭载东莞援建的无疆大爱和社会各界的无私援助，永记东莞人民与映秀人民的血肉深情，激励映秀人民铭恩奋进、自强不息，特勒此碑，以为永志。

广东东莞与汶川映秀的大爱真情世代相传，青史永载！

中共汶川县委

汶川县人民政府

二〇一〇年九月三十日

所谓勒石铭之，以咏其德，即是此意。

这一情节的主旨大略是两个字：感恩。

前面有过表述，感恩是人类情感中极其美丽的一种，表达的是一种感情的互动过程，讲说着一个包含奉献、付出、牺牲，及感激、珍惜、眷念等等美好元素的人间故事。

来到这里，看到了这个故事的人，内心当是感动与激励兼生，会清晰看见美德的模样，从而顿生见贤思齐、学习仿效之心。教育于是完成。

与纪念碑有相近意义的一个景观，是粤汶同心纪念林，树林在纪念碑的左侧，相离很近，共同演绎一个主题。林中树木也是以香樟、银杏、小叶榕等此地原土树种为主，有所不同的是，这里的每棵树都佩戴着一块黄色的小铁牌，上面分别写着“东莞，映秀”，“湛江，龙溪”，“肇庆，克枯”，“惠州，三江”等字样，一看就知道，这是广东与四川对口援建中互相牵手的两个市镇，广东东莞市倾力扶起的是四川映秀镇；广东湛江市倾力扶起的是四川龙溪镇……

如果说援建纪念碑演说的是汶川一方土地上广大民众的感恩之心，同心纪念林呈示的侧重点则在友谊：南粤大地与巴蜀大地上人们在共克时艰、重建家园艰苦卓绝的战斗中结下的深厚友谊。这友谊必将与星月同辉，万古如新。

遗址纪念陵园也好，援建纪念碑、同心纪念林也好，都深情地演说着两个字：大爱。

大爱无疆，这个祖先在情感激越时刻浓墨而书的词组，在汶川特大地震之后，在当今时代，得到最淋漓尽致的应用。这是人类社会文明进步的呈示，是人性提升的标志。所有以自己的热血和生命浇铸了这四个字的人，都是令人敬仰的英雄。

这个整座纪念公园的题旨，也有景观具体地展示，那就是大爱雕塑和爱心桥。

大爱雕塑位于公园的西北侧，由援建纪念碑向右，过一片葳蕤林木，即会看见。古朴庄正的造型，典雅沉厚的色彩，以无言之言演说着永恒之美。

爱心桥是和曲折悠长的滨水休闲步道、廊径连在一起的，也是以原木制成，桥面不高，因为不是为了涉水，完全是风景的意义，架设在茵茵碧草之上，鲜花绿树之间，巧致而舒展，是桥梁意义的拓展和生发，更多地具有了寓意。

一座婉转长桥，将公园各个片区贯通起来，尤其直呈了爱的涵义。

公园内还设置了客服中心区、停车场区、亲水活动区、中心集会区、断裂带体验区、康体休闲活动区、主入口活动区等多种服务片区，充分体现了映秀新镇作为现代抗震建筑博物馆和防灾减灾示范区的特点，每个片区独具功效，如公园中央开阔的空间、滨河长长的石岸和内部交通充分考虑了震时疏散功能；中央雕塑设有备用电源；客服中心区可作为震时物资储备地；部分构筑物为钢架结构，震时可做临时救护场所等等。

映秀湾纪念公园属东莞援建“交钥匙”工程项目，由同济大学建筑设计研究院西南院进行规划，深圳奥雅园林设计有限公司完成具体设计。整个工程投入资金 3695 万元，占地 6500 平方米。是符合 5A 旅游景区规格的精品建筑。

映秀的格言

1

作为现代抗震建筑博物馆，重生后的映秀镇，最重要的标志性建筑，应该是地震纪念性建筑。大的范围上说，这是一个体系，涵盖自然地貌、人工地物受损、人工新建等三大类型，由十三处地震纪念点组成，分为震中、老虎嘴、镇区三大组块，计有百花大桥遗址、牛圈沟震源点、天崩石广场、枫香树村遗址、漩口中学遗址、震中纪念馆（含罹难者公墓纪念地）、映秀湾纪念公园（含映秀小学遗址）等景点。

说得具体些，地震纪念性建筑只是指的其中人工新建一类，也就是纳入政府资金建设的人工纪念项目，计有三大项：漩口中学遗址、映秀湾纪念公园、震中纪念馆。其中，震中纪念馆是最大的单体工程，因而成为映秀新镇标志性建筑的重中之重。

三大地震纪念建筑是建立在一个统一的构架里，遥相呼应的。这其实也是涵纳在一个大的范畴中，即映秀镇地震纪念体系三纵三线总体格局：从处于渔子溪村高地的纪念馆到漩口中学的纪念主轴线；从牛圈沟震源点到百花大桥遗址、天崩石广场的震源遗址线；包括映秀湾公园、岷江映秀河段公道遗址、老虎嘴的地震断裂带遗址线。

▲ 汶川大地震震中纪念馆（周运华摄）

其中同属东莞援建“交钥匙”工程项目的映秀湾纪念公园与震中纪念馆，彼此联系尤为密切，公园的中轴线与对面山坡上的纪念馆互指直对，形成全镇纪念轴线的主脊。

是的，震中纪念馆就在映秀湾纪念公园对面的山坡上，隔渔子溪河两两相望。老乡称那面山坡为“大坡”，处集镇之西。

纪念馆择址此处，一个重要原因，当是这里为“汶川5·12特大地震遇难者公墓”所在地。从山脚下，沿着石板铺砌的甬径一路攀上去，就来到公墓前。将手里一束黄色的菊花轻轻摆放在墓碑前，垂首，鞠躬，默哀，祷告，祝愿所有不幸罹难的生命安息。抬起头来，泪水已经浸湿衣衫。这个地方，情形是不能描述的，人们说，墓园是人们自发所建成，里面四层阶梯覆埋着数千名遇难者，每道阶梯六层遗体，一层遗体，一层土……苍天，当耳闻这样的话语，不能不对你陡生尤怨，何以残暴无情如此，视生灵如芥末，荼毒无度！

祭奠的红蜡烛曾怎样将风烧焦，将空气化成火焰。

亲人远逝，泪尽声嘶，长唤不回！

矗立路边的黑色牌坊上，大字镌刻着一幅挽联：共缅汶川逝者，举国垂泪雨，山河同悲；同祭国殇亡灵，华夏断肝肠，天地共咽。这是献给所有死难者的哀歌。牌坊的两侧背后，密密挨挨立着高高矮矮的墓碑，每块碑都擦拭得纤尘不染，上端一笔一画刻写着姓名，正正当当镶贴着相片，这却只是一种自我安慰式的纪念，因为墓碑下的安息者并不是这个人。

罹难同胞是可以安息的，不惟是整座墓地环境的整洁、自然、幽静，牌坊不远处矗立的遇难者及抗震救灾叙事墙等立意独特的建筑，显示的生者对他们深切的尊重缅怀之情，更主要的，他们从长眠之地，能够真切看到自己重新站立起来的亲爱家乡的美丽姿容，和幸存亲人的幸福生活，这是最深的慰藉。

公墓处地，其实在镇子的胸怀，下面，过波涛激荡的岷江，是含中滩堡村、枫香树村等村社的镇中心区，上行不远，是位于大坡顶上的渔子溪村，幸存亲人们紧紧地，将他们怀抱在胸口，永生永世不弃。

2

在渔子溪村和罹难者公墓之间，修整而成的，一块平坦宽阔场坝上，庄严矗立着一座气势宏伟的建筑，这就是汶川大地震震中纪念馆。

在描述它之前，先来了解一下它的设计者。

这是著名建筑设计大师何镜堂先生的一件力倾心血之作。

前面已经说过，何镜堂先生为东莞籍人，是傅晓炜不惮风尘劳苦，从映秀飞行千里，到广州去虔诚相邀的。何先生明白来意后一口应下，不惟是感于故乡子弟的一片诚意，更是出于对灾区映秀的一份牵挂和责任之情。作为毕生献身于建筑艺术事业的人，何先生跟所有东莞故土上的人们一样，把能够为映秀重生献上一份力量视作使命和光荣。

何镜堂先生为中国工程院院士、华南理工大学建筑学院院长、博士生导师、国家首届梁思成建筑奖获得者，业绩卓著，在当代中国以至海内外建筑学界煌煌有名，其重要代表作品计有中国市长大厦、南京大屠杀纪念馆、鸦片战争海战博物馆、西汉南越王墓博物馆、江南大学校园、深圳科学馆、大都会广场、2010 年上海世博会中国馆等。在家乡东莞，备受敬仰，东莞科技博物馆大门前陈列的五个莞籍院士半身铜像中，他为其一。

震中纪念馆设计的精到完美当是与此前南京大屠杀纪念馆、鸦片战争海战博物馆等设计大获成功有关，不仅是积累了这类建筑设计的丰富经验，更使有关理念在层层加深的思考中臻乎完善。关于震中纪念馆设计理念，何镜堂先生在2009年4月于成都召开的，映秀镇灾后重建总体规划国际研讨会上主题发言中，做了精辟阐述。他认为，任何纪念性场所的设计都必须明确主题，营造精神氛围，比如南京大屠杀纪念馆要体现战争、屠杀、抗争到和平的历程，让人们通过观览领悟到，只有顽强不屈、英勇战斗才能捍卫国家和生命的尊严，只有国家富强才能免遭外寇侮辱。灾区纪念性建筑的设计不仅要再现灾难的历史，还必须激发人们的思考，有共鸣也要有升华，最终看到光明和希望。汶川地震不是战争，而是自然灾害，纪念的旨要在于通过大地震爆发时刻场景的记忆再现，给人们提供反思、提升精神的空间。

另外，灾区建筑的设计要兼顾地域性、文化性和时代性。就映秀而言，此地为山区，多高山、河道、沙沟与峡谷，因此纪念馆的设计应该做到与大地结合，与地区气候环境结合，同时，做到体现当地独特的藏羌文化，把藏羌民族好的文化、传统有机融入到建筑之中……

他很好地体现了自己的理念。

来看看这座受到广泛赞美的建筑。

震中纪念馆高两层，呈不规则的几何图形，通体铅灰色。外墙面全部采用粗木纹清水混凝土墙新技术工艺。

说起来简单的这几个短句，做的时候，设计者费尽心血。建筑的高度是首先要解决的一个问题，渔子溪村所在的山坡，面朝集镇，背倚青山，震中纪念馆立基处，从底下数上来，共一百余级台阶，就是说，它处在一个上下都有高度比照的地方。因为山坡已经存在了高度，如果建筑本身再高拔起来，就会显得突兀奇耸，造成与集镇中建筑太强烈的反差（原本，总体规划设计中，映秀新镇就不设高层建筑，原则是“不求大，小而美”），使人居下遥望生压迫感，同时有与背后山峰比高之嫌，遑不和谐。而太低了，不惟气势难成，会与后面大山的高度不成比例，同时，从远处看，势必感觉趴塌矮缩，恍若不见。

处地位置所提要求，成为震中纪念馆设计的难度。

不知何镜堂先生是否用尺子仔细度量过？现在的高度是最佳效果，从远处看过来，觉得建筑既恰到好处地融入了山体，像是山体的一部分，又被大山的背景衬托，仿佛精心推出前台的一个木石结晶物。这样，与大地、气候、环境的结合都在乎其中。

和谐之美还体现在建筑的形状和外观颜色上，不规则的几何形状投射出一种动感和张力，与背后大山端然耸立的静态互补互衬，铅灰色，既是营造沉切肃穆气氛最准当的颜色，又与青苍大山的色调和融统一。此形状兼具另外一种文化意义——演绎一种复杂的情绪，哀伤而不颓废，低沉缓凝而激振昂扬，正是纪念的宗旨。

作为建筑的语言，不规则的几何形状和沉厚的铅灰色，还是一种对藏羌民族文化尊重的诉说，藏羌民族所喜爱的，正是这种具有鲜明动感和十足张力的，不循一定之规的线条图示，和容纳深涵、本色纯正的厚郁浓烈色彩。

鲜明的文化性还体现在木清模新技术工艺在建筑外墙的应用方面，这种工艺的特点是能够充分演说“自然”二字，看上去高度仿真的木纹机理，予人以粗犷、厚重、质朴的审美感觉。配以沉潜的灰色，整座建筑犹如一块半卧山坡上的大石头，本身就是一份绝妙表达，可以赋名纪念石。

从某种角度，可以说，文化性就是现代性，超越的文化美质永远标示着时代的高度。而震中纪念馆另外一个突出的现代性特征，体现在它的设计和技术的先进方面，其建筑空间因不同区域而分用框架结构与框架——抗震墙结构两种形式，标准为抗震设防烈度 8 度，采用了阻尼消能减震器的消能减震设计，为建筑业界时代的最高新技术。

3

之前曾翻阅有关资料，知道人们把这种以自然、平和、静谧为基调，植根于大地，与山势和谐呼应的样式，称作地景式建筑。还知道何镜堂先生设计这件艺术品时的几个关键词是大地、庭院、场所精神。便仔细加以求证。

所谓大地，应该指的就是这种深浅有致的与大地结合，纪念馆础基低俯，因势成形，似是从土地里自然长出一般，予人以根脉纵深，牢固不摧的坚实感。

关于院落，有一种诠释，说是中国传统建筑空间的精神内核，蕴含着华夏子孙内敛、聚合的审美价值追求，和天地人合一的混元境界。那么，在纪念馆，具体所指，应该是以“地殇”、“崛起”、“希望”命名的三个主题庭院。

庭院其实就是展厅，地殇对应的是地震灾害爆发的过程；崛起对应的是灾后恢复重建过程；希望对应的是以勇敢坚强的态度面对灾难、满怀信心积极乐观地建设美好新生活的过程。三大展厅气氛有别，又一脉贯通，构成一个完整的空间序列，参观者徐行之中，随着空间的变换，触景生情地由沉重、哀切到感慨、赞佩、振作、憧憬……

情感是泉水，汩汩流淌，洗濯身心。

所有的一切，归根结底落到两个字上：教育。

教育是贯穿始终的，当步入地殇庭，真切体验地震爆发时刻那摧山裂岳的恐怖，那对世界和生命巨大无情的破坏力，人于震惊、迷痛之余，会不由陷入对宇宙自然深刻的思索，从而重新审视人生的价值和意义，更加懂得爱和珍惜。

在崛起庭，当一件件纪念物品出现眼前：温家宝总理指挥救灾时用过的扩音话筒，以及他在直升机上使用过的军用地图；生死救援时刻英勇牺牲的九名战士留下的浸血遗书；可乐男孩薛枭喝过的，上面有他稚气的亲笔签名的汽水罐；背亡妻回家的吴家芳的摩托车……

人们会不由想起那些抗震救灾的日子里，感人至深的故事，对不顾一己安危前往灾区慰问的国家领导人、不惜献出宝贵生命的英烈、历尽千辛万苦抢险救援的社会各界人士，涌生满腔崇敬感戴之情，从而感受中华传统美德巨大光辉的力量，并以之激振自己的生命。

而当一幅幅灾后恢复重建工作的画面进入眼帘，看到灾区各级政府带领人民群众坚韧顽强地在废墟上重建新家园，尤其那些千里奔赴的援建工作者们大爱无疆的品格和精神、历尽艰辛、忘我无私的奉献和牺牲，内心会感佩横生，化作激励。心灵于刹那间升华，完成神圣的洗礼。

如此，希望已经如喷薄而出的旭日闪耀于东方，这样优秀的民族、强大的国家、执政党卓越的领导能力；这样全社会遍布大爱，崇尚美德，赞颂奉献和牺牲；这样闪光的品格清澈的人性——这样明媚的阳光之下，民众生活怎会不越来越美好？明天必灿烂辉煌！

这就是纪念馆设置的意义了，记住伤痛，为了更加珍惜生命；凝视美德，为了熏陶心灵激扬意气；赞扬爱，为了大爱像阳光雨露遍洒世界滋润万物。

祭奠逝者，感恩爱者，温暖生者。此为震中纪念馆另一组关键词。

4

震中纪念馆其实是一个具有多重内涵的建筑组合，或者说，它是震中纪念地的一个部分，这个场所，由爱心路、“5·12”汶川地震罹难者公墓、纪念馆、邱光华纪念广场、“8·14”特大泥石流遇难者纪念碑、追思平台等几个块面共构而成。

爱心路就是上山来的那条石板砌铺的甬径，出镇子，过213国道，迎面一道纪念景墙，矗立山坡下道路边，上书“爱心路”，石径就从墙下起始，随山势蜿蜒而上。这条路是在原有基础上进行改造而成，拓宽了路面，更换了铺石。这跟罹难者公墓保留原貌，只在其基础上进行修造整改的目的一样，是为了保存抗震救灾一段历程的记忆，弘扬“一方有难、八方支援”伟大的民族精神。

邱光华纪念广场设在纪念馆的东北角，开敞的一块平坝，既是馆楼的依托，又可供参观人们凭吊、集会、休息。广场的边缘，覆土式设了一扇机翼，巨大扇面一样张开的机翼朝向云空，寓意用生命把大爱书写在蓝天上的英雄，安息于大地，英名与日月同存。

机翼的旁边，矗立着黑色大理石纪念碑。

蹲下身，将黄、白两色间杂的一束菊花倚放在碑前，垂首默哀，鞠躬致意，祷祝英烈安息，然后，放展思绪，追忆烈士的英雄故事。是的，在这里，在这沉郁的风中，要追缅烈士的感人事迹，以扬善励志，振激世界。此为千古凭吊的意义。

邱光华是川西北大山深处走出的一名优秀空军飞行员，羌族，1957 年生人，成长于阿坝州茂县南星镇。1974 年 4 月，荣幸地成为周恩来总理亲自选拔的中国第一代少数民族飞行员中的一员，光荣入伍，编入成都军区空军部队，时年 17 岁。经过严格刻苦的训练，他迅速成为一名技术娴熟、胆识过人的飞行战士，驾驶直升机翱翔于祖国大西南辽阔的领空。怀着一腔报效祖国的壮士情怀，数十年如一日，勤奋工作，积极进取，做出突出贡献，取得一项又一项优异成绩。

1985 年 12 月，他与战友驾机长驱 2600 公里，飞越白雪皑皑的唐古拉山，降落在布达拉宫广场，成功地架起第一条进入西藏的直升机“空中走廊”。

1991年，陆航团装备新型直升机，他第一个报名参加改装训练，实现首飞，并带出一批新型机飞行员。

1994年4月，他与战友扎西、勒干波一起，空中侦察四川雅江县森林火灾火情，在云雾遮日、飞机剧烈颠簸的恶劣条件下，凭借一流驾驶技术，冲破重重障碍，闯进火场上空，及时展开灭火工作，终使蔓延的火势有效遏制。

1999年10月，冒着细雨，他在没有航线的云贵高原上穿云破雾，开辟出一条新航线，拯救了遇险台胞的生命。

2000年，在一次三军联合实兵实弹演习中，他的机组以高难度的战术动作震惊全场。

2007年1月，罕见的雨雪冰冻灾害使西南电网受损，他驾机一次次飞临贵州上空，为受损点精确定位，提供航测资料。

……

34年的从军生涯，邱光华荣誉等身，功勋卓著，累计飞行超过5800小时，先后荣立二等功2次、三等功4次，是全军四种气象指挥员、四种气象教练员、特级飞行员。他参与编写的《飞行大纲舟》用于指导全军陆航部队飞行训练；他带出的43名年轻飞行员全部成为团队骨干；他熟练掌握6种列装机型的飞行技巧，开创10项飞行记录，填补了世界航空史空白；他先后10次成功处置直升机空中单发停车、罗盘失效、突遇雷雨等各种险情，保证了国家的巨额财产和战友的生命安全。

2008年5月12日，汶川特大地震爆发。震后不久，邱光华所在的某陆航团直升机奉命紧急飞往灾区，执行抗灾救援任务。这一次，已经51岁、再有几个月就将停飞的邱光华，被安排在地面指挥，没有列入救援飞行员的名单。

知情后，邱光华焦急地跑去找到团长余志荣，紧紧拉着他的手不放，恳切地说，老余，你家也在灾区，最能够理解我的感受。我不能眼睁睁看着家乡人民遭罪啊！

感于其诚，惜于其技，团里最终同意让邱光华投入救灾战斗。

开始，邱光华受命驾机飞赴青川空运救灾物资。完成任务的过程艰辛备至，到达目标空域后，难题出现：震后乱石丛生的地面上几乎找不到合适的降落场地。有人建议空投，被邱光华制止，他说，这可是乡亲们的救命粮、救命水，摔坏了怎么办？在空中盘旋多次，想尽办法，直升机终于成功降落在一个面积不足200平方米，由几块地震掀出的大石头形成的平场上。救命粮救命水得以及时完好地送到煎熬于饥渴的百姓手中。

5月26日，邱光华接受新任务，驾机进入汶川接运伤员。这次遇到更大困难，直升机将要降落的峡谷仅百余米宽，有5道高压电线依次拦在下降的航线上，而地面由于山体滑坡导致河水上涨，原来的河滩变成了一片沼泽，找不到可供降落的地方。

盘旋在空中，看到地上人们跟着直升机来回跑动，焦急地挥舞着各种颜色的衣服，邱光华心中更是焦灼万分，同时责任心和使命感更其强烈，他在心中一字一顿对自己说，一定要成功降落，不让乡亲们失望！他聚精会神，调动全部经验，一次又一次地努力，降落、拉起，拉起、降落……盘旋半个多小时、悬停下降11次后，终于，直升机穿过电线网强行降了下去。一批濒临危境的重伤人员得以迅速被运送到成都的医院，进行及时救治。

事后，邱光华说：伤员等在下面，我们冒死也得下去呀！

不想，这句壮士豪言竟悲哀地成为谶语。5 月 31 日，邱光华机组奉命前往理县运送受伤群众，在返回途中，因在气候瞬息万变的高山峡谷中突遇低云大雾和强气流而不幸失事。飞机上十多名受伤群众和五位机组人员全部殉难。

此次光荣牺牲的另外四名空军战士是：邱光华的副驾驶飞行员李月，27 岁；空勤机械师王怀远，47 岁；空勤机械师陈林，28 岁；物资装卸和地面警戒员张鹏，23 岁。

是党和人民栽培养育了我，我要把自己的一切都献给党和人民！邱光华以自己的行动践行了这句光辉誓言。

奔赴青川、挺进汶川、飞援理县，抗震救灾期间，邱光华累计飞行 50 小时 31 分、63 架次，运送救灾物资 25.8 吨、抢救被困人员 87 人，后运伤员 44 人，转移受灾群众 180 人。战功累累，贡献巨大。

2008 年 6 月 14 日，中央军委主席胡锦涛签署军令，给邱光华追记一等功。

中央军委追认邱光华机组五位空军战士为烈士，授予其所在陆航团“抗震救灾英雄陆航团”荣誉称号。

5

从邱光华纪念碑前转过身来，行不多远，就来到“8·14”特大泥石流遇难者纪念碑前，同样的黑色大理石材质，肃然矗立，两碑斜斜相对，与气魄宏夺的纪念馆，彼此构成约略的三角形状。照耀它们的是同一缕阳光，吹拂它们的是同一缕清风，所有来到这里的人，会将同样的追缅崇敬之情，献给光荣地镌刻在“8·14”特大泥石流遇难者纪念碑上的生命——为映秀重生而英勇捐躯的，中建七局第三建筑有限公司的职工们，他们同样是英雄，是烈士，与日月同辉，千古不朽！

同样，历史会记住这些平凡而伟大的名字。

他们中，年龄最小的只有四岁，最大的六十有三。

追思平台，也被叫做瞭望平台，在纪念馆西北，中间隔着一片密密铺草、疏落植树的绿地。那是同样采用了粗木纹清水混凝土墙新技术工艺的一座建筑，它却是简约的，巧致的，外形规规正正，从远处看，像是一个制作精美的硕大长方形镜框。站在平台上，凭栏送目，映秀新镇尽收眼底。如果是在清晨，朝阳从左前方的山峦中射出耀眼光芒，镇子、河流、田畴，一切都遮笼在逆光效果造成的神秘氛围中，万物迷丽，华彩闪烁，美得令人意动情驰。这样的时候，会更加觉得那曾经的大灾大难，正是燃起冲天火焰的荆棘柴堆，就是在这惊心动魄的旷世大火中，映秀小镇犹如浴火的凤凰，涅槃重生。

唯浴火涅槃，可以脱胎换骨，可以为奇迹为神话，可以与光明同行，拥抱未来！

追思，是整个震中纪念地的龙之目睛，直面历史、追问灾难、反思人生、颂扬大义、呼唤崇高人性、憧憬美好明天。

追思，为了铭记和悼念，铭记伤痛，向遇难者志哀，向未来人讲述曾经集结于斯的大仁大爱，彰显一个民族的坚韧顽强与勃勃生机，彰显一个国家、一个政党的伟岸强大，彰显社会主义制度的优越性。

震中纪念地项目用地面积建设投资总额5488.96万元，主体建筑用地面积25106平方米，其中纪念馆用地15859平方米，纪念陵园用地9247平方米。震中纪念馆2009年底动工，2010年4月23日宣告封顶，历时不足五个月。这次胜利成为东莞市援建映秀“交钥匙”房建项目工程全部封顶的标志。

像所有东莞援建建筑一样，震中纪念馆外墙上也悬钉着一个铭牌，上面刻写着设计者姓名及施工中应用的防震、抗震技术等。这是一种承诺，一种责任，更是一种宣言。它告诉世人，这不是狭义的建筑物，它们是一面面在长风中高高飘扬的旗帜，旗帜上豪迈地写着几个大字：人间有爱！

映秀的时尚

1

何镜堂先生主持设计的另外一座单体建筑，是映秀中心卫生院，这同样是映秀新镇的重要标志性建筑。中心卫生院的醒目，所处位置应该是个重要因素，出映秀湾公园，过渔子溪三号桥，下 213 国道，朝左边一望，就看见了它。映秀新镇所有建筑中，大概以它的周边环境最为开阔。背后是渔子溪河，左侧是漩口中学遗址，前方是学术交流中心。标志性建筑毗连为邻，相映生辉，也是美观引人的一个原因。

当然，关键所在，还是建筑物本身。这座建筑依旧鲜明的何镜堂先生艺术风格，自然、质朴、大气，也许是为了镇子整体环境格调的相谐一致，建筑外观与综合市场相似，是仿木装饰，远远一看，恍若森林里的硕大木头房子。楼高三层，轩然迎风。

跟映秀新镇所有建筑一样，中心卫生院的出众更体现在内涵上。首先，具有不同寻常的稳当坚固性，建筑设计标准为抗震设防烈度8度。体现在最科学的建筑结构、最好的抗震建筑材料、最先进的抗震建筑技术等三个方面。具体而言，系采用框架——剪力墙结构形式，剪力墙主要布置在楼梯间四周，以确保结构刚度及应急逃生通道的安全；采用基础隔震技术，绕外廊而设置99根立柱，每根立柱下面铺有90厘米厚的橡胶隔震支座，地下室顶板下（有地下室部分）及基础顶面（无地下室部分）均设置橡胶隔震支座，以确保抗震能力；所使用沙浆、混凝土等施工材料全部超过预定标准，以确保承重性和坚固度。

▲ 映秀中心卫生院（周运华摄）

另外，中心卫生院内部设置完善，设备先进，部门齐全，所配置的CT、彩超、胃镜、X光机等医疗设备，精良度直追沿海发达地区。空间宽敞，设计业务用房5000平方米，生活住宿用房4500平方米，住院床位100张，设有急诊、内科、外科、中医、妇产科、儿科、口腔科、骨科、住院部、手术室、X光室、化验室、B超心电图室、预防接种室、计划生育手术室、康复理疗等多个功能科室。具有极好的医疗救治条件。

与这一切相匹配的，是医院里白衣天使们令人称道的医术和职业道德。5·12大地震，成为映秀镇卫生院领导和职工们的一面特殊镜子，折照出这个集体灵魂的熠熠光彩。他们感人的事迹曾经广为传颂，鼓舞四海之内人们的心灵。

2

映秀中心卫生院有着光荣的历史，自1962年成立以来，四十年间长足进取，发展成为一所集医疗服务、妇幼保健、卫生防疫等多项内容的综合性医院。至地震前，院内共有职工49人，其中专业技术人员44人，配备有韩国现代急救救护车、日本原装进口半自动血球计数仪、韩国产麦迪逊黑白B超、国产200mA的X光机、口腔综合治疗仪、心电监护仪、心电图机等多种先进医疗仪器，开设有中医科、内儿科、外科、妇产科、口腔科、检验科、B超室等13个专业科室，住院部核定床位19张。业务辐射银杏、卧龙、耿达、漩口、三江、水磨等乡镇，为阿坝州最大的镇属中心医院。

5·12 地震，将一切化为瓦砾。

所幸，院内职工无有死难者，只两人受了伤。在伤亡过半的震中映秀，堪称奇迹。幸运的人们不负上苍偏爱，惊魂初定，立刻展开生死救援。在院长崔彬的组织带领下，职工们冒死重新冲回摇摇欲坠的大楼，在落雨样纷纷砸下的碎砖、砂石、粉尘中，或抱或背或抬，将被困危楼的 19 名住院病人全部抢救出来。

很快，受伤群众们拥来卫生院求救了，使抢运药品和器械成为迫在眉睫。可是卫生院库房已然下陷垮塌，十分危险，怎么办？

崔彬院长几乎未假思索，再次朝危楼冲去，这样时刻的身先士卒尤其富于感召力，医务人员不约而同，全部勇敢地紧随其后。所有可以挖出、搬走的药品和器械都迅速抢运出来。

随之，紧急施救开始。此时，强震过后不足 20 分钟。卫生院临河的空地上，用彩条布和木板搭建的简易救治棚成为跟死神对拼的生命阵地。卫生院的几个负责人紧急商议，决定将人员一分为二，一部分留守院内展开救治，迎接被抢救出的伤者；另一部分编做 4 个医疗救治组分别赶往映秀小学、漩口中学、映电篮球场及福堂坝电站等受灾严重单位，进行现场医疗急救。

震后不到 1 小时，临时卫生院里已聚集伤员近百人。医务人员尽倾全力，除了救治，忘记一切。这样的情形，在映秀镇与世隔绝的 50 多个小时里，没有过改变。直到外部救援力量终于突破万难来到身边。这期间，他们救治受伤群众 1180 人，其中 465 名重伤人员得到了较为有效的初步处理，使后来的挽救生命成为可能。

并没有就此放松，他们立刻承担起配合角色，协助外援医疗队伍展开紧张的诊治、转运伤员、搜寻废墟下可能生还者等等工作。

终于，医疗救治告一段落。按照各级抗震救灾指挥部要求，乡镇卫生院工作中心转向防疫，以确保大灾之后无大疫。他们立刻投入新的战斗，与对口支援的东莞医疗队并肩作战，坚守在卫生防疫第一线，全力以赴，昼夜不休。死难人数最多的震中映秀，做到了大灾之后无大疫，有他们不可磨灭之功。

2008 年 6 月 10 日，映秀中心卫生院迎来了自己的新名称——粤秀友好医院。这个仅用十天时间建起的、灾区第一家过渡板房医院，呈示了“广东速度”，也鲜明折射了映秀中心卫生院的集体英雄主义精神。

粤秀友好医院共有医疗工作者 53 人，其中，原映秀中心医院职工 41 人，东莞援川医疗队 12 人。

粤秀友好医院的建立，使映秀医疗工作从应急状态转入常规运营状态。板房医院占地面积 1500 平方米，设置从最初的 30 张病床逐渐增加至 100 张，开设科室也逐渐增多，计有外科、内科、妇科、皮肤科、儿科、中医科、五官科、重症监护室、手术室、B 超、X 光室、免疫接种室，及药房、产房等。当时情形，崔彬院长曾有过表述：板房医院建设资金和设备主要来源于广东的援助，这里有广东医疗队带给我们映秀卫生院的新知识、新技术，极大地提高了我们的医疗服务意识和水平。广东医疗队还以轮换方式长期留守我们医院，同时，我们也选送一些医务人员赴广东进行专业培训。他认为板房医院医疗水平好于震前。

后来，随着映秀及周边乡镇灾后重建进程的快速展开推进，板房医院建设不断完善，服务范围及对象也逐渐扩大，基本恢复了辐射邻近乡镇的业务能力，兼及外来援建队伍和武警官兵解放军战士，为灾后重建提供了一定的医疗保障，成为备受社会关注的重要医疗单位。

映秀中心卫生院领导职工们以自己闪光的行动、高尚的品德赢得至高赞誉，被称为“震不倒的中心卫生院”。进而荣获全国抗震救灾重建家园工人先锋号殊荣。

先后有胡锦涛总书记、温家宝总理、习近平副主席、李克强副总理等中央领导前来检查指导工作，看望慰问医务人员。成为这家医院集体的骄傲和珍贵的历史荣誉。

3

在这里，映秀会深深落笔，铭记于自己历史卷帙上的，是武警四川省总队医院的医疗工作者。地震后，在映秀中心卫生院弹尽粮绝的危机关头，是这家医院派出的专家及医务人员队伍，第一时间冒死来到面前，解其燃眉之急。那是5月14日14时左右。这支队伍来到后，立即投入工作，很快救治伤员300余人，并通过直升机将5名重伤员顺利运送到四川省人民医院进行抢救（其中包括一个孕妇和一个出生仅20天的婴儿）。

紧随其后，5月15日，广东省抽调于三甲以上医院，由111名医务人员组建的“映秀医疗救援广东医疗队”紧急抵达映秀。也是到达后立刻投入工作。这个阶段的工作是奇异艰苦的，他们白天身披雨衣到废墟里抢救伤病人员，晚上在帐篷里轮流站着“睡觉”，历经六个昼夜的奋战，共救治伤病者1082人，创造了救死扶伤的奇迹。

6月1日，广东省开始对口援建映秀板房医院，迅速为映秀镇创造了较好的医疗条件。

8月5日，首批东莞市救援医疗队来到映秀，展开了医疗援助持久战。对于东莞救援医疗队在映秀的贡献，前文已经有过略述，他们前后共分四批次来到映秀，历时一年有余。

东莞医疗救援队在映秀，除了救死扶伤，贡献还在于带来了先进的管理理念、技术等。这一点，上一节崔彬院长的话语里已有较充分的表述。具体而言，第一批医疗队在繁忙的诊疗之余，积极开展健康教育、消毒灭菌和卫生监督等工作，指导卫生院制订了《废墟清理方案》。

帮助设立了映秀卫生院历史上第一个图书阅览室。这成为具有深刻文化意义的一个举措。最初，图书阅览室以广州、中山医疗队撤离映秀时，留下的一批医疗书籍、期刊杂志，和东莞第一批医疗队带来的图书打底，之后，每一批新的医疗队来到，都会使阅览室存藏书籍获得一次丰富。到东莞救援医疗队全部撤离时，这个图书阅览室拥有书籍超过了五百本，已然颇具规模。它一度成为医疗人员们的精神之家，业余时间，大家常常聚于此处，阅读医书，交流心得，切磋技艺，尤其成为东莞医务人员对映秀医务人员的指导培训之所，映秀医生虚心努力，东莞医生诚恳认真，教学相长，卫生院整体医疗水平得到大幅度提升。

东莞救援医疗队有许多令映秀倍感温暖的行为，其中尤其为人称道的，一个是下乡巡诊，一个是对幼儿园进行爱心捐赠。映秀镇的一个特点，是村庄悬挂在半山腰上，且民居分散，居住在山上的乡亲，尤其身患重病，行动不便的人们因为距离卫生院远，且山路崎岖难行，就医看病成为艰难。针对这种情况，医疗队组织开展送医上门服务，他们定期驾驶救护车到高险偏远山区巡回医疗，给乡亲们送去医药，为他们做体检，并进行疾病防治等有关卫生知识培训。乡亲们常常被感动得热泪盈眶，夸说他们是天上派来的救命医生。

送爱心给幼儿园，是在 2009 年 4 月，医疗队员们发现，受到普遍关注的，只是映秀小学，不断有社会团体去小学校捐赠书籍物品等，却似乎少有目光投向幼儿园。于是，他们决定予以弥补。派人去都江堰购买了写字板、书包、纸笔、积木、拼图等文具和玩具，择日送到了幼儿园。令他们大为感动的是，幼儿园竟搞了个隆重的仪式以为感恩表达，小朋友们兴高采烈地唱歌、跳舞，表演了文艺节目，还送了鲜艳的锦旗，以为珍重的纪念。

东莞元素，是映秀重建中一个频繁使用的词组，大多用指在城镇规划和建设过程中，留下东莞的痕迹。比如将二台山安居房名以莞城居，枫香树安居房名以长安居（长安是东莞一个镇的名称），原中滩堡大道更名东莞大道等。其实，真正的东莞元素，是像中心卫生院这样渗透到整个集体中的由东莞而来的先进理念、知识、技术和工作效率方式等。在映秀，最能鲜明体现这一切的，当数中心卫生院，因为这个集体，是莞人唯一长时间彻底融入其中，与映秀本土同仁朝夕相处，携手战斗。他们水乳相容，已然难分彼此。

现在的映秀中心卫生院，不论外观面貌，还是内部观念，不论医疗设备，还是医疗水平，都具有时代先进性，成为集南粤与巴蜀两种文化之萃的一种崭新文化。

它是映秀新镇一个具有典型意义的组成部分，一个缩影。

温家宝总理在2011年5月9日召开的，汶川地震灾后恢复重建座谈会上讲话中说：有评论说，灾区最漂亮的是住房，最坚固的是学校，最现代的是医院，最满意的是群众。我看这个评价是符合实际的。

映秀中心医院不愧“现代”这个词，却不仅仅是指建筑的质量，更兼含其医务人员的综合素质、业务能力和水平。

映秀中心卫生院工程项目用地面积为3730.6平方米，资金来源以“云海归来情系灾区”慈善拍卖会募集的慈善资金捐助，和东莞红十字会接受的社会捐款为主。为铭记其德，卫生院楼前敬立碑石，叙说其事，留给后世。

碑文如下：

捐 建 记

二〇〇八年秋，黄山叶森槐、北京唐湘子、东莞也墨，相约黄山采风。创作山水画六十二幅、书法十二帧。越年元月五日，所有作品在东莞莞城举行专场慈善拍卖。

慈善拍卖活动获得了莞城美术馆、东莞高第堂拍卖有限公司、广东玉兰装饰材料有限公司的大力支持和无私赞助，东莞社会各界和仁人义士纷纷解囊，奉献爱心。他们是：

梁锦枝　梁志斌　郭容树　张佛恩　卢晟坚　陈治海
袁斌　郭东林　黄景新　郭伟若　侯庆虎　卢淦波　张宇凯

任志怀　卢贺华　傅娟　陈尔龙　李树基　陈润光　王晓梅
陈炽辉　王实高　黄建平　王展南　张永城　朱伦宏

东莞金瀚电子科技有限公司

东莞市汇峰中心投资管理有限公司

广东省天兆国际投资顾问有限公司

专场拍卖共筹得善款五百三十七万九千元（人民币），全额捐助映秀中心卫生院的灾后重建。

为铭记三位画家的义举，感谢支持、赞助慈善活动的机构和人士，特勒此石，以为永志。

汶川县映秀镇人民政府

二〇一〇年八月

映秀的牧歌

1

春天快要结束的时候，我表示，想在映秀镇采访援建工作小组全体成员。这时候，他们都已撤离映秀，驻扎在都江堰搞结算，显然，是援建工作的尾声了。

我要在他们千辛万苦帮助建设而成的崭新温情小镇里，细细地听他们讲述最初的情景，那筚路褴褛、惊涛骇浪的流程。

这时候的映秀，所有美丽都呈现了，正如千人坝坝筵上镇委廖军书记所说的，到 3 月份，乡亲们全部返乡，搬进了新居。映秀掀开崭新的一页，开始了新的篇章。

旅游几乎是随跟着就热了起来。这次我住的，是枫香树村一户人家，三层的楼房，上下共有四个房间做客房，设八个床位。这家人是春节后从都江堰搬回的，立刻在一楼的玻璃门上印出红色的大字：住宿。生意立脚而来。一晃三个月了，几乎天天住客盈满。每月收入在五、六千元之间。这人家有代表性的是房子，户型、结构，全镇的民居基本都是一样，各个独立一座小楼，一楼是宽敞明亮一间大厅，二楼三楼分成面积不等的房间，可做书房卧室。辟旅社的话，就是理想的客房。

他家的处地并不算优势，因为被包在民居的中间，离震中纪念地、莞香广场、映秀湾公园等景观也远，游客要很耐心地在镇子里穿行，才会慢慢来到这个地方。镇子许多人家楼楣上都悬着宽而长色彩鲜亮的匾，上面一个一个很有内蕴的店名：秀楼旅社，小憩驿站……尤其那些临着江岸的店面，装扮得典雅华丽，很有几分引人。这些靠近旅游景点的地方，不知其生意兴隆到何样？我住的那户人家，客房已经不够了，盘算着要把一楼也改造，增设两个房间出来，主人夫妇晚上到旁边儿子家去住，白天回自家打理生意。儿子家开的餐馆，热闹只在底下，上面房间能腾出空余。

餐馆、服装店、药店、日杂店、土特产门市部等，是旅社外的商业，排列在沿街两边，彼此搭配，成为一条龙服务。正是映秀镇最初规划“户户有商铺，家家搞旅游”理想的完美实现。映秀的鲜明特点，整个镇子是一个大商业区，同样宽阔的街道在每一户人家的楼门前铺展，就像阳光均等地洒落在万物的上面。

岷江、渔子溪两岸，震中纪念地、映秀湾公园、莞香广场，这些地方人潮涌动，摩肩接踵，游客熙攘之象堪比上海豫园，北京颐和园。规划时的预计，映秀年接待游客 150 万人次，现在看来不止了，镇政府的人说，此时，映秀每天接待游客已在一万人次以上，一个月就相当于原接待计划的半年之数了。

陈林佐们看到这情景，心中自是快慰非常，这是他们自始至终，切切的盼望。

援建工作者们确实欣慰，却不满足于此，他们要让映秀演绎大旅游文化，让这个地方成为天下人人想来一游的风光胜地、精神圣地。工作是落到点点滴滴的，比如，这天应邀而来，林佐组长就带了一个旅游团队同来，带团的人是他的朋友，本是要去峨眉山的，因为他而先来了映秀。来到映秀，自然就知道了这里曾发生的一切，地震的惨烈，救援时的感天撼地，重建时的大爱如磐，这里每一座建筑物，每一茎草，每一朵花儿，每一块石头都是讲述者，都是教科书。同行的旅行社领导大受撼动，表示此后要建议所有的来川观光旅游团，先来映秀一游，人在这里，观光成为洗礼。

这样的交谈，往往成为群策群议的探讨，许多利于映秀未来旅游事业强力发展的金点子，就碰撞而出。直听得林佐组长几个人喜上眉梢，振奋不已。他们认为映秀旅游做大做强，一个好办法是引专业队伍进来搞品牌打造，现在已有云南丽江的一米阳光公司进驻，短短几个月就一派风生水起，下一步要使更多旅游服务部门来此搞开发，谋发展，做贡献。

林佐组长给我讲述他的一系列构想，诸如……

我相信这些美丽蓝图都会化为现实，仿佛已看见那光彩横生的一天。

一瞬之间有悟，东莞之志，是要映秀在发展旅游事业上再创造一个奇迹。来自那块土地的人，创造奇迹似乎已经成为习惯。

2

本是信手而拈的一个日子，竟是一个金灿灿艳阳天，都说，映秀难得有这么好的天气，尤其地震后，太阳难得这样从早到晚都亮得晃眼。我格外高兴，能得天公作美，是幸运呀。

知道这眷顾得来，是因为所写的书，这是一本货真价实的功德书，写的全都是舍己为人，积功累德的人物，阳光是为他们而灿烂的。

援建工作小组的六个人都来了。见面有故友重逢的亲切，这时，我觉得跟他们已经是朋友了。却只是对“三剑客”进行过初步采访，阿辉、阿宇、阿华几个，虽接触过多次，都是帮助我采访别的人，没有一次说到他们自己。而我是一定要听他们说说自己的，怎样的童年？怎样的成长历程？怎样的缘故来到映秀？我还要知道关于他们的父母和家庭情况，他们是让自己的父母感到光彩自豪的人，而究其根本，这中间有母慈父怙的教养之功。

因为格外好的阳光的缘故，我提出先去看一看那些悬挂在半山坡上的村庄，那些由他们帮助修建起来的崭新村落。陈林佐几人曾经手脚并用攀爬过的那些崎岖山路，我要亲自去走一走。

于是，在春天的金色阳光中，我们朝映秀的山村而去。

第一个走进的，是张家坪村，这个村庄离镇区最近，说是三公里，在镇子西南，岷江西岸。这就是那个平护坡填滩涂，硬造出一块坚实之土，在上面脆生生长出来的村庄。这却是风水学上珍贵的宝地，小小的一个村子，背倚着苍翠之山，前面一条翻波涌浪奔腾欢歌的岷江，江上清风与山间明月共润泽，熏照着一片人间烟火。早就知道这里的农房像乡间别墅，真正面对时刻，还是忍不住赞叹连连，藏羌风格的独特，在于色彩的鲜活造型的灵逸，鲜活和灵逸中间又蕴着一派含蓄优雅。概是三层小楼，毗连而立，是联排别墅式，大约有二十栋吧？居住着 105 户人家。

因为是午后吗？村庄闲静得像是在天上，悠悠刮过来的风儿是天上飘呀飘的白云。这时候的阳光亮得就像油画里的样子，我们一路走一路看，像是油画里愉快晃动着的人。

百花大桥在对面，与村庄隔着岷江，天崩石、震源点广场在前面，与村庄最边缘的一座楼房相距只大约 100 米的样子。岷江在这里一下宽起来，身子随意一弯，转出一个大大的半弧，立时横生气度。

顺村庄之势，楼前的大堤上设了白漆铁栏杆，像是为了凭栏以临江，其实是对野性之江的提防。拍着栏杆，林佐组长告诉我，是怎样造了这块地，筑了这道堤。光是整地，就投入了八百万之数。手指伸出去，对着下面的江滩，说那是他们刚来时走的路。眯起眼，看见傍着汹涌的江流，有一条窄窄的砂土路，似一声长叹样扭曲着身子，在泥泞中跌跌撞撞爬行。那其实不能算是路，可地震后，人们确实就是通过它进出映秀镇。它贴着残损的原百花大桥桥身钻过去，消失在一个幽暗危险的拐弯里。那时候，都汶高速路还没有通，这是唯一的道路。我无法想象怎么样在它上面走？当余震不断，当飞石如雨，当岷江还像一个刚刚发过羊痫风的人，忽而就窜出可怕浊流。

看身边的这些人，笑谈往昔的样子，好像在说的是别人的故事。他们当年的心愿全部实现了，在这自己一笔一画描绘的图画里，指点意境，解说风光，所有曾经的苦，都改换了模样。

此刻优美静卧着的村庄，不知是否还记得昔日苦难？5·12地震，映秀镇诸村中，以张家坪不幸最甚。因为它正处在震源点牛圈沟之中。那是一个高海拔的地方，在2350米之上。说是地震一开始，是从地心深处一波波地向外释放能量，地能似锋利剪刀，裁布帛一样把大地裁开，可怕的裂缝从底下一层层递上来，冲到地面上，最先将名叫莲花心的沟岔残暴撕裂。这沟巨口爆张，猛然喷出300多万方碎石，这些怪石汇聚成流，以1440公里的时速倾泻而下，短短6秒钟里，把下端的牛圈沟往前推了约2.4公里。卧于沟中的原张家坪村顷刻间摧毁，房屋如积木般坍做瓦砾，死难34人，32人重伤。其中一个小组，无一幸存者。

侥幸活下来的280多名村民，成为一无所有的人。

这是此村庄重建启动最早的缘故吧？却是波折多多。首先是选址难，也想过原址重建，但周围大小山头、坡谷，细细走了几十遍，也找不出一块适合重建新村的平整地面，触目所见，全是地震后留下的尖楞石头。另外，遭受地震重创的村民们，不愿继续居住这里了，他们想到山下去，靠着公路，离镇子近一些，以后讨生活能够容易些。

于是，决定在山下寻找新的安置之地。

折腾了近半年，终于定下章程，在这里修整护坡，人工造地。用地有了，房子怎么盖又成为困惑。震后的村民，心上有了阴影，传统的砖混结构住房再结实，住在里面也不能踏实了。为心安计，须换一种样式。只好带着他们去四方考察，一番对比后，看中了“轻钢结构”建房类型。反复研究后敲定，就用这种。却是问题又来，此为领先技术，尚没有民用建筑方面统一可靠的技术规范和经验，竟是施工无术。无可奈何，只好再改，最终，采用了寻常情况下只在大型厂房或摩天大楼之类建设上应用的“钢结构”工艺。

林佐组长转过身来，笑对着村庄，说这可能是整个灾区唯一采用“钢结构”工艺重建的新村了。

这是张家坪村格外气韵优幽的缘故吗？内部的力量成为底气，气定而神闲。

有了坚固漂亮的住房，只是解决了安居问题，乐业呢？这个村庄的土地全部被掩埋了的，村民都沦为失地农民，原有的生活来源已被掐断。

林佐组长答说，这是他们一开始就着手破解的一道题目。现在的张家坪村已划归映秀镇中心区域范围，村民全部转为城镇居民，纳入了城镇社保。你看，跟镇子里一样，这里每户人家楼下也是都设了商铺的，一概 16 平方米的面积。还是那个思路：“户户有商铺，家家搞旅游”。在映秀镇未来旅游规划中，这里是发展牛圈沟震源点旅游的依托点。

打旅游牌，同样是张家坪村的谋福之术。这方面，张家坪是得天独厚的，早在地震前，它就因资源丰富，而成为映秀镇意欲打造旅游点的一个村庄。那时候，可圈点的风景，是牛圈沟莲花心附近的一条瀑布，长约五六十米，四围翠竹成林，山花竞艳，风景秀丽，曾在瀑布下方设了一座“农家乐”，生意很是兴隆。而今，震源点成为第一优势，乱石丛堆的牛圈沟沟口辟修成了广场，对整个牛圈沟进行严格的地质治理后，由沟口往上，一条栈道蜿蜒有致，直通莲花心。而今那里又多了一个看点，乃是地震形成的堰塞湖，湖波清淼，与历大劫尤美丽的瀑布两相呼应，互为映衬。地震也损伤了瀑布的，因碎石填沟，削缩它的身量，计有几十米，与众不同的美致恰好因此而平添，所谓最是沧桑起风流，独有一份忧患炼制的神奇。

相信张家坪村的明天，会因区域旅游的火热兴旺而美好灿烂。

驱车离去的时候，林佐组长告诉我，很快，会修筑一条岷江河堤，以堤带路，将张家坪村与映秀镇区连接起来。那时候，小小村庄就是镇子的一部分，各种商贸业都会因之兴旺起来，居住这里的百姓，日子会富裕了。

3

朝老街村走，途经老虎嘴，车子停在这个地方。

此地在映秀往汶川方向四公里处。

有一篇文章说，老虎嘴是地震震出来的一个地名，之前，并没有这个地方，只在它的上面，悠缓的山坡上，有一个静谧而卧的村庄，即从前的老街村。此说是否属实，问了一些人，没能得到求证。确凿不疑的是，地震爆发时刻，从山顶上倾泻而下的泥石流如凶残的猛虎，将村庄吞噬，又继续狂奔，斩断 213 国道，扑进岷江，横阻激流，形成一个巨大的堰塞湖。山石乱堆，自上扑下的形状，酷似一只被刹那定格的扑食饿虎。

这应该是老虎嘴得名的由来。

曾经在电视上看过人民子弟兵抢通生命线惊心动魄的情景，几度打通，几度又被阻断，余震频仍中，当时的山顶上，像是有一个巨大的泥石流源头，源源不断冒出石块泥浆，不停地嚣然滚落。不得已，最后只好于平地上修了一条隧道，拦挡山石，暂时让往来车辆通过。

同样令人叹为观止的举措，还有移江造路。堰塞湖即成，213 国道顿时被淹没在 10 米之深的浊水下，只能另辟通路了。当时情形，唯一的办法，是爆破垮塌的山体，使之在飞砸而下的瞬间阻断河道，迫使河床右移，把江水引流过去，腾出左侧河床，再以炸下的山石填平，夯牢压实，以为新道。

承担这项工作的是具有“交通铁军”美称的四川路桥集团公司，这个集体以自己神奇的效率、钢铁的意志、卓绝的精神，赢得举世钦敬赞扬，在这个特殊时刻的特殊危急环境里，写下了闪光的一页。

此时我们脚下奔腾咆哮的江流，就是被人力移挪改换了位置的。站在这里，迎着爽厉的江风，看看这奔窜不止的蟒龙，再转过身去，看看上边乱石丛堆的山坡，回想着三年前这里炮声隆隆，砂石横飞的情景，真是感慨横生，大自然之力固然神奇巨大，毫不逊色的，更有人的力量，志气所在，山河皆可以重塑。

而所谓志，其实是爱。这层意思，当面对新的老街村时候，尤其领悟至深。

过老虎嘴，行不多远，就是新老街村。

原来散落在山谷中的村民，被聚拢在一起，在这个重新选定的地方，建成村落。

关于这个村庄的历史，前文已有略述，它是昔日都江堰通往阿坝的必由之路。著名的茶马古道就在村庄的旁边穿过。应该就是因为这条充满浪漫色彩的古道，才衍生了这个村庄。一如游牧民族的逐水草而居，山居之民喜爱傍依道路。

老街村在地震中的遭遇，有苦涩的文字直白记载：

原有村民 140 户，418 人，其中遇难 55 人，伤残 78 人，道路、水、电、通讯等基础设施全部毁坏，直接经济损失 5005.6 万元。

伤痛已经留给了历史，成为茁壮的根，托举出今天花朵一样美好的生活。

▲ 老街村新貌（东莞日报记者摄）

今天的老街村，已有很多人陶醉而深情地描写过了，崭新的藏羌式楼房，依山势而错落，高低相循，起伏有致，让人想起都市里那些价格不菲的山地式高级住宅区。都市里的住宅区哪里有这样明透的山光水色呢？哪里有这样山花萦绕，风似甘露呢？

看了这里的民房后，联想其余，你会知道藏羌式是一个词意广阔的概念，在不同的空间里，表现不同。具体到这个村庄，格外惹眼的是房子的颜色，洁白的外墙，配以或鲜红或深褐的边饰，别有一份依丽而清新的韵致。

这里也是村落小小，次第毗邻，大约二十几栋楼房，每栋独立一个单元，分住着六户人家，宽敞舒适是不消说的。

跟房子一样悦人的是道路，这哪里像是村路呢？宽阔、光洁、细碎彩色的石子砌出简单大方的图案，或者就是现代味十足的柏油路面，在阳光下坦亮着。更难得的，是路侧一段一段设了护栏，本来是铁质，偏弄的像是木材，而且是岁月感十足的那种老木头，粗糙率意，坚可比石，艺术味于是浓郁而生。栏杆歇处，必是一道石头台阶，白色，一层一层递上去，到人家的院落里，院落里也斜斜地横着栏，却是细巧了许多，栏的这边站一棵婆娑之树，那边映一丛摇曳之花。檐脊翘翘，那翘翘处可挂着金铜的风铃？而鸟声似珠子，翠灵灵飞下来，落到白银的盘子里，溅起一片乐音。

这样的一个村落，被当成汶川县灾后重建标杆，和新农村示范村，是毫不奇怪的。

赢得这些荣誉，却不仅仅凭的外貌，更有内涵和品质。跟映秀镇所有建筑一样，老街村的房子也都是八级抗震设防，应用了最好的施工材料和技术。另外，是先进齐全的配套设施，跟繁华都市里的社区建构相仿佛，这里村民活动中心、农家书屋、篮球场、健身广场等一应俱全。宽敞明亮的活动中心大厅里配有各种棋牌和娱乐器具，标准的篮球场周围绿草茵茵，鲜花竞艳。最令我眼前一亮的是健身广场，它藏在村委会大楼的后面，要沿着一条顺缓坡伸上来的光洁水泥路，绕过楼舍院落，才能出现眼前。

跟周围苍然涂染的林木草丛相比，它是巧致的，不能算是辽远宽阔，却是器材优良，种类丰富，散散点落着，海水蓝的色调，让人想到幽静的海湾，金色的沙滩，上面闲闲卧着来自海心深处的一些神秘植物。大海里可是会生长蓝色的蘑菇？会开放蓝色的山茶花？小广场的边缘，恬然立着一座淡黄色的小凉亭，休闲，幽静，山风吹拂，让人想到欧阳修笔下那“有亭翼然，而临于泉上”的醉翁亭。

真的会想到醉翁亭，尤其林佐组长指着临江一侧袅袅的一带竹子，说，你看，这些竹子又好看，又可以遮挡底下来的江风。江风确实是自底下来，从这里，要探下身子去，才能看见躺在谷底的岷江。是那种被称作篁竹的，纤细，风一摇，就发出飒飒的细响。此刻，风就摇出一片细响仿佛天上传来的隐隐梵音，手指轻轻抚着竹叶，我出神地想，其实古代那些贬官多么幸运，恰好得到一个放迹山水、乐享自然的机会，就是下边的一纵江流，对面的一脉黛峰，眼前的一丛青竹，若设一张竹篾的椅子在这里，倚着那块憨然卧着的大石头，坐在上面，不用吟哦诗赋已成。朝廷的龃龉，官场的倾轧，闇人的鄙耻，都远得像是在时空之外。

林佐组长又跟我说话了，是说他们给这个村子筹划的未来，地震同样使土地锐减，那么就要因地制宜，尝试在特色农业上做文章，比如发展山野风味的林下种植、推广种植大棚花卉、食用菌、饲养生态生猪，以及规模化生产经营具有浓郁民族文化特色的羌绣工艺品等。这些都已经在做了。刚才我们上来时，在豆芽坪旁边看见的那一片塑料大棚，就是食用菌生产基地，占地9亩，年产万头生猪的标准化养殖场也在紧张修建之中。

羌绣是早就开始进行了的。说到这里，林佐组长现出愉快神情：走，我们去看。就把我带到一座白色的房子前，是平房，有宽展舒放的檐，镶着雕花褐色的窗，轩阔的门上镌着三个秀逸大字：羌绣坊。

可惜今天老街村村委会工作人员集体去县里参加活动了，一扇扇门都不能打开，我只能这样站在外面看一看。

想象着老街村的姑娘们身穿美丽的藏羌衣裙，静静坐在阳光斜照、纤尘不染的绣房里，眼光秋波闪闪，轻抿的嘴角浅笑微微，银针慢挑，一枝一瓣专心地在绢帛上绣着娇媚的花朵，一时间不由心神陶醉，仿若回到清澈悠长的远古。

心中古意这么一起，就听身旁的人兴致勃勃说起茶马古道来。这是计划中要下大力气搞的一项建设，恢复茶马古道，让浪漫的古迹重新闪亮于绿水青山之间，老街村的旅游牌立刻就会活了。

我想去看看茶马古道遗迹，林佐组长说，它就在村庄上面的半山腰上，他手指着的地方，林木葳蕤，一片苍茫，很难想象能够有道路在中间穿行。

走，我们去看。林佐组长又这么说了句，率先迈步往前走了。却没能如愿，通往高处的窄窄山径上，一些民工正在扬沙子、搅水泥，紧张搞施建，是在修路吗？我们暂时不能经过了。我的失望肯定从眼睛里透出来，林佐组长便提议，从旁边的乱树荒草中绕着往上爬。这在他已是长项，几年间练出来了，小组里其他的人却不一定行，大家陪着我在大太阳下已经跑了这么久，不好太累他们了。我深藏起满心遗憾，表达了这个意思。

我们往回转了。林佐组长却不放弃，说另有一个地方也可以看到的，快步在前头走了。这次仍不遂愿，就在村子的边缘，道路断了，是去年的8·14泥石流冲断的，摧毁的样貌很粗暴，让人看了伤心。大家站在那里看了一会儿，都叹息一声，朝高处密丛丛的山林望一望，踅身欲回。我是彻底放弃了的，却见林佐组长又脚步迅疾，走到了前面去。难道另外还有可通之路？就不多言，快步跟上。

真的还有一条路！准确地说，是一下子走到了茶马古道上，怎么样从村庄里一栋栋楼房院落之间逶迤穿绕，上到这个地方来的呢？就在村庄的上端，古道幽幽地，伸到了最边缘的一户人家的院子里去，跟长长一段篱笆墙配起来，作成一首古诗。

要是那房子顶上覆着铜黄色的茅草，晨曦初露时刻，茅草间隐着的烟囱，逸出一缕一缕乳白色的炊烟，与这石板古道，篱笆矮墙，比衬呼应，那将是怎么样一幅令人陶醉的图画啊！

石板不是整块，是一小块一小块拼图一样砌着，砌的疏闲随意，远近匀称，石色或青或白，而间隙里摇摇曳曳着的草是玉碧的。林佐组长指着古道，说，看，这就是，这就是。他的内心应该是激动的，神情却怎么一派严肃？使我猜想这是政治人士的特点，越是心潮起伏，表面越波澜不惊。谁能知道为寻找这条古道，他到底爬过多少次荒林野坡？他不惮劳累地来过多少次，才能如此对地形了如指掌？他对这条古道的热爱却不是文学意义上的，他想的是让老街村，乃至映秀镇的旅游业获得发展，给这里的百姓带来富裕生活。

跟这样的慈悲相比，文学纵是再美，也会有片刻的羞愧。

因为深知此意，我就大声地赞美古道，说，这会成为映秀镇风光的精彩点，凡来映秀观光的人，必要来此看看古道。这却不全是安慰他，茶马古道真的会成为风光之胜，想想吧，一条洁净的石板路长歌一样在岁月中，在茂林密草间幽幽穿行，从神秘中来，到神秘中去，你站在这里，顺着古代的白石铺点的山径，朝长长远远的，古代消失的地方望去，静静凝望中，不觉得看见了一些驮着沉重茶箱的高头大马的影子在云雾飘渺中晃动？不听见一串串悦耳的铃铛声伴着马蹄清脆的敲击在黄昏的缱绻中传响？你甚至恍然间看见了那年轻健硕的商人眼睛里飘闪的忧伤和热望，从而听出掩在鸟声、花香、树影，一片远古洪荒般的寂寞中动人心弦的爱情。一条茶马古道，多少诉说，多少憧憬，多少悲欢离合！

林佐组长的眼神里有向往了，他朝高处看去，说，那上面的古道要宽一些，很长的，曲曲弯弯，那才是主道。又说，下一步要在古道边设几个凉亭，相隔着一定的距离，人们爬上去，感到累了，可以坐在亭子下歇息。又说，人们从这边上去，沿着古道走一段，从那边下来。

我对端着相机的阿华说，拍，拍，好好把这段古道拍下来。就看见了阿华最卖力的一次拍照样子，他整个身子爬到了地上，眼睛眯着，全神贯注，相信他此刻眼睛里的一切全是诗歌。我心里想的是，要把这幅古道的照片清晰印到书上，让它的魅力最大限度光彩四射，打动每一个看见的人，使他们都顿生强烈的来一睹古道的念头。人们，为了林佐组长一颗殷切的心，请来看看茶马古道吧，来看看这映秀镇、老街村悠久深刻的生命印痕。

往山下走的时候，我频频回头，心里想，如果说张家坪村是一幅画，这老街村就是一首诗，现代田园诗。

4

及至到了黄家村，走进田园诗的感觉更加强烈了。这个村庄的房舍是典型的川西民居式样了，只一两户起了二楼，余者都是平房，高脊长檐，宽窗阔门，翘角斜飞，看着格外的一种明亮轩朗。覆瓦一概是青灰色，外墙洁白，门窗或藕紫或深褐，山墙上都勾着宝灰色的图案，笔致寥寥，意态简约美好。让人不由想起江南水乡的民居来。这里流动在房舍之间的也是一泓一泓碧绿，却不是水波，那是一方一方菜园，正是油菜开花儿的时候，金灿灿的阳光浓浓涂抹在金灿灿的花朵上，亮得人眼睛不敢凝看。跟油菜的烂漫欲流成对比的，是旁边一畦一畦莴笋、豆角、黄瓜、辣椒，都还是刚刚钻出地面的嫩秧秧，一行一行排列着，宛似小学生的队列一样整齐，这就呈示了一份说不出的静，静得安详，静得让人想起最早最早的文字记载的故事，想起最早最早的那幅画在秦岭深处大地上的图画。

菜畦之间，闲闲立着果树，猕猴桃、樱桃、核桃、枇杷、栗树，一棵一棵都是抒情的姿势，唯这样站立在远离尘嚣的地方，生命才可以如此抒情。

没有院落，树和花似有意似无意地拉着手，聊为篱笆的意思。这里的人家是寥落的，一座一座房舍都离得远，房子被树阴掩着，若隐若现。我可不可以留下来，不走了，做这里的一个村民，像陶渊明那样，写“采菊东篱下，悠然见南山”？这里采到的将是山菊花，它们就开放在道路边，一簇簇，密繁如星，淡极而艳。

林佐组长笑而不答，抬起手，指着让我看田畦旁边立着的一个牌子，那上面写着“黄家村猕猴桃种植基地”，我已经看到了这个的。忽然感应到他此刻内心的喜悦，恰似艺术家们对着自己一件成功作品时的样态，欣慰中略带着自豪。

然而，哪部杰出的艺术作品创作过程有如此的艰辛？如此地要冒着生命危险？

我们此刻所在的，是黄家村三组，是这个村最高处的一个小组，海拔在1200米以上。一组在山脚下，公路旁边。过了公路，斜斜地，一条盘山道伸上来，就是通来三组的。而二组在山半腰，阶梯样的房子一层层递上来，傍依在山路旁边，像是一枝嶙峋老梅上斜伸出去的杈子上缀着的点点花朵。不知道哪里还有通向村庄的路，似这般陡峭？为了克服这陡峭，山路划出一个又一个S形，许多地方，这个字母几乎就是立着的。我坐的车一直由陈处开，上来的时候，朝车窗外看着，心里想，这路可是考手艺呀！一会儿可怎么下来呀？陈处却不停地让我知道，这条山道在他心里是多么美好。他说，一开始，没有这条路的，人们都是顺着下面那条便道往上爬。说着，车子刹住，让我下车看。陈市几个人的车也停下了。我们都下来站到路边。他们指给我看的地方是悬崖下的一条沟壑，乱石丛堆，荒草萋萋，险象环生。他们说当初就是从那里爬上爬下搞调研的。我把眼睛睁大，又眯起，怎么也无法看清路在哪里？那就是一条泥石流堆积的碎石大沟嘛，在这种地方循环往返是不可想象的。我们站立的地方，看着也是一样的石土之坡，但跟映秀所有的山体一样，地震一摇，甚至暴雨一冲击，随时可能垮塌而下，将底下的一切于瞬间埋葬。在那些余震不断的日子里，他们手脚并用在那危机四伏之所爬着时候的内心情景，今朝的我没有勇气体会。

黄家村的人们是知道他们的付出的，童叟妇男，远远地看见他们，那份如见亲人的情态直教人感动不已。这黄家村三组有个小名，叫春天坪，所在的山也有小名，叫云华山。设的一个山庄便叫做云华山庄，是一栋二层小楼，绝对的别墅风采，掩映在高大的核桃树和葱翠竹林之间。山庄后面一座黄木小桥，穿过去又一座别墅式的房舍，是立脊平房了。那家主人不由分说，把林佐组长一行人拉进屋里去喝茶。我于是第一次走进了农家。根本不是传统意义的那种农家概念了，说实话，许多都市里的民居是没法相比的，房子里客厅宽敞，居室分设，沙发、彩电、冰箱，家具一应俱全，都是时潮款品。更喜的是，坐在屋里，朝外一望，满眼翠碧不同寻常，令人顿觉五内如洗，神清气爽。

主人叫林术全，五十上下的年纪，心满意足地坐在那里，不歇气地给我讲述东莞人的好，说到那条上山的路，满脸笑成了菊花，说宽六米呀，省级公路的规格，能两辆车并行开。原来这山上没有路的，就是一条羊肠小道，下雨天一踩一脚烂泥巴，想运点儿啥子东西上下山，难呐！现在好了，宽坦的水泥大道一直通到家门口。这都是东莞给咱的福呀。令我惊异的是，稚口小儿们竟然也知道林佐组长几个人的身份，这家一个男娃儿，一个女娃儿，都是三岁左右的样子，一起咯咯咯笑着从门外跑进来，一头钻进林佐组长怀里，仰起脸儿来问，你们多久多久没来了哟，是回你们东莞了吗？

这情景看得我心头滚热，这些东莞人呀，他们纵是离去了，此生此世，不能忘记这块土地，这里的人。

黄家村大概是映秀镇最幸运的一个村庄了，尤其这春天坪小聚落，地震中没有死难者，只是伤了几个人，也不为严重。房子大多数都是被震得倾斜，并没有坍做瓦砾，比如这林姓人家，原来的房子就是斜到了一旁去，拉正过来，重新上梁打柱就是了。这梁柱可就非比从前了，一色换做了钢质。基本上家家房子都是原址再建，宅基院落没有改变，房舍旁边自家的菜园也没有改变。仍旧守着过往生活的人们，知道你们所在的福么？

当人心中满是感恩、珍惜，田园显得多么美丽！

田地受破坏程度相对严重些，背后山坡上一大块一大块种着黄连的梯田，悉数被垮塌的山体覆埋了。地震后还能够耘种的，只剩宅院周围的这些菜园。所以谋富文章做法得离开传统农业的思路才行了。这座山坡上，药材长得好，尤其一种叫厚薄的，树木高大，开着一大朵一大朵芬芳的花，远远一望，极像玉兰，也是有白色，有粉色，这树浑身上下都是宝，花朵、叶子、树皮，皆可入药。人们就在所有可能的地方栽种厚薄树，既当风景看，又是经济树种。还有黄柏、杜仲等，都长得好，都是高大的树，跟厚薄一样，剥了皮可以卖钱。另外，是核桃、猕猴桃和茶树，核桃树在这山上似乎也是独得偏宠，长得分外茁壮，放眼看去，最高拔粗壮，枝叶繁茂的，就是这个树种。通向林家的小廊桥旁边那棵核桃树，不歇枝的年份里，说是能下果近千斤。猕猴桃栽植是要大规模进行的，那不是已然设了基地，而茶叶，说是春天坪的山茶独有一股沁人心脾的清香，加以开发，会受到人们的喜爱。

这些都成为未来村经济发展的着力点，更有一条敞亮之路，是可以大力发展饲养业，猪鸡鸭兔羊，都是可选种类，山上青草树叶取之不竭，即采即生，是天赐的喂养饲料。为村庄环境风貌计，推行移风易俗，人畜分离，下一步，猪场、鸡棚等都要跟民宅拉开一定距离，设到远处山坡上去，现在翻过村南的山冈，就已有养鸡场在火热修建中，那是村属企业，建成后先请具有专业养殖技术的人带领就业大学生做开拓者，等路走顺了，成规模了，招纳村民进来一起致富。

然后就说养兔、养羊，兔肉可以拿去山下镇子上卖给那些生意火暴的餐馆，至于羊，最好就自己留用，搞篝火晚会的时候拿来烤全羊。这个虽然激动人心，我却不怎么搭腔，举头一轮明月，俯瞰万家灯火，这半山上的篝火晚会固然令人向往，可是，会有游客来吗？对林佐组长最热切的旅游两个字，我一直小心翼翼避绕着，唯独在这个村落，这张牌恐怕是打不成的。

不想这却是误识，只见林佐组长爽然一笑，照样兴致盎然说起旅游来，他说很快要在村庄后面的高坡上修建一座寺庙，那高坡底下一段略陡，上去一些就很是平缓，稍加平整修治，就会是一块理想的建设用地，修一座宽敞的寺庙绰绰有余。寺庙的名称原来就有的，叫云华寺。这将是整个映秀镇唯一的一座佛寺。

我眼睛顿时亮了，那还用愁没有游客来吗？于是卖力地阐释起寺庙的文化意义来，宗教的存在不仅是以另一种方式熏陶和引领人心，还会赋予山水自然更丰富的内涵，激活一块土地的生命力。

等云华寺建成，这村子里，家家都可以搞农家乐，来游览寺宇的人们，一路爬上来，礼佛敬香之后，已经累了，就要到一旁的农家乐去喝杯热茶，吃些山野蔬食，休憩之后，才下山去。

爬上来？我有些惊异地看着说话的人，满脑子想着刚才走过的那条考手艺的盘山道，那会是让人们打怵的。

林佐组长点头，说要在盘山道的底下，直对二组村庄的地方辟一条小路出来，叫做游客道，以红砖铺砌，设成台阶样。凡礼佛朝圣的人，为验心诚，要一路走着上山的，就从那游客道上来，比盘山道近许多，是一条直径，另外，可以看两边风景，游客道两边的梯田不种庄稼了，已全部改植了花卉，叫做百亩花田。

我想起了，刚才上来时，陈处指给我看过的，那些梯田曾经让我想起电视上看见的大寨。此刻，想象那百亩鲜花在阳光下争相竞放的图景，不由满心陶醉。

一时间竟醉得恍然。

林佐组长话题又回到农家乐上，说到时候最好用自家园子里采摘的菜蔬，山野菜更佳，左右山坡上不是遍生着野芹菜、摘耳根之类野菜？还有核桃须须、野生菌等等，就给游客做这些东西吃，城里买不到的，山珍海味呀！还有你们的陈年老腊肉、石磨豆花儿、水煮山地嫩玉米……

我听得馋涎欲滴，就为了那一片烂漫的百亩花湖，这一桌丰盛的山野之物，哪日定要呼朋唤友，同来山上，乐然一飨。

更难得的，是这山上的水，乃是纯正山泉，就从那高山上淙淙流淌下来的。你不觉得这茶水格外醇香？经这一提醒，唇齿间果然有一缕香馨在悄悄回还。端起杯来，又细细品鉴，真的是异香润泽，不同寻常！

并不是山泉直接就拿来饮用的，经过了处理呢，就是那村村都设了的蓄水池。那是非常自然化的处理，没有任何化学的痕迹。

我要去看一看那蓄水池。

就被带领着，来到了村庄的后面，在半坡上，苍郁高大的林木掩着，静静地，几个大大的浅灰色池子横卧于暗香浅影之中。一个是蓄水池，一个是过滤池。山泉从这几个池子进出后，就是冷热皆宜的上品矿泉水了。

下山时候，从百亩花田旁边经过，想到浇灌这些花卉的，也是那些甘甜的山泉水，就想，这些花儿，它们会开出什么样世间没有的娇艳呀！

这二组也有小名的，叫麻地。

5

春天坪处地只是高陡，跟山下的距离并不为远，就是走盘山道，一路攀上来，也就四五十分钟的样子，沿着游客道的话，最多半个小时。黄家院村就不同了，从镇子到其最高处的村组，步行的话，起码三个钟头。两个村子在相对着的两座山上，因为错开着，互相不能够看见。从云华山上下来，过了岷江，车子沿江岸朝东跑很长一段路，到紫坪坝水库末角了，才是通向黄家院村的山道路口。这村所在的山也有小名，叫西瓜佬。

陈处一路走，一路给我讲解，竟是故事如风景，段段不同，那都是他们蘸着自己的汗水一个字一个字刻写出来的。人们，当行走在映秀镇这些飘带一样于江畔坡谷铺展着的道路上，要知道，这是用另外一种形式呈现的献给劳动者赞美的歌谣。映秀镇的道路建设跟房屋建设一样，除营造外部美的观感，要追求抗震性，后者更是重要的考虑。于是“三最”成为通备特点：最好的材料，最先进的技术，最科学严谨的施工。农村道路一概宽六米，以水泥路面为主。从专业角度我难免懵懂，光这么样看，也能知道它们的好，光平得宛似用水平尺打出来的一般，见不到一点儿坑洼。哪里还能得见如此平展的路面呢？成都春熙路步行街可以作比罢？

黄家院村与黄家村不仅名称相近，布置的模样也相仿佛，也是从底下往上，一个村组一个村组递列上去。前文已说过，为节省用地，新村庄比从前集中了，但跟张家坪之类的地方相比，还是显得散。于是就一派散的好处，大意安闲，悠然静谧，宛似置身尘世之外。

这个村庄地震中人员伤亡不大，受损严重的只是房屋和土地。“地震让映秀镇经济倒退了二十年，东莞的援助下，前进了三十年。”阿坝州领导说过的这句宣言意义的话，在黄家院村，应该说体现最为鲜明。这个村是历史悠久的特困村，全县有名，地震前，182户人家，467名村民，人均耕地不足3分，人均年收入不足500元，“最偏远”、“地势最高”、“道路最崎岖”，这些都是它一贯的修饰词。

地震后，尽管前两“最”仍旧不能改变，但后边一个消失了，道路不再崎岖，而是宽坦光平，犹如吉祥哈达飘曳于青山绿树之间，上山下山都不再是艰难，原来能在十四盘山弯道爬行的，只有一吨载量的小三轮，也只能是吭哧吭哧从山脚攀到山腰，现在什么样车子都能畅然奔驰。下雨天不再愁眉苦脸了，道路照样走，脚上不再沾泥巴。

可喜者是房子，从前几乎家家的房子老旧得都可以做标本了，地震一来，砖碎沙飞，轰然而塌。没倒下的只是一些木结构房屋。这成为地震后重建的参考，村民们舍弃了砖石材料，全部选择了木结构样式。镇上给政策，凡修房盖屋所用木料，可以尽量到山上挑选砍伐，不收取分文。另外，房顶上的覆瓦，村里给出钱买来，村民只消自己牢牢实实贴上去。更有东莞设立的建房奖励政策，所谓速度奖，谁家房子先修建好，谁家可以得一大笔奖金，数额为一万二千元，相当于村人均年收入的24倍。这些都不在每户两万元补贴、两万元贷款、八千元藏羌景观费等农村永久性安居房重建政策之内。

这时候，应该知道黄家院村家家房子有多么漂亮了，也知道何以这个村出了“映秀镇乔迁新居第一人”。有的老乡站在远处细细端详自己家的美丽新居，情发乎中地感叹说，做梦也没想到这辈子能住上这么巴适的房子啊！

黄家院村所在之壤，跟春天坪有着相同特点，那里生长茁壮的果木、菜蔬、药材、野味山珍，这里一样生机蓬勃，以及猪禽饲养、农作物耕作等，都可以互相切磋，携手并进。

黄家村的明天，将是黄家院村的明天。

碰巧的是，渔子溪村跟张家坪村的相似，直追这座落山腰上的两座村庄之宛同。只是，张家坪在东，而渔子溪村居西。渔子溪村却不是另行造地以设，就在原来地方重新靓丽地站起来。这村庄在地震中受损较重，死难，伤，但是，在今天，丝毫看不到这些痕迹了。这是涅槃后的存在，脱胎换骨，气息若兰。

渔子溪村通镇区的路叫爱心路，是这个村独有的一宝，每天踩着一片巨大爱心来去的人们，此生何福！人心中熏出的爱和善，尽数化作了村庄的美。村庄被缓缓的山坡托举着，如处高台，八面临风，朝下面看，是生生不息的岷江，和生机盎然的映秀新镇。而从镇子往上看，它是镶嵌在边缘的一颗闪闪珍珠。小小村子，二十几座楼宇，居住着藏、羌、汉、回四个民族，融如水乳，亲似一家，鲜明一座民族团结的美好标本。

也是跟张家坪村一样，这里未来发展将依托地震遗址纪念景点主打旅游牌——家家有商铺，户户农家乐。从取利旅游业角度，这个村大概是最乐观的，因为离地震纪念地是这样近，几步就走过去了。游客瞻仰完地震纪念馆等纪念地景观之后，会不稍稍趸身，步向诗情画意的渔子溪村？

我想，这村子一定要很讲究地，开设几家服装、饰品店，藏、羌、回，几个民族的衣裙饰品都摆列齐全，人们来了，细细挑选一两样，打扮自己，相送亲友，都是快乐。

也可以说，张家坪村与渔子溪村，拥有着相同的明天。

而那明天，多么让人望之舒畅！

从渔子溪村下来，我们走向观景平台。站在这里，凭栏下望，映秀新镇尽收眼底。我猜想着同行者们的心情，此刻，当是如曹操的“东临碣石，以观沧海”，不期又是错了，没有气吞云岳胜利者的得意式豪迈，林佐组长满脑子想的，是文章下一篇的做法，他指着山下滚滚奔流的渔子溪说，再过一两年，人们就可以来映秀看桃花了。我知道这是在说沿岷江岸边栽种的桃树，刚才一路走来，陈处指着给我讲说了的，桃树显然是从别处移植的，已经是开花之龄，舒枝送杈，袅娜临风，小女子曼然舞蹈的样子，不整齐成排，却也井然有序，一棵一棵递进着，成宽宽长长一条林带，随江水而逶迤。这些桃花灿烂盛放时刻，一片云霞映着一江碧水，那将是什么样人间天上的美景！

想来渔子溪的河边，凡可栽植处，也都遍满了桃树的。林佐组长站在这里，举目遥见了那些曲干逸枝，眼前出现了万树桃花醉春风的景象。知道他的快乐，不在桃花美景的本身，而在因之而更加兴旺的旅游业，以及从而富裕起来的百姓生活。

又说，他们建议，下一步把镇子四围的山坡都遍栽鲜花，每一面山坡上花卉品种不一样，而且要花时交错，能够每一个季节都有鲜花盛放。

果真如此，映秀就是一座世界上最独特的大花园了。

我的想象力张开翅膀，眼前出现了那四旁遍山烂漫鲜花映着中间一座清幽小镇的景象，一时心驰神往。

6

是在映秀援建工作小组办公室里，我听小组成员们讲述关于他们来映秀前后的故事。

这是位于莞香广场旁边一座楼房二层的一个房间，大约二十平方左右的面积，明亮的玻璃窗，干净的瓷砖地面，高轩的天花板顶。此楼是“映秀党员活动中心”，是东莞市委组织部捐建，归属“交钥匙”项目。

一楼用作游客服务中心，我们谈话时，喧嚷的人声从底下流水一样递送到上面来。

这是工作小组在映秀三年间使用过的最好办公室。历四次搬迁，而后来到这里。

最开始，他们是安顿在喧嚣嘈杂的国道213线旁边的活动板房里，三个人挤在一间房里办公，后来转移到卡车上去，是广东中山市抗震救灾队伍撤离时留下的一辆消防车。后来转移，到渔子溪河边，也是活动板房。

第三次搬迁，还是活动板房，只是面积大了，这次是由三组二层建构的活动板房合围成的一座小小四合院，仍旧处渔子溪河畔，紧邻着镇中心卫生院。

这座四合院我曾进去看过，是去年腊月来的那次，阿华带我满镇子走，看房屋街道，从映秀湾公园出来后，就来到了四合院旁边，他朝院子里指着，说，那就是我们过去办公的地方。我提出进去看看。

房子都空着了，只院门口守门人在自己的屋子里弯腰忙碌着。院子里，窗前一拉溜儿摆放的大盆大盆花卉还是像从前一样枝叶青翠，生机盎然，靠左侧立着一棵高大的银杏树，叶片落尽了，枝干泛着淡青色的光，也是一副活力迸射的样子。这些花，这棵树，它们都曾看见过援建工作小组的人们宵衣旰食舍命工作的情景。我一间屋一间屋仔细地看，曾经的那“牢记东莞人民重托，不负映秀人民期望!”表达团队心迹的标语，是悬挂在哪一面墙壁上？还有那句令所有目睹者感奋的铮铮誓言：“东莞援建映秀镇重建，不辱使命，不忘嘱托，不负期望!”是有力镌刻在哪一面大墙上？

我知道有一间办公室里，曾经常年悬挂着一张图表，上面清晰记录着每个月里的天气情况。比如，2010 年 1 月，晴 9 天，雨 4 天，阴 18 天；2 月，晴 7 天，雨 9 天，阴 12 天。

我知道在板房二楼外侧栏杆上，曾悬挂过长长的字幅：“铸造精品工程，展示东莞形象！凝聚大爱，加快重建！”

我还知道在四合院外侧曾矗立过一堵高大的广告墙，上面悬挂着安居房工程、市政道路工程、市政桥梁工程等规划建筑项目的喷绘效果图，效果图上端横着大幅宣言：“东莞人民和映秀人民共建美好家园！凤凰涅槃，重映山清水秀美!”

这些话语曾经怎样激励过援建工作者的志气，使他们不知疲倦，舍生忘死。现在，那些蓝图上的美景全部逼真地落到地上，化为现实。为之倾热血洒汗水殊死拼搏的人们，心何安舒，喜乐快慰!

在板房四合院里度过的时间最长，大约 18 个月，第四次乔迁，就是进入现在的办公室了，这是刚刚完成不久的事，就在几个月前，那时候，援建工作已经进入尾声，陈市、傅处他们在外奔波的时候多了，留守的只是阿辉、阿宇、阿华几个人了。

这次访谈我要先从这几个人开始，战斗是将军的胜利，更是士兵的胜利，历史应该清晰仔细地记住这个团队里的每一个人。

这几个人却不肯，说他们没做什么，付出最多，最操心劳累的，是陈市、傅处和陈处，应该浓墨而书的，是他们。

我坚持了自己的意思。

从而知道了阿辉是怎么样长成了现在这样一副筋骨、一份憨心热肠；是怎么样一次一次独自驾车跋涉自粤至川的漫漫长途。知道了阿宇怎么样从自幼成长的北方城市，来到遥远的南粤，进而被命运点将，踏上支援映秀的壮丽征程。知道了阿华怎么样把青春的热望、人生的历程化成朴素华丽的诗句，而他跟阿宇一样，也是刚刚当了爸爸就告别爱妻娇女，来到映秀前方……

这一次，林佐组长的讲述，大篇幅都在东莞市委市政府领导们怎样倾全力支持和关注支援映秀重建，始终如一，不曾或改，尤其援建工作领导小组组长、市长李毓全，副组长、常务副市长冷晓明，心系映秀，整整三年，在承担着繁重的日常工作的同时，时刻关注着映秀援建工作的实施推进情况，每当映秀最困难的时刻，有了最需要解决的问题，他们总是迅速飞越千山万水，亲临现场，指导解决难题。援建期间，李毓全市长前后共三次到映秀，冷晓明市长前后共八次到映秀。每次都是风尘仆仆，来到后立刻投入工作，不顾酷暑严寒，惊惧危险。平常时候，映秀镇前方援建工作小组的报告只要一到，总是立刻予以处理，绝不拖延。这是援建映秀工作取得圆满成功的关键所在，坚强有力的领导，无微不至的关怀，成为前方将士心灵的砥撑，力量的源泉。

你要去采访一下我们的李市长和冷市长，真正的英雄是他们，他们才是奇迹真正的创造者。林佐组长恳切地对我说。

这我其实知道的，正是那常言所说的“幕后英雄”，而他们不止于这个意义，时而，他们会奔到前台来，当那些紧急关头，那些前方将士力有不逮、需要鼓舞和帮助的时候，他们就会来一起出心流汗，同甘共苦，送上他们的智慧、力量和爱，帮助疏流避礁，克难决阻，使大船继续乘风破浪，扬帆远航。

带着感情工作，这个句子是从他们的行为中提炼出来，并进而成为东莞支援映秀大部队全体将士行为风采的真实写照。

是的，我要见一见这两位辛苦的掌舵人，表达我至深的感戴和敬佩。

映秀的世界

1

大约二十天后，5 月 12 日，汶川特大地震三周年纪念的日子，我见到了东莞市委常委、常务副市长冷晓明。

冷市长是专程来了解援建映秀工作情况的。随同而来的计有东莞市城建工程管理局局长丁海潮等十几位莞市局级领导，这都是曾为映秀重生披肝沥胆、鞠躬尽瘁的人，今天，他们喜悦地，一页一页，细细赏看自己心血凝就的杰作，这幅惊世骇俗的壮美图画。

满面笑容的映秀镇镇长徐红军，亲自充当解说员。

我乐陶陶地一路跟随着，又走了一遍已然熟悉得像是自己故园的映秀新镇。

位于镇子北端的长安居，成为此次赏读的第一页。

长安居也叫枫香树安居房，包纳在枫香树村片区之中。

东莞援建映秀新镇民居建设也是分为交钥匙和资金补助两大类型，这从称呼上可以看出来，交钥匙工程项目是安居房一块儿，资金补助项目工程是安置房一块儿。

▲ 莞城居安居房（周运华摄）

安居房是为安置镇政府及镇内所属行政事业单位工作人员所用，也为将来映秀镇内居民人丁繁衍做准备。包括莞城居、长安居、秀坪社区三个组块，共 597 套，62 栋。安置房是供镇内居民所用的住宅，计有中滩堡村、枫香树村、秀坪社区、张家坪村、渔子溪村几个村社的民宅，共 1335 套。其中张家坪、渔子溪两村的 364 套系钢结构类型，其余三个村社为框架结构类型。为保证集镇“三村一社区”工程项目建设的质量，映秀镇聘请西南工程项目管理咨询有限责任公司，承担监理、技术咨询、造价控制等方面的管理工作。安置房建设工程项目东莞补助资金总额为29283.39万元。

枫香树村民居共176套。

都是川西民居风格，看上去朴素、端丽、大方，给人以温暖宁静的感觉。

资金补助项目工程的总负责人恰好是徐红军镇长，所以他的介绍尤其细致详尽。枫香树安置房总建设面积为2.24平方米，共25栋，176户。其中1～11号楼为西南院设计，90～118号楼为阿坝州设计院设计。安置房与安居房一样，全部采用抗震新规划、新技术、新材料，抗震设防级别为8级抗震。楼房基础处理采用冲孔灌柱技术，这项技术的应用大大增加了建房成本，使得楼房造价每个平方在原来2200～2400元基础上，增加了1300～1600元。房屋一概是填充式砌墙，楼体外墙均厚28厘米。不仅坚固抗震，还具有极佳的保暖纳凉性，可以做到冬暖夏凉。

徐镇长笑着说，我知道的，你们东莞的居民住房，造价每个平方一般只在3000元左右，墙体厚度18厘米，帮我们修的房子，比你们自己的好呀！

中滩堡和秀坪社区的居民楼房，建设应用材料、技术、构筑模式等跟枫香树村没有区别，不同的只是外观，中滩堡村是鲜明的藏羌族风格，色彩呼灵，造型秀逸，尤其像是在阳光下闪闪生辉的艺术品。

这一次，没有集中精神听徐镇长的介绍，站在东莞大道靠近映秀湾公园的街口，我拿出笔记本，抄录了立在街畔铭牌上的两段文字——

中滩堡村简介：

中滩堡村地处岷江与渔子溪河交汇处，是映秀集镇中心。由卡木林、庙子坪、小河边和头道桥四个村民小组组成，是藏羌汉等民族和谐共处的家园。5·12特大地震中，全村房屋悉数损毁，直接经济损失2.8亿元。

震后，按照省州提出的高起点规划、高质量建设、高标准管理等灾后重建要求，将中滩堡村民房建设项目纳入防震减灾示范区进行统规重建，规划用地面积37524平方米，安置户数348户。建筑结构为三层框架结构，基础形式为独立基础和桩基础，项目抗震防烈度为8度。今后，中滩堡村将充分依托映秀镇的交通优势和旅游资源，大力发展第三产业，增加村民收入。

莞城居简介：

莞城居总占地面积40547.31平方米，其中建筑面积20883.52平方米，是东莞市对口支援映秀镇重点项目。该项目设计单位为同济大学建筑设计院，设计标准为抗震设防烈度8度，结构抗震等级为二级，建筑风格为川西风格和羌寨风格。其中，川西风格住房12栋，其上部结构采用框架结构，柱下独立基础；羌寨风格的住宅39栋，其上部结构采用砖混结构，墙下条形基础。

秀坪社区与莞香广场毗邻，共有民宅447套，同样是川西民居与藏羌民族特色交混的风格。

2

不仅民居建筑，市政道路的内容，徐镇长也解说得仔细，东莞大道就不说了，一些小的街道也不疏漏，比如中黄路、中渔路、中枫路、黄麻路等，中黄路是中滩堡村到黄家院村的道路，长 7.6 公里；中渔路，是中滩堡村至渔子溪村的道路，长 1.1 公里；中枫路是中滩堡村至枫香树村的道路，长 2.0 公里；黄麻路是从黄石路至麻地的道路，长 4.3 公里。

这些道路或以彩色碎石镶砌，或以淡青柏油铺涂，全部平坦宽阔，夯硬坚实，两侧栽花植树，装点风景。道路交通规划一概为镇区双出入口，同时，在街坊内部设以疏散通道。冷市长的快慰从神态、步履、话音中清晰显露着，他会伸出手去，细细抚摸安居房外墙的贴石，询问镶贴工艺、结实程度、耐久性能等等；会走进街畔货品琳琅满目的商店，跟店主人搭话聊天，询问生意好不好、月平均收入多少及目下生活状况等等。他甚至要弄清街道两旁绚烂花木的名字，建议枫香树村要多栽植枫香树，中滩堡村多栽植桤树，最好都能够小成规模，曲成林带，以彰显各自特色。对于那些依偎在父母怀抱中的婴幼儿，他格外关注，每每停住脚步，细询其龄，当知道是地震后所生，便频频点头，眼里现出喜慰之光，新的生命已经在这块土地蓬勃成长，这是最耀眼的希望，最振作的力量。

进映秀湾公园，过渔子溪桥，行于岷江长堤曲岸……这些地方，不需徐镇长辛苦了，所有工程规划、建设等情况冷市长都了然于心，因为他就是最早蓝图的描绘者，这样的一路行一路看，于他，其实就像是一个作家翻看自己刚刚从出版社送来的新书，那些苦心孤诣设置的情节、段落、词句，甚至标点符号，是不是都没有出现错失？铸为成品后，是否经得住世界眼光和后世审美的推敲？

“落实科学发展观，以人为本，文化重建。”是莞市开宗明义的战略题旨。科学发展观其实是包涵了一切的，一切从民生计，安居、乐业、发展，是三个递进的段落，三个砥柱般直贯云天的关键词。以人为本已经在题义之中，就是血液一样流布始终的深情，爱。而文化，是一种爱的升级形式。这同样是一个涵义广阔的概念，包括生态、环境、风俗、观念、生活方式等。

具体而言，就是在重建中将生态建设放在第一位。首先是生态恢复，细分为遗址保护、重点治理、一般治理、自然保育四个层面。然后是生态规划，针对映秀三面环山、中间临水的生态资源特点，创构“三山二水夹一城”的城镇生态景观格局，依托四围山体、穿城水系作为整体背景，以廊桥贯连山脊绿带、山谷绿带、滨河绿带等生态要素，引山色入城中，营造人在镇上如居山中的生态美学效果。

生态治理包括城镇绿化、消除污染、整控地质灾害隐患点等多个方面。

在生态的大境界中，注意凸显藏羌传统文化和建筑艺术风格，发掘区位、历史优势，贯彻可持续发展理念，创造蓄势待发的后续优势经济发展模式，提升教育、旅游、餐饮、休闲娱乐等功能区域的质量，将映秀纳入成都市区半个小时经济圈，引导当地群众适应和保护新的城镇环境，以新的观念和方式迎接、开创新的生活。

现在，我们就是置身在这部字里行间温情洋溢的生态美学著作里，映秀湾公园林间的香馨、渔子溪桥上爽透的清风、岷江坚固挺秀堤岸上激越的浪音涛声，都是诠释、呈现和辉映。

冷市长，您感到满意吗？

我没有发出这个问句，因为仍旧是，从他的神态、举止、话音中，已然找到了回答。

在渔子溪三桥桥头，林佐组长为我指点解说了“一心多点，四区八组团、轴廊贯通”这个镇区规划的口诀。心，指的位于渔子溪河口的莞香纪念广场及公共服务中心；点，便是门户节点；轴，是说国道 213 线及镇内主要交通功能轴线；廊，即横贯渔子溪河及岷江之上的生态廊道。四区，分别为公共服务片区、民居片区、商贸片区、发展备用片区等。

还有关于抗震安全体系的构成，兼含生命安全网络、生命基础设施、生命线等几个部分。生命线概指地下公路和空中航线两个交通领域。确保生命线畅通是第一要务，紧急情况发生时，都汶高速、国道 213 线要做到通行无阻；要做到救援直升机能够迅速从都江堰起飞，沿岷江峡谷抵达映秀镇。另外，力求在安全网络体系的基础上，结合消防、应急物资储备、应急通讯、应急医疗救助等设施点的要求，做到平时安全有效、灾时快速救援。

这些都是重建规划时就深深埋下的用心，建设过程中一一精准地落到了实处。

林佐组长还告诉我，映秀新镇是小心地避开了地震断裂带的，所有建设工程实施处相距断裂带至少两百米距离，一般建筑是8度设防，生命线系统、粮食、供水、供电、通讯、交通、指挥场所等建筑是其中重点，而幼儿园、中小学校的教室、食堂、宿舍等设防尤为重中之重，概在9度以上。

我乐而点头，重生后的灾区，最安全的是学校，这是世界都知道了的。

3

我们朝学校走去。

先来到漩口中学遗址。这里乐音低回，人影如簇，自发的追缅悼念活动已经在进行之中。所有人都不是第一次看到这里的景象，但是来到它的面前，还是不由痛苦得心颤，那种被定格的惨烈，那种生命于瞬间被碾碎的残酷和悲伤，每一次面对，都犹如尖刃穿刺人们的心房。这是地震遗址保护的意义所在吗？唯疼痛可以更深刻地引人反思，生大惕厉、大警醒，并激扬发奋，令人懂得爱和珍惜。

让我们再一次凝视漩口中学遗址的图景：

大门口上端，去年国家公祭时悬挂的“纪念四川汶川特大地震一周年”白底黑字的长长条幅仍旧肃穆横悬着，门里，迎面六层高的主教学楼仿佛猝不及防间遭受了重击的巨人，一下子凄惨地跌跪在地上，“坐层”之下，左半边只有屋顶露出地面，右半边能看见的也只剩下五、六两层。位于主教学楼右侧的楼房以夸张的姿势向一旁倾斜着，成为重症危楼，而左侧的学生及教师宿舍楼结构扭错，千疮百孔，令人望之伤心难过。主楼前的台阶上，高度仿真地震时从楼上砸落的石英钟破碎样子所雕的汉白玉记事钟，表盘指针永恒定格在汶川地震发生的时刻：14 时 28 分，下面小字注写着 2008 · 5 · 12。右侧危楼山墙上嵌着硕大一块汉白玉记事墙，上面简略记录着地震爆发过程，和全国军民万众一心、众志成城抗震救灾的情形，记事墙下面矗立的浮雕，以坚毅的造型逼真演说着英勇的人民子弟兵在茂县紧急救援时的场景。危楼左侧山墙上悬挂着字迹遒劲、色彩鲜艳的条幅："万众一心、众志成城，不畏艰险、百折不挠，以人为本、尊重科学"。

一切都是最初看到时的样子，变化的，只是天空的浮云，和时隐时现的阳光。

冷市长神情肃穆地将一束黄色菊花摆放在浮雕前，并对着浮雕深深鞠躬、默哀，以表达自己对汶川地震不幸遇难同胞深切的哀悼。

大家随在后面，以同样的方式表达了追思之情。

徐镇长和林佐组长是否依旧介绍了些什么？没有去听，在这样特殊的时刻，特殊的氛围里，我思索漩口中学遗址保护建设规划设计的科学性。

前文已有表述，漩口中学遗址的规划设计者，是曾先后主持设计过法国戴高乐机场、法国巴黎"新凯旋门"德方斯的大拱门、日本大阪海事博物馆、中国国家大剧院等世界著名建筑的，著名法国建筑设计大师保罗 · 安德鲁。这件事情上，安得鲁表现了令人感动的悲悯情怀和国际人道主义精神。这位世界级艺术大师，不仅爽快地接受了来自中国偏僻的川西山区的恳邀，还以72岁高龄之身不惮辛劳，迅速飞越千山万水，来到映秀进行实地斟访，并立即展开项目规划设计工作。为设计稿修定的精益求精，相隔五个月后，再次不远万里，从遥远的法国来到映秀。

工作过程中，安德鲁全部身心投入其中的认真热诚态度也令人感动，高屋建瓴、注重细节、不厌修改、激情贯注，在参与映秀重建规划设计的诸位设计师的方案中，以他和担纲青少年活动中心项目规划设计的贝聿铭两位易稿次数最多，前后分别达乎10次。

映秀重建规划中，一个争论的焦点是地震遗址如何保留问题，文物、建筑结构等方面的专家希望尽可能多地保留遗址，以供日后研究和后人了解地震残酷的真貌。另一部分专家则认为，遗址赤裸裸的酷烈原相会使经历大劫的新镇居民睹物伤情，不自禁地回想起曾经的恐怖和丧失亲人挚友的锥心苦痛，造成持久的心理伤害，不宜保留。持这一观点的人们以安德鲁为代表，他认为对于今后的世代映秀百姓来说，最重要的是安静而幸福地生活，而不是充当守墓人的角色，永远浸淫在灾难的阴影中。为此，他用心良苦地给阿坝州领导写了一封情辞恳切的信，名之《为了忘却的纪念》。

充分探讨、论证之后，后一种观点占据上风。最终达成共识，映秀新镇只保留漩口中学遗址，作为一种大地灾难的记忆，和灾难教育场所。

即便这唯一的保留，安德鲁也忧思深深，提出十分人性化的建议：今后每年在漩口中学废墟的遗址上覆盖一层泥土，使得废墟渐没，最终，芳草和绿树在上面萌发生长，恢复成自然的状态。这个过程就像是被犁铧翻割开的土地，随着时间的推移，生机盎然的植物渐渐掩覆土地的伤口，使大地复原。

这理念与“映秀新镇应该是一个充满温情的民生小镇”的重建定位是洽然合契的，于是得到当地政府的认同，最终决定，对其设计方案略加调整，将覆土的周期延长一些，同时，不将废墟完全覆盖，漩口中学倒塌大楼顶端部分，和汶川特大地震一周年悼念仪式举行地的现场，要做永久保留，以为纪念。

这应该是标示着现代文明高度的一个决策，把科学、理性、爱，以最好的方式融汇于艺术之中，定格在时空里。

其实，修复大地和人心伤口葱茏繁茂的植物已经蓬勃长成，就是崭新的映秀镇中学，命名为“映秀七一中学”。

“映秀七一中学”地处岷江与国道 213 线的夹角，傍依映秀大桥和黄家村村口。建设用地面积约 42200 平方米，建筑面积约 18039 平方米。寄宿制学校模式，可容纳学生 24 个班（50 人/班），计 1200 人。

光听校名，就能知道这是个跟党有密切关系的建设项目——7 月 1 日是中国共产党成立纪念日。确实，这所学校得成于中组部特殊党费的捐建。

走近七一中学，有关的标示触目可见，首先是校门前矗立的一块巨石，上面勒刻着两个遒力大字：铭恩，旁边小字密繁，是一篇言简意赅的建校碑记。进门，举目可见灰蓝色的教学楼中间，悬挂着一只以鲜艳党旗覆盖着的偌大捐款箱，成为教学楼入口匠心独运的设计造型，楼前操场旁边，矗立着一座意态昂扬的党旗造型雕塑。更有衷肠深隐的用意：整幢楼从空中俯瞰是汉字“七”的造型。点点滴滴，演示着中国共产党人的天地大爱，诉说对援建党员的感恩之情。

“把最安全、最好的地方留给学校。”这一汶川地震灾区灾后重建的原则，在这所中学得到充分体现。同时，框架结构、独立桩基础、建筑高度控制在五层以内、“8 级抗震、9 度设防”的校舍建筑设计，充分演证了“重建后的灾区，最安全的是学校”这句自豪而慰藉的话语。

七一中学由清华大学建筑学院和建筑设计院联手设计，江西海力建设集团承建，特邀中国科学院、中国工程院两院院士、著名建筑学与城市规划专家吴良镛担任设计顾问。这一项目的设计，成为吴良镛先生呈示自己人居环境科学理念的杰作之一。

毗邻漩口中学的映秀镇国际抗震学术交流中心，也是保罗·安德鲁的团队担纲设计，一土一木都充分体现了“建筑是一种记忆”的安德鲁建筑艺术理念。与其比肩而立的青少年活动中心，就是同样数易其稿，由贝聿铭团队所担纲设计的另外一座映秀新镇标志性建筑。

贝聿铭，曾任巴黎罗浮宫扩建设计师，被誉为“美国历史所未有的最优秀的建筑家”。

青少年活动中心是座落映秀而属于全县的，前面当要冠以“汶川县”三个字，为团中央划拨特殊团费所援建，投入资金总计 1272 万元，凝聚着全国千千万万共青团员们的深切爱心，是共青团组织参与抗震救灾和灾后重建的标志性工程。

4

徐镇长等映秀镇政府领导陪同下，冷市长一行朝新映秀小学和幼儿园走去。

新映秀小学在漩口中学前面，斜而相对，与岷江之间只隔一条西横路。

这是一座最色彩斑斓的建筑，橘红、橙黄、洁白，三种颜色交融混合，传递一种朝气蓬勃的气息。楼高六层，造型美观大方，高矗坚实。

也许因为曾经的映秀小学遭遇最为凄惨的缘故吧，这座崭新楼宇是格外加了用心的，按照 8 级抗震 10 度设防设计完成，比其他建筑提高了一个建筑等级。

在这里，徐镇长的解说尤为仔细。新映秀小学由深圳证监局捐建，总投资 2951. 6 万元，建设面积 10446 平方米，设置容纳 12 个班。新校园内打了 99 根深 10 米的桩基，以求牢固性，另外，建筑物采用“轻钢薄壁墙”材料，教学楼、办公楼都使用世界最先进的“隔震支座”，所使用的钢筋、水泥等建筑材料均超过普通建筑标准的数倍。不仅如此，还全部配备一流的教学设备，每间教室装置国内最先进的“电子白板”，这种仪器在大学校园也还不常见，它不仅可以当作电脑触摸屏，还可为课堂教学的辅助工具，比如要教一个汉字，它能调出这个汉字的书写笔画顺序、发音等等。

冷市长一个教室、一个教室仔细地巡看，亲切地跟教师和学生们交谈，当知道学校由原来的 14 个班变成为现在的 6 个班，共有学生 168 名，分设为六个年级；地震前的二年级，（现在已经是五年级），两个班共 70 人，震后只剩 16 人，合并成为一个班；新小学从汶川县其他乡镇调补了 13 名教师，现有教职员工 35 人，三年中学生人数却没有增加等等情况，他神容间现出沉郁悲戚之色。而当看见每个班级门口都贴挂着的全班同学和老师名为“全家福”的合影照片，教导主任解释说，这表示历经地震大劫而能幸存下来不容易，活着就是幸福，要让活下来的同学们有家的概念，珍惜这个大家庭，他神情一换而为欣然快慰。

告别出来，回首再望，看见教学楼外墙及操场旁边高高悬挂的“大爱映春秋，生命秀风采”、“我是中国人，我爱中国”、“所有生命都精彩”、“奏响生命最强音”等等大字遒劲的标语，心间升涌一种独特的激越情愫，有些疼痛，又振作昂扬。

相比之下，幼儿园楼外墙高悬的标语就显得温馨亲切：“孩子，欢迎你们回家”。幼儿园就在小学校园的旁边，两两并立，共迎岷峰之翠色，岷水之涛声。这是中国中铁股份公司职工捐资建设的工程项目，总投资 1004.56 万元，由中铁西南科学研究院和北京城建研究总院担纲设计，中铁西南科学研究院组织完成工程施工，楼高四层，建筑面积 2900 平方米，设置容纳 12 个班，每班幼儿 30 名。

冷市长逐一细细地巡看了多功能教室、图书室、球场、食堂、医务室、教师及幼儿休息室等，在教室里，看见天真烂漫的孩子们在老师带领下，或快乐地唱歌跳舞；或兴致盎然地讲故事、猜谜语；或欢声笑语地做游戏，他露出慰藉舒心的笑容。

徐镇长在一旁讲说着幼儿园建设工程规划设计时“三高三用”的定位，曰高起点、高规格、高标准，够用、实用、足用……

所有人都在倾听中舒颜、慰藉，映秀新镇的孩子们，你们是有福的！

映秀新镇孩子们的福，是这块土地和它上面一切存在的福。

映秀的远方

1

在黄家村的云华山庄，我与冷市长相对而坐，进行了愉快的交谈。

这时候，通过网络、书籍、人们的讲述，对于他的人生历程、社会贡献、援建映秀三年工作中的操劳和付出等等情况，我已略有所知。

说起来，这位东莞援建映秀三军统帅，却是一位非南粤土著人氏的“新莞人”。冷晓明市长出生于辽宁海城，是跋涉了一段漫长的仕途，在多个社会领域作出过突出贡献，而后才来到东莞的。他的政治之旅有几个醒目的里程碑：出任辽宁省海城盖县副县长（1988 年 9 月至 1990 年 7 月）；任职海城市常务副市长（1990 年 7 月至 1992 年 6 月）；任职鞍山市副市长（1992 年 12 月至 1996 年 12 月）；任职海口市常务副市长（1998 年 4 月至 2001 年 3 月）；任职海南省科技厅厅长（2001 年 3 月至 2002 年 4 月）。

▲ 美丽的黄家村（周运华摄）

这显然是一条金色的发展道路，由汗水、心血和智慧铺就，这三样的结晶物通常被人们称为政绩，我却愿意使用一个古老的成语：为官一任造福一方。

谋福盖县期间，所为计有四件大事：完成县乡公路改造工程、程控电话网建设工程、盖县科技示范工程、县乡骨干企业技术创新工程。

任职海城市常务副市长期间，贡献重在推进国有企业改革方面，对海城市 20 户重点国有企业进行了技术改造和产品结构调整，均取得明显成效；鞍山市副市长任上，实现乡镇企业、农民人均收入和县乡财政收入的高速增长，是艰苦拼搏后喜悦拥抱了的理想；担任海口市常务副市长期间，工作重心仍在国有企业抓改革促发展方面，改造、壮大了一批骨干企业，对国有企业的布局和结构进行了战略性调整，同时，着力发展高新技术产业和非公有制经济等，培育新的经济增长点，有效推动了海口市经济的繁荣发展。

任职海南省科技厅厅长期间，心血凝聚处在推进科技产业发展及农村建设方面，健全农业科技示范体系，加大“科技兴农”工作力度，发展农村经济和增加农民收入，使得海南全省科技产业和农村建设得以快速发展。

2002年4月调任东莞市副市长，兼任东莞市科协主席、市老龄委主任，8个月后，出任莞市常务副市长、党组副书记，同时兼任市科协主席、市老龄委主任、市残联主席、市慈善会会长等职务。

算起来，服务东莞的时间是相对最长的，贡献也最多最大，有关文件上这样评定：大力推进产业结构调整和产品转型升级，重点培育发展LED、电动汽车等战略性新兴产业；谋划全市经济社会发展规划、扎实推进全市重点项目工程建设；积极推动金融创新，以融资支持计划帮扶企业安度金融危机，活动资本市场助推多家企业上市，使东莞连续两届荣获省金融稳定奖，成为广东金融绿洲；组织实施“科技东莞”工程，出台了一系列产业扶持政策，有效促进全市科技发展，提升企业自主创新能力，东莞荣获2007—2008年度全国科技进步考核先进市、中国城市综合创新力50强等称号，专利申请和授权量稳居全省第二位；把松山湖科技园建设成为全市科技创新和经济发展的重要引擎，成功升格为国家级高新区；深入推进深莞惠一体化，加强区域合作发展，夯实市属资产监督管理，推动市属企业做强做大；着力完善公共财产管理，不断优化公共财政支出结构，有力推动东莞经济社会的双转型。

其实，不须赘述这些，只看东莞市委市府将指挥援建映秀这副重担郑重地交付于他，就能知道，对他人格品质和领导能力肯定和信任的程度。

冷市长没有辜负期望，三年援建结束了，对他的评定中多了这样一段平易坚实的文字：

全力推进东莞市对口支援映秀镇灾后恢复重建工作，加强与阿坝州、汶川县和映秀镇的沟通协调，科学决策部署、高效解决问题，顺利完成援建任务。

人们要能够透视，这短短一段文字中，所隐含的艰苦卓绝、辛劳不易。

2

跟几乎所有临危受命的人们一样，任务刚刚到来的时候，冷市长在光荣弥胸的同时，深感责任深重、压力巨大！作为震中，映秀特殊，备受关注，即便倾其全力，能够做到令方方面面都满意吗？作为具体负责这项工作的领导，他干系萦身，可以说是第一责任人。

他却不能把担忧和焦虑流露于外。格外迅捷的动作是这种情绪的体现吗？

第一时间成立领导小组、前方指挥部，援建工作以最快速度进入日程。从那一刻开始，这位手执帅印的人，一颗心就跟出征的将士们，跟千里之外映秀的土地紧紧联系在了一起。资金的筹集、划拨与监督管理，人员的择定、培训和派遣，然后就是映秀前方重大事情的协调、解决。援建工作小组的人们刚刚到达映秀，他就放下手里的公务，遂跟着匆匆赶来了，跟大家一起面对废墟，面对破碎的山河，强忍心痛，研究制定援建工程项目勘察、设计、监理、施工工作模式等最早的工作计划。

这里的工作迅疾而有序地展开了，他匆匆而去，奔向东莞亟待解决的事务。人去了，心却留下了，余震、飞石、泥石流，这些当时折磨着映秀山河大地的次生灾害，同样频繁而尖锐地折磨着他的心。援建工作者的安危冷暖无时无刻不悬挂心头，从来没有这样密切而热切地关注过电视、广播，每有映秀余震等消息传来，立刻打电话、发传真，了解情况，真情慰问。把解决援建人员的后顾之忧始终当作一项重要工作来抓，派专人定时给援建人员家里打电话，或上门问候看望，帮助解决生活中的困难。

最难能可贵者，是凝聚东莞全社会的力量，把关爱、支援映秀灾后重建，变成全体市民、社会各界共同参与的事情，变成公民教育的时机。在大力号召、精心组织下，东莞30多个乡镇的有关领导及市属各级干部先后都到过映秀，亲眼目睹映秀灾区的悲惨景象，和援建工作的艰难困苦，更加激发同情和责任之心，归去后纷纷捐钱捐物，予以资助，同时，积极主动抽调精兵强将，派往映秀参与支援重建，并且以各种方式予以映秀百姓及援建工作者们精神上的安慰、鼓舞和支持。东莞举全市之力以为，满城大爱凝聚成流，滔滔滚滚奔向映秀，这一千古篇章的劳心运力者，是援建领导小组的核心人物，组长李毓全，副组长冷晓明。岁月不会停止脚步，一切都在次第演进、变化发展。但是，历史须要铭记，在东莞，在汶川特大地震爆发、感天撼地的灾后重建这特殊的一段岁月里，这些为之奉献了全部生命热能的人们。树碑于人心，流芳于万世。

回首援建工作之初，在战略部署上，冷市长以四个“到位”精辟概述：心要到位；钱要到位；人要到位；情要到位。

与四个到位相呼应的，是“四个工程”，这也是一个高度概括式，是就建筑工程质量而言的，分别是：阳光工程、优质工程、廉政工程、放心工程。举凡科学规划、顶尖设计、最好材料、最成熟技术、最严格管理等等，尽在其中。

而今，千古文章收笔，巨卷横世，笑迎阳光，他快然笑了，笑得慰然而陶然：今天看来很高兴，规划非常成功，映秀新镇建设不仅以最好样式彰显了藏羌民族特色，而且布局合理，构想超前，充分显示了规划设计的科学性、人文性。

我们是坐在云华山庄准别墅样的二层小楼前宽敞洁净的院坝里，旁边一棵高大壮硕的核桃树，连着蓊郁翠茂的丛林，送目远处，有苍黛巍然的山峰稳静相对，一脉脉祥瑞之气，随着清爽的山风递送而来。

这样说时，一阵山风拂过，草花之香如水在身侧漫溢，使得话语更显出别样丰殷厚蕴的涵义。四围的山岳听见了这话音吗？谷底奔腾的河流，坡岭苍茂的林木听见了这话音吗？时间和空间，相信全都听见了的，都像我一样做了最清晰真实的录制。

别样丰殷厚蕴的涵义或许来自听者之心的赋予，天地、映秀的万物，皆如我一样，以捧心行走的方式，一寸一寸地看遍了东莞援建映秀全部的甘苦历程，所有忧思赞叹、欢悦喜慰都发自生命深处。

援建工作体现的是一种党政领导强大的执行能力，体现的是一块土地强大的爱的能力。令整个世界惊艳而感动的映秀新镇，是对“四个到位”、“四个工程”精彩光耀的回答。

尽管其实全都明白了，我还是请冷市长给我逐一解释了四个到位。其中令我忍不住扑哧一乐的，是他说“人要到位”时候的一句话：关键时刻我要到位。他深深知道，当那些艰难困苦时候，自己的“到位”，不仅是帮助解决问题，更在于可以打气鼓劲，增加大家的信心。信心是决胜的关键，这句几乎已经成为格言的话语，在映秀重建攻坚克难的时候，尤其显出金石一样的质地和分量。

3

所有曾经的艰难，最令冷市长记忆深刻的，除了重建规划设计反复论证、层层审批的慎慢迟缓，成乎不易，再就是建设终于开工之后，原材料供应方面的困难，这是影响工程进度的一大关键因素。这一块的难有两种体现，一是采购时材料的涨价问题，那时的建材市场就像映秀灾后的山体一样，极大显出不稳定性，几乎是一天一个价，给一切紧扣资金预算方案进行的工作带来始料未及的困难。情况迅速反映到东莞市政府。冷市长征询过有关领导之后当即做出决定，不能等，该买的就买，不能受物价行情的影响而拖延，制定了一条守则：所有采买物品质量及价格，须经三个人共同认定而后进行。科学而合乎情理的决策确保了工程进度的如期展开快速推进。

当然，材料买好后因道路拥堵交通不畅而运不进来；废墟遗址究竟怎样保留定不下来；施工作业面倒不出来；当地难以招到足够的施建工人，需要从外地选聘施工队伍；外来施工大部队进驻后找不到安置之地；施工终于展开后频繁的停水停电、阴雨连绵天气造成停工待期等等，曾让一线奋战的将士们焦灼苦闷的难题，每一个都同样地使冷市长眉头深锁，辗转反侧。千重关山的阻隔没有削弱和消弭，而是反力作用，造成递增和加强，使他的感受更深更剧。

再一个，是与当地政府之间的协调和洽。对此，冷市长不曾言难，他的用词是三个字："很重要"。只是反复恳切地表示，感谢当地党委、政府和映秀灾后恢复重建指挥部，援建工作的圆满完成跟他们给予的倾力支持、通力合作是分不开的。

接下来，恳切言谢的，是援建工作小组和援建工程管理处，以及全体援建工作者，是他们的心怀大爱、忘我无私、殊死拼搏，用热血和生命浇铸，终得援建工作金色的成功之果。

随之，深情而诚挚地，感谢党的领导、国家和民族的伟大。映秀重建是整个汶川地震灾区重建的缩影，重建的获取胜利体现的是中国共产党坚强卓越的领导能力，是社会主义国家集中力量办大事的制度优越性，和中华民族大爱如磐"一方有难八方支援"高贵传统文化所熏陶浸润的美德。具体而言，是从中央到省市各级领导的关怀重视，心系于斯，倾情以为。

中共中央总书记、国家主席胡锦涛，国务院总理温家宝等中央领导人地震伊始即不顾个人安危，数次亲临映秀看望慰问百姓和重建工作者，亲自对映秀重建规划提出要求、作出批示等等，无不带给建设者们巨大鼓舞，化作力量的源泉。

广东省委书记汪洋、省长黄华华等广东省委省府各级领导；四川省委书记刘奇葆、省长蒋巨峰等四川省委省府各级领导；东莞市委书记刘志庚、市长李毓全等市委市府各级领导，几年里都数次拨冗抽身，亲临映秀，送来关怀慰问、温暖和力量。

这一切是映秀从抗震救灾到灾后重建，一次次艰苦决战获取胜利的根本保证。

另一个根本保证，是来自全国人民的慷慨援助和无疆大爱，援建映秀的不只是东莞一座城市，站在东莞背后的是伟岸的中华泱泱大国、伟大的华夏民族。

最后，细细讲述了刘志庚书记和李毓全市长关注援建映秀工作的情形，两位东莞市领航人几年间怎样往来映秀、每次来到后怎样不洗劳尘立即四处奔走，看望慰问群众和援建人员、倾听援建工作汇报、协调关系化解难题、进行指导做出部署。在东莞日理万机的繁忙日常工作中对援建前方战况不厌询问，忧人所未忧，急人所未急，尤其作为援建领导小组组长的李毓全市长，总把映秀搁心头，多次组织召开市长会议，专题讨论研究映秀镇的恢复重建工作，集全市智慧，疏解难题，作出部署。使人们领悟到科学的决策就是生产力这句话的金子美质。

更细致而深情地，冷市长说起了东莞大地党员干部、人民群众情牵映秀，大爱发心，以各种方式救援赈灾，和关怀、援助映秀灾后恢复重建的感人事迹。

4

首先是救援赈灾。这是自灾难消息传来的那一刻，就迅速展开的社会行动。

5 月 13 日，地震的第二天，东莞市委、市府召开全市支援四川地震灾区捐赠大会。刘志庚书记和李毓全市长分别作重要讲话以为动员令。会上发出《关于开展支援汶川地震灾区捐赠活动的通知》，号召全市党政机关、社会各界、全体市民迅速行动起来，积极奉献爱心，踊跃捐款捐物。

当天，市直机关举行干部职工支援灾区捐赠活动，刘志庚书记、李毓全市长等市几套班子领导带头参加。次日，组织开展民营企业支持地震灾区捐赠活动，累计筹得款项 1500 多万元。

在市委市政府统一部署下，东莞社会各界迅疾而有序地行动起来，救援人员、志愿者及赈灾物资，源源不断流向映秀。

5 月 14 日至 17 日，市消防支队派出 24 名官兵，编入省消防总队赴川抗震救灾突击队，分两批到达灾区，承担搜救生还人员，并为灾民运送救灾物资等工作。同时，由 13 名专业人员和 6 辆救护车组成的东莞市医疗队到达灾区，开展运送伤病员和卫生防疫等工作；市质监局派出 3 名工作人员，编入省抗震救灾特种设备技术服务队，分两批先后赶赴灾区，负责灾区特种设备安全检验检测等工作，并组织带领东莞快意电梯等

12 家广东电梯生产企业赴川，与在川工程技术、专业人员一道，展开因地震受损的电梯排查抢修及检验等工作；市民政局筹集的第一批救灾物资（价值共 3252 万元），包括帐篷、衣服、棉被、食品、婴儿用品、药品及医疗用品等，将 28 个火车集装箱装得满满登登，由东莞火车站发往阿坝州。

20 日，市委市府发出《告全市人民书》，再次呼吁全市社会各界进一步发扬“一方有难，八方支援”的精神，继续踊跃捐款捐物。全市各级党组织开展“特殊党费”缴纳活动，至月底，共收到“特殊党费”4919.83 万元。

22 日，省文化厅与东莞市府在玉兰大剧院联合举办“大灾无情，人间有爱”——东莞市抗震救灾大型募捐晚会，现场接受社会各界认捐款项达 1.47 亿元。受到感染，在莞台商投资企业协会捐款 500 万元；光宝点子集团公司捐款 1000 万元……

在随后由中宣部等 9 部门联合主办的“爱的奉献”——2008 抗震救灾大型捐助活动上，东莞的“广东加多宝”集团，以捐款 1 亿元的慨然之举，感动世界。

然后，就是对口支援映秀灾后恢复重建。

援建，除了财力与人力方面的付出，还有文化与精神的付出。前者若名之硬件，后者则为软件，共同组成援建系统工程。

其实，软件硬件何曾有清晰的分界？援建工作者们比城镇建设更早展开的，针对映秀乡亲的心灵重建，不就是最奇崛的精神援建？

东莞对映秀的文化援建，有一个响亮的名目，称作“十个一”工程。这一善举缘于2009年7月，东莞市文广新局局长陈志伟带领局中层干部前往映秀进行的一次考察。艰难站起中的映秀，点点滴滴都触动考察者们的心灵，想到同样在地震中尽毁的文化设施，他们萌生了文化援建的念头。

此念获得一致赞同，东莞市委宣传部、东莞市对口支援地震灾区灾后重建领导小组及东莞市文化广电新闻出版局迅速联合制订了“十个一”文化援助计划，呈交市委市政府。10月19日，该计划申请在市长办公会议上获得讨论通过。

立即付诸实施。

文化援建工程由副市长严小康总负责，市委宣传部、映秀灾后恢复重建领导小组办公室及东莞市文化广电新闻出版局担纲主办，群众艺术馆、东莞图书馆、东莞展览馆、可园博物馆、东莞市博物馆、岭南画院、东莞歌舞团、塘厦镇文化广电服务中心及东莞东城区文化服务中心等东莞市属文化单位具体承办。

其内容为：援建一批书屋、组织一个展览、编辑一本画册、出版一本映秀文化手册、组织一次艺术采风、推出一张音乐专辑、举办一台专题晚会、创编一本纪实文学作品集、开展一次文化系统书画义卖、组织一次文化系统干部助学。

历时大半载，到2010年5月，“5·12”地震两周年的时候，凡十大项目陆续完成，如同援建的映秀新镇建筑工程一样，做到了个个都是精品，具有阳光的属性。

兹以书屋援建为例。

▲ 黄家村村民在家看电视（周运华摄）

这一项目由东莞市图书馆承担，副馆长冯玲为具体负责人。映秀的书屋，按照有关重建规划方案，是由国家新闻出版署和四川省新闻出版局负责承担援建。东莞图书馆在其传统书屋设置基础上，进行了完善，做到每个村都有“农家书屋”，每个书屋藏书在三千册以上，增置计算机、电视机和 DVD 等数字资源播放设备，安装自动化管理系统，实现图书室的自动化和网络化管理，使之成为集图书借阅、报刊阅览、互联网和数字资源阅读于一体的现代化级图书室。

如最早建成并投入使用的老街村图书室，面积约 35 平方米，莞市在原有基础上增大藏书数量和书籍范围，帮助安装了图书自动化管理系统，增设了 3 台计算机，1 台液晶电视，1 台 DVD 和 1 台条码阅读器。

这项工作的莞市特色，是捐助的图书中，以少儿读物居多，占其三分之一以上，许多是关注儿童心理成长的绘本图书，意在帮助儿童克服恐惧，排除忧伤，身心健康地快乐成长。另外还侧重引进有关农林栽培、家禽养殖等农村实用技术类书籍，以及可以提供致富信息的期刊报纸等。

文化援建，被说成是“全方位体现文化关怀，百年润泽，缔造映秀人文生态”，这是准确的。

5

然后，说起了映秀的未来。

是由我的一个习惯性问句引起的：援建结束后，东莞还会记挂映秀吗？

冷市长的目光望向对面苍黛的峰峦，语气亲蔼而肯定地说，东莞与映秀的兄弟情谊不会随着援建工作的结束而结束，今后，东莞会一如既往地关注和爱护映秀，会永远把助力映秀发展视为己任。这方面，在已签署的《粤汶长期合作框架协议》基础上，莞市另有较为细致完备的方案，首先，在城镇管理方面倾心着力。相对而言，建一座新城镇比管好容易。做好新镇管理工作，映秀面临的挑战很大，是摆在面前的艰巨任务。东莞会协助映秀抓好干部培训工作，会有计划分批次地邀请映秀镇干部到东莞挂职，参与东莞的城市管理及发展筹划等工作，切身感受高效务实的工作作风，学习先进管理经验，将之应用于映秀新镇今后的运筹营管工作中。

▲ 汶川人民依依惜别广东援建亲人（周运华摄）

▲ 2011 年 5 月 20 日汶川人民泪别广东亲人（周运华摄）

东莞对映秀今后的扶持，一段时间里，将侧重引导产业发展，主打旅游牌，带动文化、医疗、教育等其他行业。东莞已经介绍了一些旅游公司来映秀共谋发展，将不断引介具有强大带动发展能力的企业来映秀投资，共铸映秀未来的辉煌。

这样听着，我脑中跳出“后援建”三个字。是的，这件事其实早就开始了的，是在制定最初援建规划时就深深埋下的伏笔，“家家有商铺，户户搞旅游”，不就是表述这一理念的经典口诀？恢复重建，不是简单复原，是输血与造血、重建与发展并举，让灾区人民走上科学发展之路。这是整个广东省对口支援灾区灾后恢复重建一开始就秉持的理则。

关于先进管理经验，映秀镇干部这几年在与东莞援建工作者朝夕相处并肩作战中，也是已经充分耳濡目染了的。映秀镇委书记廖军曾经面对媒体真诚而言的一段话，可以概述其要：

以陈林佐为组长的东莞援建干部们为映秀带来的最重要财富不是援建资金的多少，而是脚踏实地的工作作风和拼搏进取的奉献精神。他们工作务实，管理规范，制度有效，做事不张扬，不浮华，做人踏实可靠，是很值得信任的一帮干部。

关于这一点，冷市长言语间难掩自豪。他欣慰地说，东莞援建工作者们，把东莞“低调务实，敢为人先”的干部作风，和社会经济发展的先进管理经验带进来，与当地实际相结合，产生了很好的效果，在当地树立了良好的口碑，形成了干部双向交流、结对帮扶独特的东莞现象，成为和谐援建的典范。在特殊环境的特殊工作中，以感人至深的拼搏奉献精神，将“海纳百川，厚德务实”的东莞城市精神发扬光大，形成了具有更深刻社会及文化意义的援建精神。援建精神可以说是东莞城市精神参天大树上最高枝头盛开的花朵，必将带动整个东莞经济社会双转型工作向更高境界迈进。我听得双眼发亮，满心喜慰。东莞援建工作，获得了从中央到地方各级政府的肯定和嘉许，这是早就知道了的。来自中央工作组的肯定，就极大鼓舞了援建将士们的士气。那是2010年10月29日，由中央纪委驻工业信息化部纪检组长郭炎炎率领第十七组中央检查组一行到四川映秀镇，对东莞对口援建工作进行检查指导。检查组在查阅资料、听取汇报，对援建工作的组织领导、计划安排、资金投入、工程建设管理、质量安全等情况进行充分了解，并深入到正在如火如荼建设中的中心卫生院等项目施工现场进行详细查看后，对援建工作给予了充分肯定，认为莞市能认真贯彻党中央、国务院关于对口援建的一系列决策部署，做到了尽心尽力尽责、工程项目建设速度和质量同步，充分体现了以人为本、高效重建、科学重建的灾区灾后恢复重建精神。

川粤两省的肯定和嘉许是贯穿于援建工作始终的，曾经的选定在映秀召开全省灾后恢复重建工作现场会，面对全体与会代表，四川省委书记刘奇葆感慨深深地发出赞叹，说东莞援建映秀新镇是创造了奇迹；“广东省对口支援汶川县恢复重建任务全面完成庆祝大会”择定在映秀镇召开等等，都是突出例证。

最令人难忘的一次会议，当是2010年9月20日，四川省在成都举行大会，隆重表彰灾后恢复重建对口支援省（市）先进集体和先进个人，陈林佐获得了“全国五一劳动奖章”、被授予“四川省灾后恢复重建先进个人”。之前，傅晓炜、陈志标等小组成员已被阿坝州、汶川县授予“恢复重建先进个人”等多种荣誉称号。

东莞市委市政府也给予自己英勇的将士们以高度肯定和表扬，2010 年 11 月 24 日，莞市隆重举行了对口支援汶川县映秀镇恢复重建总结表彰大会，会上，市委刘志庚书记代表全市党员干部、人民群众，将至高的赞誉和嘉奖郑重颁予援建工作小组等 29 个先进单位和陈林佐等 78 位先进个人。充分肯定了援建工作的圆满成功，认为以陈林佐为组长的援建工作小组及工程管理处工作者们，在三年援建中，表现了极好的领导才能、政治素质及业务水平，体现了新时期共产党员的先进性，奉献大爱燃烧生命铸造了闪光的援建精神。表示将继续发扬援建精神，不断加强莞映两地在特色优势产业、现代服务业、人力资源、园区建设、商贸、科技、环保等方面的交流合作，共同迎接更加灿烂辉煌的明天。

这次会议上，援建精神获得了定位。

而今天，此刻，在地震三周年纪念特殊的日子里，在莞人帮助建设的美丽家园中，这样听到可以代表莞市广袤大地和万千百姓的冷晓明副市长亲口阐释其美丽深致的涵义，尤其感到振作和慰藉。

对口支援映秀灾后恢复重建工作者，可敬的朋友们，请接受由衷的祝贺！

6

如诗如画的黄家村美景使我产生了强烈的隐逸之心，便留下来没有走，要在这里做几天陶渊明，享受没有尘嚣纷扰的世外桃源生活。提出要住在这户林姓人家，主要是喜欢那座通向他们房子的小巧木桥，浅淡的一道茶黄色，衬在浓酽无边的翠绿里，风摇林木婆娑起舞，而小桥闲静，宛然一阙意趣幽深的古词。

小木桥旁边那棵高大的核桃树，人们说，不歇枝的年份里，可以打下核桃上千斤。油菜刚刚结籽，青色的籽蕾斜斜伸举着，有一份比花朵还丰足的烂漫。我认识了好多树，椿芽、枯杉、野芙蓉……第一次看见板栗花，细细的，像是一根花蕊，几乎跟树叶是一个颜色。猕猴桃树上挂满小小的嫩果，而那种叫厚薄的药材树正在开花，仿似玉兰花儿的样子，有白色，有粉红色，大朵大朵的，笑脸一样镶嵌在绿叶之间。夜里落雨，淅沥有声，清晨鸟鸣如珠落玉盘。浅蓝色的烟岚笼在山坳里。农人站在田畔跟我说话。对面的渔子溪峰郁郁苍苍，抽象线条的山脊正对着我的窗子。

细细地听人们给我讲怎么样摘樱桃、打核桃，怎么样剥厚薄树的皮晒干了卖给攀上山来的药材商贩……

映秀镇副镇长欧志勇带着黄家村村支书连富强来了，满面愉悦地告诉我怎么样带领村民起早贪黑打造百亩花田、修剪猕猴桃林木、搞村貌建设；怎么样开展各样学习、娱乐活动，提高村民思想素质，丰富文化生活；怎么样鼓励村民饲养家禽、兴办农家乐，用特色饮食和民俗风情吸引观光游客……

听着他说怎样用教唱感恩歌曲等办法培养村民的感恩情怀时，我心里想，映秀百姓最好的感恩方式，应该就是这样的勤劳致富，发愤图强，这将是东莞、全国乃至全世界关爱映秀的人们共同的盼望和快乐。

举凡“大爱涅槃，天地映秀”、“在人间大爱中获得重生的映秀”，这些对映秀新镇饱含深情和期冀的赞美，都在百姓安宁祥和、勤劳富足的生活中得到呼应。

结算、移交等收官工作全部顺利完成，东莞援建工作者们要告别映秀了。

5 月 18 日，应映秀镇委书记廖军之邀，我前往都江堰，参加了映秀镇政府在那里举办的“欢送广东省东莞市对口援建工作人员座谈会”和送别晚宴。

映秀镇政府及工商、税务、中小学校等镇内所有机关事业单位，连同各村社的负责人都来了。座谈会上，廖军书记和徐红军镇长分别做了情真意切的讲话，他们表示，在党中央的统一安排部署下，由广东省东莞市担负对口支援映秀灾后恢复重建的重任。东莞市各级领导和广大人民群众高度重视援建工作，特别是陈林佐组长带领的援建工作人员，地震刚刚过去就来到震中，不惧环境的危险艰苦，勇于牺牲，甘于奉献，怀着一片感天动地的赤诚爱心艰苦卓绝地奋战了三年，终使映秀涅槃重生，由一片废墟化为高品质温情小镇，以崭新的姿态迎接四方宾朋。

三年援建，陈林佐以实际行动树立了一个广东东莞援建工作队伍优秀领导干部的形象，映秀灾后恢复重建过程中每一次突破和阶段性成果，包括最终的夺取胜利，都是与他和团队的舍己忘我无私奉献分不开的。

▲映秀百姓对东莞援建人员情深意浓（周运华摄）

▶2011年5月20日，映秀女儿欢送东莞援建亲人（周运华摄）

三年的携手共建中，映秀干部群众深深感受了援建人员强烈的责任意识和崇高的民族情怀，见证了东莞精神和干部作风，受益无穷！有了东莞的全力支持，映秀才创造了灾后重建的奇迹，成为川粤两省、全国，乃至全世界的骄傲。

他们一遍又一遍表达着发自肺腑的感恩之情，说今天的心情很复杂，风雨同舟、患难与共整整三载的兄弟就要分别，回到故乡，回到新的工作岗位上去，为之欣喜，也依依不舍。映秀会用不同的方式记住这段历史，永远铭记东莞的浩大恩德。莞映两地血浓于水的情谊，将是岁月不能冲淡，距离不能阻隔的，将会世代相传，流芳人间！

最后，表示一定不辜负东莞的大爱大义、热诚帮助，将努力做好今后映秀新镇的管理工作，争取不断把城镇管理提高到新水平新层次。真诚地祝愿陈林佐等援建兄弟们回到故乡后工作不断进步，事业兴旺发展，祝愿东莞明天更美好！

5月20日，分别的日子来到了。这是一次必将载入史册的大送别，汶川县委、县人民政府在政府门前广场隆重举行了“欢送广东援建亲人大会”，遍布汶川十三乡镇的广东对口支援灾区恢复重建工作最后留守者近300人，全部聚集而来，与四川省、阿坝州、汶川县有关领导，汶川县广大干部群众，与这块付出全部智慧和心血殊死拼搏了一千多个日夜的土地，深情而珍重地道别。

阿坝州委常委、汶川县委书记青理东在大会上庄重致辞，他说，“5·12”地震发生以来，广东省所属的包括广州、江门、湛江、肇庆、珠海、汕头、茂名、佛山、东莞、中山、惠州、潮州、揭阳共十四个对口援建工作组第一时间赶赴汶川，众志成城，千日奋战，在遍布瓦砾的废墟上，奇迹般地建起了一所所新学校、一栋栋新楼房、一座座新城镇。在这三年里，我们携手并进，写下了一个个催人泪下的对口支援灾后重建故事。震中汶川，今天脱胎换骨，涅槃重生。走进汶川，最漂亮的是民房，最牢固的是学校，最现代的是医院，最满意的是群众；走遍汶川，最辛劳的是援建干部，最幸福的是汶川人民，最科学的是援建工程。广东援建亲人们是汶川人民最可爱的人。

广东省援建汶川县工作组组长陈茂辉代表所有援建人员，将一面在广东省援建工作组门前飘扬了三年，见证了援建历程和奇迹，上面签写着工作组全体成员姓名的鲜艳党旗庄严地递交到青理东书记手里，以为惜别的纪念。然后，向前来送行的汶川干部群众挥手告别，用从胸腔深处迸发的力量发出宣言般的声音：汶川，永远是我们援建者的第二故乡！

省州县领导们与援建人员一一话别，洁白的哈达，夺目的羌红，醇香的青稞酒，捧送到每一位援建工作者手中。三百杯青稞酒一饮而尽，三百名赤子在泪水盈盈的目光中，心潮翻滚地启程。

浩浩荡荡的车队出发了，从汶川县城威州镇到映秀镇 55 公里的路程，变成了五色旗翻飞、哈达羌红花束竞艳的彩色长廊。把家里最好的腊肉、土豆、花椒、甜樱桃、土鸡蛋……装满背篓，自发地赶来相送的村民们，一大早就从远远近近的地方来到 213 国道旁边，等待最后向广东援建亲人们说一声感谢！道一句珍重！

车队驶来了，乡亲们奋力伸臂，想将手中的礼物塞到亲人们的手中，想叫他们尝一尝这汶川山野独特的物产，想叫他们收下自己一份浓浓的心意。

废墟上写就大爱，民心中树起丰碑。我们不会忘记，天灾来袭，是广东人民如潮水般涌动的爱心，一路呵护，助我们走过那段黑暗时光，让笑容重新回到人们的脸上。

是谁在长风中吟诵情意殷殷的诗句？哈达捧起祝福，羌红飞扬赞礼，青稞酒荡漾深情，汶川将心中的感激化作旋律，在岷山与岷水伴行的国道213沿线，唱出永恒的歌谣。

依依难舍，情深意浓，人类情感显示出巨大力量，崭新的越野车失却了超越的速度，55公里的路程用了近两个小时才走完。

亲人们，放心吧，我们会珍惜你们给予的一切，在崭新的家园里，勤劳勇敢地生活下去，创造幸福美好的明天！

那泪花儿浸润的笑靥里所包涵的心声，援建亲人们，你们读懂了么？

我站在人群里，远远地，注视着撤离中的援建部队行列间，所熟悉的东莞男儿们的身影，忽然想起前天在都江堰举行的，映秀镇政府欢送东莞援建工作者座谈会上，陈林佐所说的话：

对口援建工作的圆满成功，凝聚着中央和川粤两省各级领导的关爱，国内外专家学者的智慧，社会各界和全国人民的支持，是当地党委政府强有力的领导、各族人民不屈不挠奋斗的结果。在这一段艰难历程中，我们深受教育，经受了锻炼，增长了才干，心灵受到了洗礼，精神得到了提升。能够承担支援映秀镇灾后恢复重建的工作，我们视为毕生的光荣！

这是所有援建赤子们共同的心声，这是汶川、映秀山河大地的福祇。

幸运和光荣，同样是我心中至深的感受，为能获得机缘，倾听这样一个故事，进入这样一场写作。

后　记

一件事情的发生总有契机，一本书的写作也是一样。《和春天一起来到映秀》得来，说起来，是跟樟木头中国作家第一村有关的。我听说了有这么一个地方，是所尊敬的雷达老师任村长，就询问有关情况，进而知道了东莞文学院面向全国招收签约作家的事。

一个地级市面向全国招收签约作家，有几分气魄呀！好奇心下，去找来有关东莞的书翻读，读得兴致勃勃，这东莞由一个小小农业县在短短十几年里，一跃而为可比天津、大连等都市的现代化城市，被广泛地誉为创造奇迹的地方，颇有神话况味。素来对神奇事物怀揣兴趣，不由生了探秘之心。最好的探秘之法是身临其境去看一看。而最好的身临其境之法无疑是成为它的签约作家。

就是这样，我走进东莞援建映秀这件壮丽的事。

有了这一场倾情写作。

人们说这本书是迄今为止国内（甚至世界范围内）唯一以重大社会事件为题材的长篇纪实散文。如果它对东莞乃至全国文学事业的繁荣发展有小小一点儿益处，那么，首先应该感谢的是雷达老师，感谢他付出心血，成就了中国作家第一村。

尤其功不可没的，是东莞市文联主席兼文学院院长林岳先生，地级市文联面向全国招聘签约作家，而且勉力坚持，已历三届，这充分展示了莞人敢为人先、力争上游的宝贵精神。这件事对东莞文学事业的促进意义是不言而喻的，是一个历史性的贡献。谨此，向林岳先生致以一个写作者由衷的敬意！

不仅宏观上统筹策划，林岳主席还在签约作家创作过程中给予具体入微的帮助，比如本书的采访，开始就是林主席亲自打电话给东莞援建工作小组组长陈林佐，帮助联系接洽，使得采访工作能够顺利展开，有效进行，为创作的及时完成提供了保证。

另外要道谢的，是东莞文联副主席兼文学院副院长曾小春先生，这本书从最初的联系采访到文稿初成后的审看修校，曾院长都付出了巨大心血和辛勤劳动。东莞文学院签约作家力作迭出，跟他的无私奉献是分不开的。

还有东莞市长助理陈林佐等东莞援建工作小组的成员们，以及东莞城建工程管理局副局长朱利民等援建工程管理处的成员们，他们对采访工作给予倾力支持，积极配合，这是本书顺利完成最关键的保证，在此，予以衷心感谢！

最后要真诚致谢的，是东莞市常务副市长兼东莞援建工作领导小组副组长冷晓明，冷市长十分重视本书的创作，在采访、出版等诸多方面均给予了重要支持和帮助，这部作品可以看做是东莞援建映秀工作的一项内容，是援建工作的一个收获性成果。

当然，归根结底要诚挚以谢的，是东莞市委市政府，是在他们的正确领导下，才有了东莞市文联、东莞市援建映秀工作小组、援建工程管理处等部门令人敬羡的成绩。东莞的辉煌，是现代中国的骄傲，首先照亮了社会经济，必然随之使文化事业发出光芒。东莞此时的目标，是建设文化强市，相信这个理想也同样会迅速实现。

以虔诚严谨认真的态度，对待这次写作，是我对所有关爱和支持的回报。

2011年9月19日于东莞文学院

附　录

东莞市援建映秀工作大事记精选

2008年

8月11日，由陈林佐、傅晓炜、陈志标组成的东莞援建工作小组到达映秀镇开展工作。

8月26日，东莞市工作小组和东莞市派出的映秀镇规划编制小组一起到映秀镇张家坪村，开始了对映秀镇总体规划项目的调研工作。

9月12日，东莞市工作小组与映秀镇领导一起到张家坪村对农房恢复重建工作进行调研，启动农房重建工作。

9月22日，东莞市捐赠映秀镇的第一批御寒物资运至映秀，包括防寒冬棉被、冬衣、冬裤各6100套，棉大衣2000套，电热毯3000床。

9月23日，由东莞市委书记刘志庚、市长李毓全率领的东莞党政代表团一行 58 人到映秀镇考察，带来先期项目启动资金 1 亿元。

10 月 26 日，中共中央政治局常委、国务院副总理李克强抵达映秀镇考察指导恢复重建工作，并对映秀镇的规划编制作了“要集全国的设计力量进行一流的规划，确保建设成标志性工程”的重要指示。

12 月 29 日，中共中央总书记、国家主席、中央军委主席胡锦涛来到映秀，视察了映秀中心卫生院和封控区，实地了解灾后恢复重建、卫生防疫和群众生产生活情况，看望慰问东莞援建人员。

12 月 30 日上午，由四川省建设厅组织召开的映秀镇总体规划评审会在成都市金色柠檬酒店举行。

2009 年

1 月 8 日，四川省省委书记刘奇葆在汶川县慰问了广东省援建工作组全体人员，并提出要把映秀建设成为现代抗震建筑博物馆和防灾减灾示范区的要求。

2 月 9 日，四川省政府组织召开汶川县映秀镇总体规划情况汇报会。会议传达了汪洋书记、刘奇葆书记等领导对映秀重建规划的重要批示精神，听取了四川省建设厅总规划师代表设计单位对映秀重建规划的工作汇报，并成立了映秀镇规划协调领导小组，由副省长黄彦蓉任组长。

3 月 30 日，镇中心区完成废墟清理工作。

4 月 7 日至 9 日，映秀镇灾后恢复重建国际研讨会在成都召开。

4 月 14 日，四川省政府常务会议审议了《映秀镇灾后恢复重建总体规划》。

4 月 29 日，阿坝州人民政府常务会议审议并原则通过《映秀镇灾后恢复重建总体规划》。

5 月 12 日，纪念四川汶川特大地震一周年活动在震中汶川县映秀镇隆重举行。中共中央总书记、国家主席、中央军委主席胡锦涛出席纪念活动并发表重要讲话。

6 月 1 日，市援建领导小组明确市城建工程管理局作为实施“交钥匙”工程项目的代建单位。

6 月 3 日，映秀镇实施镇中心区封闭施工。

6 月 29 日，市城建工程管理局朱利民副局长率有关工程建设管理人员一行 6 人到达映秀，正式开展“交钥匙”工程的建设管理工作。

7 月 20 日，“交钥匙”项目的房建、市政和水利施工标及监理标已全部开标。

7 月 28 日，市文广新局党组书记、局长陈志伟率队到映秀考察，开展以“心系映秀 重建家园 文化援建 温暖心灵”为活动主题的“十个一”（即援建一批书屋、组织一个展览、编辑一本画册、出版一本映秀文化手册、组织一次艺术采风、推出一张音乐专辑、举办一台专题晚会、创编一本纪实文学作品集、开展一次文化系统书画义卖、组织一次文化系统干部助学活动）文化援建映秀活动。

7 月 30 日，所有交钥匙中标单位全部进场。

8 月 2 日至 9 月 15 日，涉及“交钥匙”项目工程的市政道路、安居房、桥梁、水厂、市场工程、河堤、卫生院等项目相继动工建设。

9月26日，温家宝总理到映秀镇灾后重建施工现场视察并慰问东莞全体援建人员。

9月28日，“交钥匙”项目——枫香树村安居房81号楼主体正式封顶，这也是映秀镇恢复重建首栋安居房项目完成封顶。

9月30日，在原地重建的老街村、黄家院、黄家村3个村的408户农房全部完成，大部分群众已住进新房。

10月16日，省发展和改革委员会正式批准并下达了《东莞市对口支援映秀镇恢复重建项目总体计划》。

11月25日，汶川县人民政府原则同意《映秀镇灾后恢复重建总体规划》。

12月2日，中央政治局委员、省委汪洋书记率省党政考察团到映秀镇考察指导我市对口援建工作。

12月9日，由同济规划设计院上报的映秀镇修建性详细规划获得了“2009年度四川省优秀城乡规划设计项目”评选一等奖。

12月27日，由东莞市城建规划院上报的映秀镇总体规划获得广东省建设厅“2009年度广东省城乡规划设计优秀设计奖”一等奖。

2010年

1月2日，中共中央政治局委员、中央书记处书记、中央组织部部长李源潮来到映秀镇视察指导工作。

1月4日，中共中央政治局常委、中央政法委书记周永康到映秀镇考察灾后恢复重建情况，并看望慰问援建干部。

2月5日至5月12日，一批“交钥匙”项目主体工程相继完工。

4月1日，四川省省长蒋巨峰到映秀视察恢复重建工作。

4月14日，中共中央政治局常委、中央纪委书记贺国强到映秀镇就恢复重建及监督检查工作进行实地考察，并慰问了我市援建人员。

4月23日上午，映秀镇汶川大地震震中纪念馆举行封顶仪式，这标志着我市援建映秀镇的“交钥匙”房建项目工程已全部完成封顶。

5月7日，四川省委书记刘奇葆、省长蒋巨峰率领出席四川省灾后恢复重建工作现场会的650多名代表来到映秀镇，分两组实地参观考察映秀镇灾后恢复重建取得的阶段性成效。

5月22日，中共中央政治局常委、全国人大常委会委员长吴邦国到映秀视察援建工作，并看望了我市援建人员。

6月10日，全国政协副主席、中国残联名誉主席邓朴方到映秀考察指导工作，并看望了映秀干部群众和我市援建人员。

6月25日，中共中央政治局常委李长春到映秀视察指导工作，看望映秀干部群众和我市援建人员，并请工作组转达对东莞市委、市政府的问候。